KB058639

내 삶을 여기에 담아본다

내 삶을 여기에 담아본다

초판 1쇄 발행   2023. 8. 8.

지은이   윤수상
펴낸이   김병호
펴낸곳   주식회사 바른북스

편집진행   김재영
디자인   최유리

등록   2019년 4월 3일 제2019-000040호
주소   서울시 성동구 연무장5길 9-16, 301호 (성수동2가, 블루스톤타워)
대표전화   070-7857-9719 | **경영지원**   02-3409-9719 | **팩스**   070-7610-9820

•바른북스는 여러분의 다양한 아이디어와 원고 투고를 설레는 마음으로 기다리고 있습니다.

이메일   barunbooks21@naver.com | **원고투고**   barunbooks21@naver.com
홈페이지   www.barunbooks.com | **공식 블로그**   blog.naver.com/barunbooks7
공식 포스트   post.naver.com/barunbooks7 | **페이스북**   facebook.com/barunbooks7

ⓒ 윤수상, 2023
ISBN 979-11-93127-85-8 03810

내 삶을 여기에 담아본다

저자 윤수상

모 든 인생이 한 폭의 그림

변화의 방향은 진실과 지혜가 앞장서서 인도해야 하고,

인간과 자연에 대한
존중이 있길 희망한다.

바른북스

나의 삶, 별과 같이

이 책은 70여 년 동안의 삶의 여정에서 보고 듣고 느끼고 생각한 것들과 일어났던 일, 그리고 나의 자취를 담은 한 폭의 그림과 같다. 화폭 위에 짬짬이 그려 넣은 한 장면 한 장면들은 그림을 그리듯이 글로 표현한 자화상이자 나의 세계이다.

솜씨가 좋은지 나쁜지, 예술성이 있고 없고는 아무런 의미가 없다. 하늘의 별과 같이, 숲속에서 자라고 있는 한 그루 나무같이 그 나름대로 가치가 있다고 믿는다.

나의 삶의 자취를 지인들이나 후세가 보고 나서, 그들의 삶과 비교하기도 하고, 거울이 되기도 했으면 하는 마음이다.

나는 별을 좋아한다. 나의 탄생은 나의 별이 태어났다고 생각한다. 우주 섭리에 따라 별과 같이 우주의 공간에 신생의 나의 별이 태어났다고 여기고 있다.

과거와 현재, 그리고 미래가 공존하는 공간에서 별과 같이 여정을 시작하여 지금도 어디론가 가고 있는 것이다.

지금 어디로 가고 있는지 그 목적지가 어디인지는 알 수 없다. 영혼과 육체가 만나서 헤어지게 되면 언제 또다시 영(靈)과 육(肉)이 만날 수 있을지는 알 수 없지만, 현재의 나의 별은 어디론가 가고 있다. 그 여정이 아름다운 빛이길 바랄 뿐이다.

시대는 바뀐다. 그 문명과 문화도 변천한다. 환경도 바뀌고 풍습
과 가치관도 달라진다. 변화하는 것은 더 나은 가치를 창조하는 과
정이다. 각 시대를 사는 사람들은 모두 그 변화 속에서 살아왔다.
소용돌이도 치고 폭발하는 변화도 있으며 조용히 흐르는 강물 같
은 변화도 있었을 것이다.

변화의 방향은 진실과 지혜가 앞장서서 인도해야 하고, 인간과
자연에 대한 존중이 있길 희망한다.

그리고 변화하는 것은 소멸이 있기 마련이다. 이제 나의 별이 사
라지고 나면 그 자리에는 무엇이 남게 될까?

〈손자녀들이 그린 그림 1〉

프롤로그: 나의 삶, 별과 같이

추억,

가슴에
담다

고향,

내 마음의
별을 품다

인연,

그리움에 물들다

성장,

세상에 한 걸음 내디뎠을 때

사랑,

살아가는
힘이 되는

역사,

누군가가
남긴
발자취

생각,

세상을
살다 보면

추억,
가슴에 담다

흐릿한 추억의 조각들

　나는 1945년 7월 22일, 음력으로는 6월 14일 을유년 계미월 임진일 경상남도 밀양군 부북면 운전리 438번지에서 태어났다. 족보(族譜)상으로는 파평 윤씨 소정공파 38대손이다.

　내 기억력을 최대한 살려, 짜내고 짜내도 가장 오래된 일의 기억은 희미하고 뚜렷하지가 않다.

　어릴 적 할머니께서는 나를 많이 업어주셨고 걸어 다닐 수 있을 때쯤에는 나를 데리고 동네 마실을 다니셨다고 어머니께서 말씀하셨다. 하지만 나는 할머니와의 기억은 전혀 나지 않는다.

　일찍 돌아가셨기에 할머니의 모습은 생각나지 않지만, 삼년상을 치르면서 만들어 놓은 빈소는 생생히 기억하고 있다.

내 삶을 여기에 담아본다

정을 많이 주신 할머니의 모습을 기억할 수 없어 많이 아쉽다.

유아 시절과 유년 시절 나의 모습이 궁금하지만, 사진도 없고 기록도 없으니 어머니께서 이야기해 주시는 대로 상상만 할 뿐이다.

다섯 살 때 일어난 6·25 사변의 일들은 생생한데, 초등학교 입학식 장면은 기억이 없다. 초등학교 입학 전까지의 나의 일상이 궁금하지만, 기억이 없으니 아쉬울 뿐이다.

하지만 어린 시절, 흐릿한 추억의 조각들을 맞추다 보면 몇몇 놀이에 대한 추억은 뚜렷하게 남아 있다. 당시 시골에서의 놀이는 한정되어 있었다. 구슬 따먹기, 제기차기, 연날리기, 썰매 타기 등이 주요 놀이였다.

구슬은 흙으로 만들어 사용한다. 습기가 많은 언덕 밑에 가면 조대흙(진흙)이 있다. 검회색을 띤 이 흙은 찰기가 많아서 찰흙이라고도 하며 옹기를 굽는 데 사용하기도 한다. 이 흙을 한 되만큼 채취해 와서 동지 팥죽의 새알을 만들듯이 손으로 비벼서 구슬을 만든다. 왕 구슬과 일반 구슬 두 가지를 만들어 구슬치기를 하여 따먹기를 한다.

세월이 흐른 후 시골에도 유리구슬이 보이기 시작하였고 베어링이 구슬을 대신할 때도 있었는데, 베어링은 구슬치기에서 강도나 무게에서 도저히 감당할 수 없는 무적의 무기였다.

제기차기는 재미있는 놀이는 아니었지만, 제기를 만드는 자체로 흥미로웠다. 제기를 만들려면 엽전이 있어야만 했다. 돌로 만들기도 하지만 성능의 차이가 너무 커 엽전인 상평통보로 만들었다. 엽전은 영구적으로 사용할 수가 있으나 종이가 문제였다. 노트나 일반 종이는 무겁고 뻣뻣해서 못 쓴다. 부드럽고 가벼운 한지가 제격인데 고서적이 아니면 한지를 구하기가 어려웠다. 친구들은 한지를 내가 구해오기를 바랐다.

할아버지 댁에 가면 벽장에 옛날 책들이 많았다. 당시에는 책 내용은 내가 알 바 아니었다. 책 한 권을 훔쳐 오면 며칠 동안 사용할 수 있었다. 제기로 만든 그때 그 책이 무슨 책인지 이제야 궁금하기도 하다.

만드는 데나 겨루기에 있어 기술이 필요한 놀이도 있었다. 바로 연날리기 놀이다. 연을 만드는 데는 기술이 필요한데, 잘 못 만들면 무게 중심이 안 잡혀 잘 날아오르지 않기도 하고 옆으로 삐딱하게 가기도 하여 연을 조종하기 어려워진다. 오래된 대나무로 연의 크기에 따라 굵기를 정하고 연살은 잘 다듬어서 종이가 잘 붙도록 한다.

연 틀을 잘 만드는 것만큼 연줄 만들기도 중요하다. 연줄은 무명실부터 명주실까지 다양하다. 깨진 도자기의 사금파리나 깨진 유리병을 빻아 미세한 유리 가루를 만든 다음 풀을 쑤어 유리 가루와 잘 배합하여 유리 가루 풀을 만든다. 유리 가루 풀을 실에다 일정

내 삶을 여기에 담아본다

한 두께로 코팅하여 연줄을 만드는데, 명주실에다 코팅한 것이 가장 좋으며 만든 사람의 기술에 따라 품질의 차이가 많이 난다.

여러 명이 모여서 연날리기를 하면 주로 줄 끊어 먹기 시합을 한다. 연을 공중에 띄워놓고 연줄이 엑스(X)자로 서로 엉키게 한 후 한참을 시합하다 보면 연 한 개의 연줄이 끊어지고, 그 연은 중심을 잃고 비틀거리면서 떨어져 나간다. 시합에는 연줄을 푸는 방법과 감는 방법이 있는데, 바람의 세기에 따라 개인의 취향에 따라 다르다. 단위 면적의 마찰 속도가 빠른 것이 이기기 쉬워 나는 주로 연줄을 탱탱하게 하여 푸는 방법으로 시합을 했다. 승률이 높은 편이었다.

어린 시절, 목욕도 일종의 놀이였다. 어릴 때부터 지금까지 목욕을 하고 있지만 나에게는 목욕의 변천사가 다양하다.

어릴 때는 냇가에 가서 물장구치며 물놀이하는 것이 나의 목욕법이었다. 얕은 수심에서부터 한 키가 넘는 곳도 있으니 다양한 물놀이를 할 수가 있다. 항상 맑은 물이 흐르고 물고기가 노는 곳으로 풀숲이나 돌 밑에 있는 물고기도 잡을 수 있어 지금의 수영장보다는 훨씬 좋은 곳이다. 여름철 장마로 강물이 불어나면 목욕하기가 위험한 곳이기도 하다. 소나기가 내린 후 흙탕물에서 목욕을 하고 나면 온몸이 파운데이션을 바른 것 같이 뽀얗게 되기도 한다. 고무줄 팬티를 입고 다이빙을 하면 팬티가 내려가서 고추가 나오기도 하였지만, 마을 앞 냇가는 친구들과 어울려 놀기 좋은 목욕탕이자 수영장이었다. 어슴푸레 어둠이 되면 냇가는 어른들의 목욕탕이 된다. 아저씨들이 목욕하는 장소는 좀 깊은 물이고 아주머니들이 목욕하는 곳은 얕은 물이며 멀리 떨어져 구분되어 있었다. 어두워서 보이지는 않았지만, 그곳을 상상하기도 했다.

겨울 목욕은 소죽을 끓이는 가마솥에 물을 데워서 한다. 가마솥 안에 들어가 몸을 불리고 나서 밖에 나와 때를 민다. 가마솥에는 형과 동생들이 같이 들어가기도 하지만, 셋이 들어가기에는 좀 협소하기도 했다. 목욕 검사와 더불어 마무리는 항상 어머님께서 해 주셨다.

초등학생이 되고 난 뒤에는 아버지를 따라 읍내에 있는 목욕탕에 다녔다. 어른과 아이들의 모습이 달라서 처음에는 이상하기도 하고 신기하기도 했지만 나중에는 그 다름을 알게 되었다. 같이 목욕을 가면 등 밀어주는 것은 기본이었다.

목욕탕은 남탕과 여탕이 구별되어 있었다. 칸막이 높이가 천장 바로 밑은 서로 통하게 되어 있어 목욕하는 소리가 들리기도 한다. 깨끗한 헹굼 물탱크는 남녀 공용으로 쓰게 되어 있어 바가지로 물을 풀 때 바가지가 서로 부딪치기도 하고 여탕의 손이 보이기도 한다. 여탕이 궁금하기도 했다.

요즘은 대중목욕탕에 갈 일이 거의 없어졌다. 아파트 생활을 하다 보니 집에 목욕 시설이 두세 개씩이나 되어 옛날의 정취가 있는 대중목욕탕에 갈 일이 없어지고 사우나 시설에 가서 땀을 빼는 정도의 목욕으로 변했다.

우리 동네 앞산에는 유독 산토끼가 많았다. 가끔 산에 가보면 주위에 토끼가 자주 보인다. 암수가 같이 다니기도 하고 새끼를 데리고 다니는 어미도 있다. 산 밑 밭에 있는 나물이나 채소를 뜯어 먹이려 떼를 지어 내려오기도 한다. 토끼는 앞다리가 짧고 뒷다리가 길어서 오르막 비탈길은 잘 뛰어가지만, 내리막길은 조금만 속도가 붙으면 곤두박질로 넘어진다.

가을 추수가 끝나고 농한기가 되면 농촌에서는 할 일이 없다. 부지런한 사람은 가마니를 짜기도 하고 깊은 산골에 가서 땔감 나무를 구하기도 한다.

청년들은 날을 택하여 산토끼 몰이사냥을 나간다. 꼬마 아이들도 따라나선다. 20여 명이 모이면 산 아래로 가서 토끼몰이를 시작한다. 임진왜란 때 이순신 장군이 펼쳤던 학익진 전법으로 산 아래 일정 구역을 둘러싸서 서서히 위로 올라가면 토끼가 한 마리씩

풀숲이나 숲속에서 뛰쳐나온다.

계속 몰아 산 위로 올라가면 대여섯 마리가 눈에 띈다. 계속 몰아 올라 9부 능선까지 가면 토끼들이 당황한다. 어떤 놈은 더 올라 도망갈 곳이 없음을 알고 아래로 달음질친다. 아래로 달음질치는 순간에 앞다리가 짧고 뒷다리가 길어 앞으로 고꾸라진다. 서너 명의 청년들은 넘어지는 토끼를 잽싸게 잡는다. 봉우리까지 도망친 토끼는 더 이상 갈 곳이 없음을 알고 주저앉기도 한다. 내리막으로 달리면 고꾸라지는 것을 토끼 자신이 알기 때문이다. 개중에는 재수 좋게 포위망을 뚫고 도망가는 놈도 있지만 대부분 생포된다. 토끼몰이로 잡은 토끼는 청년들 차지다. 청년 중 한 사람의 집으로 가지고 간다. 구워 먹는지 삶아 먹는지 아이들은 모른다.

토끼털은 따뜻하다. 가죽을 잘 손질하여 겨울에 귀마개를 만들어 쓰면 찬바람에도 귀가 시리지 않아 좋다. 아이들은 토끼몰이에 참가하여 뒤처져 따라다닌 것만으로도 사냥에 일조하였다고 만족하며 헤어진다. 그때 도망가는 산토끼를 따라 산을 오르던 일이 눈에 선하다.

어릴 때 마을을 찾아오는 사람들 중에 가장 반가운 사람이 엿장수였다. 엿판을 상자에 담아 손수레에 올려놓고 끌고 다니기도 하고 등에 지거나 앞가슴 쪽으로 메기도 한다. 동네마다 돌아다니면서 큰 가위로 철거덕 철거덕 소리를 내면서 꼬마들을 유혹한다. 사이다병이나 소주병, 고무신, 부러진 숟가락, 찌그러진 냄비, 깨어진 솥 같은 모든 물건을 다 받는다. 순회하는 고물상이다.

내 삶을 여기에 담아본다

아직 신을만한 고무신이나 멀쩡한 냄비를 들고나와 엿을 바꾸어 먹고 나서 부모님께 혼나는 일들이 많았다. 달콤한 먹거리가 없을 때라 엿은 인기가 많았다. 그래서 고물이 아닌 것으로 엿을 바꾸어 먹었어도 어른들은 크게 야단치지를 않았다. 어린 자식이 오죽이나 먹고 싶었으면 멀쩡한 것을 들고 나갔겠느냐는 자식 사랑하는 마음이 더 크신 것 같았다.

엿장수는 어른이지만 재미있는 사람들이 많았다. 어린이들에게 재미있는 이야기를 들려주고 코미디언같이 웃기기도 잘한다. 재미있어서 졸졸 따라다니기도 한다.

엿은 물물 교환을 하다 보니 정확한 가격이 없다. 같은 물건인데도 어떤 때는 많이 주고 어떤 때는 적게 준다. 지난번보다 적다고 항의하면 조금 더 떼어 준다. 엿을 주는 것은 엿장수 마음 내키는 대로였다. 그래서 지금까지 "엿장수 마음대로"라는 말이 전해져 내려오고 있다.

일제 강점기에는 쌀이 군량미로 수탈당하여 쌀로 엿을 만들지 못하다가 8·15 광복 후부터는 조금 자유로워져 엿을 만들어 유통하기 시작했다.

엿판을 담는 상자는 가로 70cm, 세로 40cm 정도이고 높이가 10cm 정도 되는 직사각형 상자다. 그 상자에 묽은 밀가루 반죽같이 생긴 엿을 부어 넣으면 엿판이 되는 것이다. 엿판은 가운데는 조금 두껍고 가장자리는 얇은 모양새다.

엿을 만드는 곡식의 종류에 따라서 엿의 맛이 조금씩 다르고 첨

가물을 넣는 정도에 따라서도 엿의 색깔과 맛, 모양이 조금씩은 다르다. 엿 중에서도 울릉도 호박엿이 제일 맛있는 엿으로 소문이 나 있다. 엿장수는 "울릉도 호박엿이요" 하면서 동네방네 다녔다.

한참 후에 손가락 굵기만 한 가래엿이 나오기 시작하였고 엿가락을 분질러 그 속의 공기구멍 크기를 견주어 보는 엿치기 시합도 하면서 즐거운 어린 시절을 보냈다.

우리 집에서도 조청을 만들어 조청 고추장을 만들고 가끔은 가래엿을 만들기도 하였지만, 엿장수가 가지고 다니는 것과 같은 일정한 모양의 가래엿을 만들지는 못하고 울퉁불퉁 굴곡이 심한 엿만 만들었다. 집에서 엿 만드는 것은 쉽지 않은 일이었다. 중화요릿집에서 밀가루 반죽을 늘려 우동 국수를 만들듯이 두 사람이 마주 보고 앉아서 엿 반죽을 늘려 당긴다. 주고받음을 반복하면 누런 조청이 하얀 가래엿으로 변한다. 그중 모양새가 좋은 엿은 손님용으로 별도로 보관하고 나머지는 우리 형제들의 간식용이었다.

요즘은 민속촌에나 가야만 옛날 호박엿이나 가래엿을 볼 수가 있다. 어쩌다 큰 마트에서 과자같이 한입에 쏙 들어가게끔 낱개로 포장되어 파는 것을 볼 때면 어린 시절의 엿장수와 엿 먹던 풍경이 떠오르기도 한다.

나에게 영화라는 단어는 항상 궁금증과 호기심을 불러일으킨다. 예술이라는 말을 들어보지도 못한 시기에 처음으로 접한 것이 영화였다.

어릴 때 우리 마을로 1년에 한두 번씩 이동식 영화관이 왔다. 확성기로 영화 보러 오라고 동네마다 다니면서 선전을 하면 가슴이 설레고 마음이 들뜨기 시작한다. 면사무소 앞이나 창고 앞 공터에 가설극장을 만든다. 말뚝을 박고 천막을 둘러 울타리를 만들고 관람석을 만든다. 관람석은 의자도 없는 맨땅이다.

전기가 없는 시골에 발전기를 가지고 와서 출입구에 전등도 켜고 영사기를 돌린다. 동네 어른들은 활동사진 보러 가자고 하셨다. 그 당시에는 영화를 활동사진이라고 불렀다. 필름을 영사기에 올려서 돌리면 화면만 나온다. 영화의 대사는 모두 변사가 한다. 슬픔과 기쁨, 희로애락의 모든 장면을 때로는 구슬프고 처량하게, 때로는 씩씩하고 용감하게 대화와 해설을 엮어가는 변사의 그 목소리가 아직도 귀에 생생하다.

돈을 내고 들어가기도 하지만, 돈이 없으면 경비한테 사정을 하거나 경비가 허술한 틈을 타서 집단으로 천막 밑으로 들어간다. 경비가 심할 때는 끝까지 기다리면 영화가 끝나기 5분쯤 전에 기다리는 모두에게 문을 열어준다. '춘향전'과 '이수일과 심순애' 영화가 인기가 많았다.

세월이 흘러 가설극장은 없어지고 읍내에 극장이 생겼다. 초기에 극장은 대사를 더빙 처리하였기에 배우의 입 모양과 성우의 목소리가 맞지 않는 경우가 허다했다. 입 따로 말 따로였다.

시골에서는 영화를 통해서 문명을 느낄 수가 있다. 서울 사는 사람들의 생활 방식과 환경 등을 보고 느낄 수 있으며 서양 사람들의 사는 모습도 영화를 통해서 우리와 비교해 보고 본받기도 했다.

영화는 대부분 국산 영화였다. 인기가 대단했다. 어쩌다 외국영화를 보고 서양 사람들이 한결같이 못생겼다고 생각했다. 키도 장대같이 크고 눈, 코, 입이 비정상처럼 느껴져 외국인들은 모두 못생겨 보였다.

'춘향전', '심청전', '흥부놀부전' 등을 보다가 '유관순', '세종대왕', '충무공 이순신' 등 역사 인물전을 단체 관람하기도 했다.

영화는 밤에만 상영했기에 동네 청년들을 따라 3km 정도 떨어진 읍내의 극장에 가기도 했다. 젊은 청춘들이 연애하는 장소가 극장이기도 했다. 청춘의 남녀가 나란히 있을 수 있는 장소가 극장이었고 남몰래 손이라도 한번 잡아볼 수 있는 장소가 영화관이었다.

시간이 지나면서 외국영화가 더 좋아지기 시작했다. 고등학교 때는 '벤허'를 보고 또 보고 싶었다. 달리는 마차를 타고 결투를 벌이는 장면은 정말 멋있었다. '빨간 마후라'도 잘 만들어진 영화였지만, 외국영화는 스케일이 달랐다.

대학에 와서는 외국인 배우들이 더 멋있고 예뻐 보였다. '로마의 휴일'에 나오는 오드리 헵번의 단발머리 사진을 액자에 넣어 하숙방에 걸어놓기도 했다. 피카디리, 단성사에 영화 보러 많이 다녔다.

톨스토이 작품인 영화 '전쟁과 평화'를 보고 나서는 무아지경에 빠진 듯 멍해지기도 했다. 집으로 돌아가는 중에도 영화의 장면들이 머릿속을 떠나지 않았다.

'바람과 함께 사라지다', '누구를 위하여 종은 울리나', '닥터 지

바고' 등 많은 걸작 영화를 보았다. 영화에서처럼 멋진 남자 주인 공이 되고 싶기도 하고, 미인을 만나 연애하고 사랑을 나누고 싶었던 시절이었기에 감명 깊게 보았다.

최근 한국 영화 '기생충'을 보았다. 한국이 처음으로 아카데미 감독상과 작품상 등 4개 부분을 수상한 작품이었다. 스토리 내용은 별로였지만 재미있게 보았다.

나는 서부 영화를 좋아하고 전쟁 영화를 좋아한다. 'OK 목장의 결투', '황야의 무법자', '석양의 무법자' 등 총잡이들의 결투를 보면 그 묘기에 감탄하기도 하고 통쾌해하기도 한다.

전쟁 영화는 인간의 이기심으로 전쟁을 일으키고 적군과 아군이 어떻게 대처해 나가는지, 생사의 갈림길에서 지휘관과 병사들이 굶주림과 질병, 공포 등의 극한 상황에서 어떻게 승리를 끌어나가는지 등 흥미로운 점이 많다. 전쟁은 잔인하지만 역사상 전쟁은 자주 일어나는 일이다. 전투에서 이기고 지는 것이 명쾌하기에 멜로 드라마보다는 전쟁 영화를 선호하는 편이다.

케이블 방송, CD 등으로 집에서도 편리하게 영화를 골라 볼 수 있어서 극장에 가본 지가 오래되었다. 옛날에는 영화배우가 가장 멋있고 잘 생겼고 미인이었는데, 요즘은 연속극에 나오는 탤런트가 더 멋있고 예쁘다. 젊은 시절에 그렇게 좋아하던 영화도 감정이 무뎌져서인지 보고 싶은 생각이 줄어드니 이 또한 나이 탓인가 보다.

설 명절의 세 가지 추억

매년 돌아오는 설날이지만, 어릴 때는 가장 기다려지는 날이다. 나이를 한 살 더 먹는 것과 맛있는 음식과 선물 때문일 것이다.

양력설(태양력 1월 1일)과 음력설(태음력 1월 1일)이 공존하던 시절이었기에 세배와 제사 문제로 혼란스러웠다. 양력설은 왜놈 설이라 불렀고 일반 국민은 명절로 인정하지 않았다. 대부분의 가정에서는 음력설이 진짜 우리의 설로 여기고 새해 첫날에 차례를 지냈다.

양력설은 1872년 대한제국 고종 때 역법을 양력으로 개정하였고, 1895년 일본이 강제로 시행하게 했다고 해서 일본인의 설이라고 생각했다.

한국은 설이라고 부르고 중국은 춘절이라고 하면서 큰 명절로 여기고, 일본은 정월(正月)이라는 이름으로 양력 1월 1일에 설음식

내 삶을 여기에 담아본다

을 먹는다. 한국은 오늘날까지 뜻깊은 날이라 해서 민속 행사도 치르고 있지만, 그 의미가 점점 약해지는 것 같다.

어쨌든 설 명절은 나의 어린 시절에는 가장 기다려지는 날이었다.

어린 시절, 설날에 관한 몇 가지 추억이 있다.

첫 번째 추억은 맛있는 음식이 많은 것이다.

대표적인 음식이 달콤한 조청으로 만든 강정이다. 직접 농사를 지은 쌀과 참깨, 들깨, 콩으로 강정을 만든다. 그때는 뻥튀기 기계가 없을 때이니 모두 가마솥에서 곡식을 볶아서 만든다. 집 대문을 들어서면 깨 볶는 고소한 냄새가 얼마나 좋았던지 지금까지도 코끝에 맴돌 듯이 그 향기가 잊히지 않는다.

명절이 다가오면 내가 할 일이 꽤 많아진다. 엿기름과 고두밥을 만들어서 식혜를 만들고 식혜를 체로 걸러서 그 물을 몇 시간 동안 고아서 조청을 만든다. 조청을 고울 때 불을 세게 지피면 솥에 눈고 약하게 하면 시간이 오래 걸리기 때문에 이 일에도 경험과 기술이 필요했다. 강정 중에서도 참깨 강정이 제일 맛있었다. 성인이 된 후에 내가 직접 강정을 만들어 보고 싶었지만, 아내는 내가 부엌에서 음식 만드는 것을 싫어했기 때문에 어린 시절 이후에는 강정을 만들어 보지 못했다.

떡국은 1년 중에 설날에만 먹는 음식이었다. 가래떡을 만드는 방법은 70년 전이나 지금이나 같지만 예전에 시골 마을은 손으로 비벼서 가래떡을 만들었다.

우리 집은 밀양읍에서 가까운 곳이라 방앗간에 가서 가래떡을 뽑아올 수 있었다. 줄을 서서 기다렸다가 기계로 뽑아온 가래는 썰기가 좋게끔 적당히 굳은 후에 칼로 썰어야 한다. 오후에 뽑아오면 한밤중이나 새벽에 썰게 된다. 2·3천 개를 썰어야 하니 매우 힘든 일이다. 우리 형제들은 칼 쓰는 솜씨가 둔해서 일정한 모양으로 자르기가 쉽지 않았다. 주로 어머니께서 새벽에 일어나셔서 다하셨는데 크기와 모양이 보기 좋았다.

설날 아침에 큰집(할아버지 댁)에 차례를 지내러 가기 전에 우리 집에서 꼭 하는 행사가 있다. 아버지와 어머니께 세배를 올리는 일이다. 그러고 나서 온 가족이 둘러앉아 삶은 계란을 한 개씩 먹으면서 떡국도 같이 먹는 것이 우리 집의 전통이다. 나이를 한 살 더 먹는 가장 뚜렷한 징표로서의 설날 아침 행사였다.

동이 틀 무렵 새벽에 온 가족이 모여 앉아서 떡국과 함께 따뜻한 삶은 계란을 한 개씩 먹음으로써 새해를 맞이하고 한 살을 더 먹는 것을 실감 나게 한다. 그 행사는 내가 결혼을 한 후에도, 그리고 내 아들이 결혼한 후에도 손자들과 같이 동이 트는 새벽에 매년 변함없이 지금까지 이어져 오는 우리 가족의 설날 아침 행사이다.

두 번째 추억은 선물이다.

어머니는 설 대목장에 가셔서 5남매의 선물을 사 오신다. 신발 문수(치수)도 다 알고 계신다. 양말은 필수품이고 어쩌다 재수 좋은 해에는 옷 한 벌과 신발도 한 켤레 받게 된다. 옷을 오래 입어야 하니까 1년 후에나 맞을 크기의 옷을 사 오셔서 바지와 소매는 항상 접어 올리거나 안으로 접어 넣어야 하는 헐렁한 옷이었다. 그래도 오랜만에 받는 선물이라 정말 좋았다. 새 옷을 입고 다니다 보면 세탁으로 줄어들기도 하고 키가 커지면서 크기가 딱 맞아지기도 한다. 키가 너무 빨리 크면 형님 옷을 물려받아 얻어 입기도 하고 대물려 주기도 한다. 새 옷에서 풍겼던 그 냄새는 아직도 잊히지 않는다.

시골의 꼬마 아이들은 봄부터 가을까지는 양말을 신지 않는다. 양말 없이 신발만 신고 다니다가 발이 시려 동상이 걸릴 때쯤 되면 양말을 신게 되고 모든 양말은 면양말이라 금방 구멍이 난다. 어디를 가더라도 걸어 다녀야 하기 때문에 성한 양말이 없다. 기워서 신거나 땜질을 해야 했다.

하루에 걷는 거리는 적어도 10km 이상은 되었다. 식사 때를 제외하고는 집안일을 돕고 심부름하거나 친구들과 놀러 다니면서 여기저기 돌아다니느라 앉아 있을 시간이 없었다. 그때도 누구 집을 방문하게 되면 어머니께서 양말을 꼭 챙겨주셨다. 새 양말은 매년 받아온 새해의 새 선물, 새것이었다. 선물은 그때나 지금이나 그 느낌은 똑같다.

세 번째 추억은 추위다.

동지를 지낸 지 대개 한 달 후가 설날이니 가장 추울 때이다. 방한복도 없고 무명옷에다가 얇은 면양말로 새벽에 동이 틀 무렵 할아버지 댁에서 차례를 지낸다. 대청마루에 차례상을 차려놓고 마당에는 멍석을 깔아서 3대가 일렬로 서열대로 서서 차례를 지낸다.

직계 가족이 너무 많아 꼬마들은 앞줄을 만들어서 차례를 지내는데 바른 자세로 똑바로 서 있어야만 했다. 추워서 발을 동동 구르고 있으면 숙모님들이 화로를 가지고 와서 손발을 녹여주시곤 했다. 너무나 생생한 기억 속의 한 장면이다.

내 삶을 여기에 담아본다

설날은 기다려지는 날이었다. 먹을 것도 많고 선물도 받고 온 동네가 활기 넘치는 날이다. 그때의 설날은 무척 추웠지만, 온정이 넘치는 날이었다. 동네 어르신들께 세배드리러 다니는 것도 연중행사 중 하나였다. 또래의 친구들이 모여서 할아버지쯤 되는 연로하신 분들을 찾아뵙고 세배를 드리면 세뱃돈은 없어도 간단한 음식으로 대접을 받는다.

설날의 아련한 풍습들이 그리워진다. 화롯불을 옆에 가져다주시던 숙모님들 생각이 많이 난다.

큰집의 풍경

할아버지 댁을 큰집이라 불렀다.

5남 2녀의 아버지 형제들은 결혼 후에도 모두 한마을에 사셨다. 결혼하면 집 한 채와 논 몇 마지기를 자식에게 제공하시며 신혼집과 먹고살 땅을 주셨다.

할아버지 댁을 우리 사촌들은 모두 큰집이라고 부른다. 안채와 사랑채 그리고 별채가 있는 집이었으니 삼촌들의 신혼집보다 당연히 규모가 크고, 제일 큰 어른이 살고 계셔서 할아버지 댁을 큰집이라고 부른 것이다.

어쩌다 큰집에 가면 느끼는 것이 항상 설렁하면서도 딱딱했다. 엄하신 할아버지와 서모 할머니, 군청 공무원인 큰아버지와 숙모님뿐이다. 어른들만 계셨기에 같이 놀아줄 형이나 누님도 없고 동

내 삶을 여기에 담아본다

생도 없어서 가고 싶지 않았다. 뒤늦게 동생이 생겼으나 그때는 내가 중학교에 다닐 때여서 나이 차이가 커 같이 놀 수 없었지만, 다행한 일이라 생각했다. 늦게나마 아들이 태어났으니 모두 좋아하셨다.

큰집은 종갓집이라서 찾아오는 손님도 많았다. 할아버지 사랑방엔 멀리서 오신 일가친척들로 북적거렸다. 집안 대소사 의논이나 인사차 찾아오시는 손님들이다. 무슨 이야기가 오가는지는 나는 모른다. 분위기는 모두 엄숙해 보이고 웃음소리를 들어본 일이 거의 없었다.

큰집에서는 명절 제사를 포함하여 1년에 제사가 열 번 이상이었으며 일도 많아 보였고 음식도 많이 장만하시는 것 같았다. 행사 때마다 어머니는 음식 준비를 위해 큰집에 가신다. 점심시간이면 잠깐 집으로 오셔서 우리 집 형제들 식사를 대충 챙겨주시고는 급히 큰집으로 가서 숙모님들과 장작불 연기를 맡으면서 계속 일하셨다. 심심하기도 하고 맛있는 음식에 이끌려 사촌 몇 명과 함께 큰집으로 가면 진풍경이 벌어진다. 종갓집 숙모님은 제사 등 행사를 치르기 전에는 절대로 음식을 먹어보라고 주시는 법이 없다. 음식을 만드는 숙모님들한테도 코흘리개 어린 조카들한테도 맛을 보라고 주시는 일이 없었다.

그러나 일손으로 오신 숙모님들의 마음은 달랐다. 내 자식한테는 못 주어도 조카들한테는 주셨다. 조카들이 마당에서 서성거리고 있으면 큰집 숙모님이 보이지 않을 때 손짓으로 빨리 오라고 부르면 우리는 재빨리 달려가서 한두 점씩 얻어먹고 큰집을 나오곤 했다. 종갓집 며느리의 입장과 자식을 키우는 숙모님들의 입장 차이다. 돌아가신 조상이 우선이냐 자라나는 대를 이을 아이가 중요한가의 가치 차이다. 그 당시에는 조상이 우선이었을 때였다.

큰집에 와서 서성거리는 우리 꼴이 안쓰러웠던지 어머니께서는 음식 준비차 큰집에 가시는 날이면 우리 집에 우리들 먹으라고 떡이나 부침개를 먼저 만들어 놓고 가셨다. 어린 우리가 얻어먹고 싶어 큰집에 와서 서성거리는 것이 마음 아프셨다고 우리가 다 자란 후에 말씀하셨다.

세월이 한참 흐른 뒤 천수답의 논에 포도를 심어 과수원을 만들었을 때 10명이 넘는 사촌들한테 포도가 익어 먹고 싶으면 허락 없이 언제든지 와서 따 먹으라고 말한 것도 그때 어릴 때의 일이 생각나서였다.

할아버지는 항상 엄하고 무서운 분이었고 그 많은 손자에게 한 번도 칭찬해 주신 적이 없는 분이었다.

나는 말썽꾸러기로 별나기로 소문난 아이였다. 할아버지께서는 나의 행실을 알고 계셨는지 항상 냉랭하셨다. 또 무슨 짓을 하고 다닐까 경계하시는 모습이 역력하게 느껴졌다. 큰집과 우리 집은 이웃하고 있었다. 같은 골목을 지나야 하고 우리 집을 지나야 큰집

내 삶을 여기에 담아본다

에 갈 수 있다. 하루에도 몇 번을 할아버지와 마주치지만 한 번도 안겨본 기억이 없다. 일생 단 한 번도 안겨보지 못했다.

할머니는 나를 자주 업어주시고 아장아장 걷는 나를 동네 마실 갈 때 데리고 다니셨다고 어머님께서 말씀하셨지만, 나는 전혀 기억나지 않는 일이다. 기억할 수 있으면 좋으련만….

큰집은 항상 긴장감을 느끼게 하고 텅 비어 있었고 쓸쓸했다. 그러나 집안 행사 때에는 일가친척들의 집합 장소였고 북적거렸다. 아버지는 큰집을 좋아하셨다. 나에게는 인정이 없는 할아버지 댁을 아버지께서는 무척이나 좋아하시는 것 같았다. 태어난 집이기도 하지만 할아버지가 살고 계시는 집이기 때문일 것이라고 생각했다. 가끔 어머니께서 별미로 맛있는 음식을 만들 때면 항상 큰집에 먼저 갖다드렸다. 우리 집도 한창 자라고 있는 나이의 5남매가 있었지만, 우리보다 큰집이 우선이었고 푸짐하게 갖다드렸다.

내가 고등학교 때부터 객지 생활을 시작하여 결혼하고 난 이후에도 고향 집에 가게 되면 첫 번째 할 일이 큰집에 가서 문안 인사를 드리는 것이었다. 아버지께서 항상 확인하시니까 안 갈 수 없는 일이었다. 외출하셨다 돌아오시면 첫 번째 질문이 큰집에 갔다 왔는지를 확인하시니까 먼 길에 피곤함이 있어도 큰집에는 반드시 우선으로 문안 인사를 드려야만 했다. 삼촌들도 한동네에 살고 계시고 사촌들도 여러 명 있지만 큰집에 인사하러 가는 것을 우리 집 같이 철저히 지키지는 않는 것 같았다.

집안 어른께 인사드리는 것이 습관이 되어서인지 나의 아내도 손자 손녀들이 집에 오면 꼭 나에게 먼저 인사를 시킨다. 현관에 들어서면 첫 마디가 "할아버지한테 예쁘게 인사드려라"이다. 나도 그 말이 듣기 좋았다. 나는 친절하게 인사를 받고 번쩍 들어 올리면서 "멋있다. 예뻐졌네. 많이 컸네"라면서 안아주기도 한다. 어린 아이들이 점점 자라니까 이제는 무거워서 번쩍 들지는 못하지만, 만남의 반가움은 여전히 전하고 있다.

나는 아들과 며느리, 손자 손녀가 매주 집으로 와서 식사를 함께 할 수 있어 행복을 느끼고 있다. 이웃에 집을 장만해 주어 같은 동네에서 자주 보면서 살 수 있어 모두가 다 좋아한다. 두 아들 내외와 손자 2명, 손녀 2명이 모두 모이면 10명이다. 식탁도 10인용으로 준비하여 손자 손녀가 어릴 때는 모두 같은 식탁을 사용했지만, 손자들이 커져서 요즘은 어른과 아이들이 따로 앉아서 식사한다.

〈손자녀들이 그린 그림 4〉

내 삶을 여기에 담아본다

세월이 흘러 내가 살고 있는 우리 집이 큰집이 되었고 할아버지 댁이 되었다. 아이들이 초등학교에 들어간 후로는 할아버지 댁에 오면 나는 반드시 용돈을 준다. 질문도 하고 이야기도 나누고 있지만 점점 멀어져 가는 것을 느낀다. 친구도 생기고 할 일이 많아지니까 그런가 보다 하고 생각한다. 좋은 할아버지가 되도록 계속 노력하는 중이다.

방학

방학(放學)은 놓을 방, 배울 학 자로 배움을 잠깐 내려놓고 쉰다는 뜻이다. 옛날이나 지금이나 학생들에게는 방학이 있다. 여름 방학, 겨울 방학, 봄 방학, 농촌 학교에서는 가정 실습이라는 이름으로 농번기에 농사일을 도우라고 며칠씩 놀려주는 방학도 있다.

초등학교 때의 방학은 학교에 가지 않고 마냥 집에서 놀기만 했다. 시골의 좁은 지역 탓도 있지만, 어딜 가려고 해도 교통편이 불편하고 그때의 경제 수준으로는 차비도 만만찮은 비용이었다.

그래도 방학이 되면 다른 데는 못 가도 외갓집에는 빠지지 않고 갔다. 걸어서 10km쯤 되는 거리다. 아침 먹고 출발하면 점심때쯤이면 도착한다. 밀양 읍내를 거쳐 기찻길을 따라가다가 거리상으로 가

내 삶을 여기에 담아본다

깝다는 핑계를 대며 호기심으로 기차 굴(터널)에 들어가기도 했다.

터널을 들어갈 때는 반드시 확인하는 일이 있다. 철도 레일에 귀를 대고 기차가 오고 있는지, 어느 방향에서 오고 있는지를 확인해야 한다. 형님한테 배운 비법이다. 그렇지 않으면 사고가 날 수 있기 때문이다. 방향을 확인하고 기차가 오지 않는 터널 안 기차선로를 용감하게 들어가지만, 위험을 느낄 수도 있다. 어쩌다 잘못 판단하여 기차와 터널 안에서 만나게 되면 몸을 터널 벽에 바짝 붙이거나 기차선로 옆의 공간 바닥에 몸을 붙여 엎드려 있어야만 한다. 그렇지 않으면 기차가 지나가는 바람에 몸이 휘말려 들 수가 있기 때문이다.

그때는 모두 완행열차밖에 없는 시절이었고 밀양에서 부산까지 가는 데 두 시간이 걸렸으니, 시속 40km 정도밖에 안 되어서 그렇게 할 수 있었다. 요즘같이 시속 200km가 넘는 고속철도에서는 감히 생각할 수 없는 일이다. 석탄으로 달리는 증기 기관차여서 기차가 지나간 후에는 얼굴도 콧구멍도 새까맣게 되어 서로 쳐다보고 웃기도 했다. 검댕이 묻은 얼굴은 논두렁이나 냇가에서 씻고 간다.

외갓집에 갈 때는 형이나 동생 아니면 또래의 사촌과 같이 간다. 모두 방학이라 나들이를 좋아했다. 외갓집은 먹을 것도 많고 배울 것도 많아서 가고 싶은 곳이었다. 또한 외갓집은 반겨주시는 분이 많다. 외할아버지, 외할머니, 외삼촌, 외숙모님 그리고 나보다 아래위의 외사촌들이 모두 우리를 반겨주셨다.

외삼촌은 외아들이고 이모님들은 자식이 없었기에 우리는 귀한 손님이었다. 우리 집은 한마을에 사촌만 15명 정도였으니까 비교가 되었다. 방학 때는 사촌들과 고모님이 계시는 교장 선생님 집에 가기도 했다.

중학교 때의 방학은 범위가 넓어지고 친구들의 숫자도 많아졌다. 읍내의 친구들과 어울리고 나보다 더 시골 산골에서 온 친구와도 어울리다 보니까 방학이면 가볼 데가 많아졌다. 초등학교 때 가지 못한 곳에 대한 호기심이 발동하여 이곳저곳의 친구들 집으로 많이 돌아다녔다.

대학생들이 방학 동안 시골에 와서 농촌 계몽 운동을 하는 것과 그 당시에는 초등학교도 의무교육이 아니었기에 문맹자가 많아서 야간 학교를 만들어 문맹 퇴치 운동을 하는 것을 보고는 감명받았다.

고등학교 때는 생활 무대가 밀양에서 부산으로 옮겨졌다. 군 단위 친구들보다 다양한 도 단위의 친구들과 어울리게 되었다. 부산, 마산, 함안, 울산, 하동, 진주 등 다양한 곳에서 선발된 친구들이라 방학 동안의 방문지는 그 폭이 더 넓어져 있었으나 모두 대학 입시 공부 때문인지 방학을 즐기지 못하는 것 같았다. 가깝게 지내는 친구 집에 가서 하룻밤 자고 오는 정도였다.

대학에서의 방학은 성인이 되었기에 여유가 있었다. 방학 숙제 없고 특별히 간섭받지 않는 진정한 방학이었다. 서울에서 시골집

내 삶을 여기에 담아본다

으로 내려와 고향 친구들과 어울려 노는 것이 즐거웠다.

　대학 시절의 방학 에피소드 중 하나는 대학의 같은 학과 친구가 밀양으로 놀러 온 것으로 시작된다. 그 친구와 밀양에서 하루를 보내고 경북 성주에 있는 친구 집으로 주소만 가지고 찾아갔다. 요즘 같으면 휴대폰으로 연락하고 갔겠지만, 그 당시에는 유선 전화기 시절이었고 그 친구 집에는 전화가 없었기에 무작정 찾아갔다. 가는 날이 장날인지 그 친구는 집에 없었다. 내가 가지고 있던 돈은 서울 친구 접대하느라 거의 다 쓰고 조금 남은 여비로 대구를 거쳐 시외버스로 초행의 먼 길을 떠났다.

　성주 가서 친구를 만나면 참외도 줄 것이고 차비쯤이야 주겠지 하고 갔는데 친구는 없고 친구 누나가 우리를 반겼다. 해 질 무렵이 되었는데도 친구는 오지 않았다. 거기서 잘 수도 없고 그렇다고 차비 좀 달라고 할 수도 없었다. 주머니를 탈탈 털어 억지로 대구로 나왔다. 하는 수 없이 서울 친구의 대구 친구 집에서 하룻밤 신세를 지게 되었다. 내가 모르는 사람의 집에서 잠을 자보기는 처음이었다. 피곤했지만 아침 일찍 잠이 깼다.

　상쾌하지 않은 기분으로 혼자 마루에 걸터앉아 어제의 일과 지금의 처량한 나의 모습을 생각하고 있는데 라디오에서 'G선상의 아리아'가 흘러나왔다. 그때는 그 곡이 'G선상의 아리아'인 줄 몰랐다. 그 곡조가 어찌나 서글프게 들렸는지 나의 심정과 똑같다는 느낌을 받았다. 그래서 그 곡은 평생 잊지 않게 되었다.

　여행길에 돈이 떨어지면 정말 곤란하다는 것을 실감했다. 그때 이후 나는 어디로 여행하더라도 충분한 여비를 준비하고 떠난다. 다시는 여비가 떨어져 초라한 모습이 되기 싫었다. 낯선 집에서 일찍 나와 대구 수성못에 갔다. 한적한 저수지였다. 여름이라 날씨도 덥고 해서 저수지에 들어가 다 같이 피서를 즐겼다. 저수지 제방에 팬티가 마를 때까지 수영을 했다. 그때의 그곳이 지금은 대구의 중심 신도시가 되었다.

친구와 함께 다시 밀양으로 와서 부모님께 여비를 두둑이 얻어 부산 해운대로 떠났다. 부산에 있는 나의 친구에게 연락하여 같이 어울렸다. 해운대 백사장에서 수박을 쪼개 먹으면서 바닷바람을 즐기다가 수영하러 바다로 들어갔다. 너울성 파도를 타면서 점점 멀리 나가다 보니 빨간 부표로 표시된 경계선까지 가게 되었고 파도에 밀려온 해초가 몸에 휘감겼다. 약간의 긴장감과 위험을 느끼고 뒤돌아 가야겠다는 생각에 몸을 돌렸다. 그때 뒤에서 밀려온 높은 파도가 뒷머리를 덮쳤다.

몇 번을 헤엄쳐 나오는데 또 파도가 덮치면서 몸이 거꾸로 곤두박질쳤다. 나도 당황하고 같이 헤엄쳐 들어갔던 친구도 당황하여 서로 붙들고 엉켰다. 다급한 상황이었다. 등 뒤에서 또다시 파도가 덮치니 짠 바닷물이 입 안으로 들어왔다. 허우적대다 보니 또 바닷물을 마셨다. 해변에 앉아 있는 친구들에게 팔을 흔들면서 구조 요청을 보냈지만 못 보았는지, 기분이 좋아서 흔드는 손짓으로 여겼는지 아무런 조치가 없었다. 수심이 발에 닿을 지점까지 겨우 나왔

내 삶을 여기에 담아본다

을 때 다시 큰 파도가 쳤다. 머리가 곤두박질하면서 모래 섞인 물이 입 안으로 들어왔다.

정신을 차리고 겨우겨우 친구와 함께 얕은 곳까지 나오게 되었다. 기진맥진한 몸을 끌고 해변으로 나와 백사장에 엎어져 누웠다. 조금 있으니까 구토증을 느껴 토하게 되었다. 시뻘건 액체가 쏟아져 나왔다. 순간적으로 긴장이 되었다. 심하게 허우적거리는 바람에 창자가 끊어져 선혈이 나온 줄 알았다. 정신을 차리고 다시 자세히 쳐다보니 수박 물이었다. 수박을 먹고 수영하러 간 것 때문이라고 판단한 뒤에는 안심이 되었다. 익사 사고가 일어날 수도 있었던 급박했던 상황을 추억으로 간직하게 되었다.

지금도 'G선상의 아리아'를 들으면 대구에서의 그때 그 심정이 생각난다. 그리고 해운대 바다의 파도가 얼마나 위력적이었는지, 친구들과 푸른 바다를 신나게 즐겼던 여름날이 생생하게 떠오른다. 학창 시절의 방학도 시간의 흐름 속으로 지나가고 여러 가지 재미있었던 일들도 먼 추억으로 남게 되었다.

방학 때 또 한 사건이 발생했다.

고등학교 때부터 절친하게 지냈던 두 친구가 밀양 집으로 놀러왔다. 사명대사의 충혼을 제향하는 사찰인 표충사 계곡으로 갔다. 냇가에는 물레방앗간이 있었다. 물레방앗간 옆에서 사진을 찍을 때였다. 지금은 미국으로 이민 간 친구와 내가 먼저 사진을 한 방찍고 다음은 내가 사진을 찍어줄 차례가 되었다. 사진 찍을 준비를 하고 있는데 친구 최경석이 논두렁에서 미끄러져 물레방아로 떨어졌다. 아찔한 순간이었다. 급히 뛰어가 보니까 친구가 물레방아에 휘감기고 있었다. 사람 살려라고 외쳤다. 방앗간 주인이 달려와 급히 물레방아를 멈췄다.

혁대가 두 동강이 나고 팔도 부러진 듯 깊은 상처가 나 있었으며 혼자서는 일어서지를 못했다. 상황이 처참했고 어찌할 바를 몰랐다. 빨리 병원으로 가야만 살 수 있다는 생각이 들었다. 등에 업고 도로가 있는 곳으로 뛰었다. 한참을 뛰고 나니 도로가 보였다. 버스가 다니는 길이었지만 시골이라 언제 버스가 올지를 몰라서 친구를 업고 계속 뛰었다. 전화도 휴대폰도 없던 시절이라 택시를 부를 수도 없었다. 마침 지나가던 차를 탈 수가 있었다. 차로 가는 도중에도 출혈이 심했고 정신을 잃지 않게 하기 위해 자꾸 말을 시켰다.

밀양 시내의 병원에 도착했다. 의사 선생님은 큰 병원으로 빨리 가야 한다고 앰뷸런스를 제공해 주었다. 부산대학교병원에 도착한 후에서야 겨우 안도의 한숨을 쉬게 되었다.

부모님께 연락을 드렸다. 친구가 우리 집에 놀러 와서 사고를 당했으니 미안한 마음에 가슴이 미어지는 것 같았다. 생명에는 지장이 없다는 말에 너무나 감사했다. 방학 내내 부산대학교병원 입원실에서 친구 병간호를 하면서 방학을 보냈다. 그 친구의 팔에는 아직도 깊은 상처가 있다. 허벅지 살을 떼어 성형 수술로 메웠지만

내 삶을 여기에 담아본다

깊이 떨어져 나간 흉터 때문에 그 이후로 아무리 더운 여름이라도 긴팔 셔츠를 입고 다닌다. 여름철에 그 모습을 보면 그때의 일이 자꾸 생각난다. 골반뼈도 어긋나서 지금까지 걸음걸이에 불편함을 느낀다.

여름 방학 때 있었던 악몽 같은 사고 때문에 친구가 불편하게 지내는 것을 보면 지금도 마음이 몹시 아프다.

나의 학창 시절 방학은 경제적 여건과 교통 사정 등이 지금과 같지 않았다. 1960년대가 나의 고등학교와 대학 시절이었다. 부산-서울 간 철도의 경우 하루에 몇 번밖에 없었고 시간도 빨라야 12시간이 걸렸다. 시골로 가게 되면 버스도 하루 두세 번만 운행한다. 대부분 비포장도로이고 차 오기를 기다리다 지쳐서 차라리 두세 시간을 걷기도 했다. 비행기 여행이나 해외여행은 꿈도 꿀 수 없는 시절이었다.

영남의 알프스를 종주하고 스스로 숙식을 해결하는 무전여행을 하기도 했지만 봉사활동 등 하고 싶은 것이 많았는데 하지를 못했다. 기억에 오래도록 남는 방학 동안의 일들이 많지 않다. 방학은 자유분방하게 뛰어놀 좋은 기회이다. 유년기와 청년 시기에 자연과 더불어 자연의 섭리를 깨닫는 시간을 많이 가지지 못한 것 같아 조금은 아쉽고 후회스럽다.

아들, 손자들은 더 넓은 세상을 보고, 듣고, 느끼는 값진 방학이 되기를 바라며 그 뒷받침을 해주고 싶다.

고향,
내 마음의 별을 품다

정월대보름

정월대보름은 대체로 입춘과 우수의 중간에 온다. 설날부터 정월대보름까지는 한 해의 새로운 농사를 위해 맛있는 음식을 먹으면서 충분히 쉬는 기간이다. 날씨가 조금 풀리기 시작해 내리던 눈이 비로 바뀌고, 얼음도 녹아서 물이 되기 시작하고 새봄 소식을 전하는 입춘과 우수 즈음에 정월대보름이 온다. 겨울철이라 습도가 낮아서 하늘이 청명하게 맑고 밤하늘은 유난히 깨끗하다. 그래서 정월이고 대보름달이 뜬다.

시골 마을 동네 아이들과 청년들은 해가 질 무렵이면 톱과 낫을 가지고 앞동산에 올라간다. 대보름 달집을 짓기 위해서다. 높이가 4~5m이고 둘레가 10m 정도나 되는 집채만 한 달 집을 달이 뜨기 전에 만든다. 원통형으로 만들고 달이 뜨는 방향으로 달 모양의 달

내 삶을 여기에 담아본다

문도 만든다.

먼 산 위로 보름달이 떠오르기 시작하면 달집에 불을 붙여 달맞이 행사를 한다. 한 해의 운세가 불같이 타오르고 따뜻한 한 해가 되기를 소망하면서 달을 보고 절을 한다. 자연을 숭배하는 인간의 마음이 담긴 행사이고, 새로운 한 해의 일을 시작하는 신호이기도 했다.

고향 산천에 봄기운이 드리우면

나의 살던 고향은 꽃피는 산골
복숭아꽃 살구꽃 아기 진달래
울긋불긋 꽃대궐 차리인 동네
그 속에서 놀던 때가 그립습니다

노인이 된 지금도 이 노래를 들으면 가슴이 찡하기도 하고 설레기도 하며 어떤 때는 눈시울이 뜨거워지기도 한다.

봄이 오면 앞동산에 진달래꽃이 활짝 피어 앞산은 분홍빛으로 물든다. 민둥산의 나무들은 땔감으로 다 베어 없어지고 큰 소나무만 군데군데 몇 그루씩 남아 있고 밑둥치 뿌리에서 새순이 올라와

내 삶을 여기에 담아본다

자라고 있는 상수리나무와 키 작은 도토리나무가 있었다. 진달래 꽃나무는 땔감으로 부적당하여 온 산에 자라고 있어, 봄이면 진달래 꽃 군락지가 되어 온 산을 붉게 물들인다. 마을 바로 앞에 있는 앞동산에 올라가서 진달래꽃을 따 먹고 한 다발 꺾어와서 유리병에 꽂아 두기도 했다. 꽃을 많이 따 먹으면 혓바닥이 파랗게 물들기도 하고 더 많이 먹으면 취하여 어지럽기도 해 구토를 하는 아이들도 있다.

산 아래 밭에는 복숭아꽃이 예쁘게 피어 있었다. 그렇게 맑은 연분홍 꽃을 보면 가슴이 설레기도 했다.

봄이 되면 고향의 봄이 항상 그립다.

〈손자녀들이 그린 그림 5〉

어릴 때 뛰어놀던 고향 산천의 봄은 티 없이 맑은 봄이다. 겨우내 움츠렸던 가지가 봄바람에 녹고, 들꽃들의 향기는 어린 가슴을

파고든다. 어린 시절 그 향기가 그리워 나이가 들어도 고향을 찾는다. 고향의 봄은 항상 따뜻하였고 힘이 솟는 희망이었다. 지금도 어린아이가 되어 그 속에서 다시 뛰놀고 싶다.

연어가 고향 산천의 물줄기와 향기를 찾아 회귀하듯이 사람도 그런 촉감이 있는 것 같다.

열차로 가든 승용차로 가든 고향 산천이 가까워지면 눈을 감고 있어도 그 느낌이 와닿는다. 전국 어느 지방에 가도 느끼지 못하는 분위기이다. 공기도 다르고 풀 냄새도 다르다. 어릴 때 느꼈던 그 향취와 분위기는 예나 지금이나 거의 같다.

최근에는 고향 산천이 너무나 많이 변하여 그 자취가 사라지고 있다. 소쿠리를 들고 수리 도랑이나 냇가로 가면 미꾸라지, 메기, 붕어, 송사리, 피라미 등 다양한 물고기를 한두 시간 만에 삼사십 마리는 잡아 왔는데 지금은 물고기를 구경조차 할 수가 없다. 중국이나 동남아의 시골을 여행할 때면 옛 시골 고향 생각이 나서 개천이나 냇가로 가보기도 했지만, 내가 어릴 때 보았던 그 광경을 볼 수 없어 실망하기도 했다.

강가에 가면 떼 지어 다니는 고기들을 언제든지 볼 수가 있었고, 여름철 해 질 무렵이면 하루살이나 모기를 잡아먹기 위해 물 위로 뛰어오르는 고기가 수십 마리나 되는 풍경이 아직도 눈에 선하다.

고향 가는 길

명절이면 고향으로 간다. 시골에서 도회지로 나온 사람들이 많아서 고향 방문은 대이동이고 큰 행사이다.

어려서부터 결혼하고 나서도 40년 동안을 명절은 모두 고향에서 보냈다. 군대 생활 할 때를 제외하고는 항상 고향에서 성묘하면서 명절을 지냈다. 서울역에서 기차표 예매를 하기 위해서는 너덧 시간을 기다려야 했고 개찰구 앞은 인산인해였다. 선물 받은 설탕 봉지가 터져서 낭패가 난 일도 있었고, 좌석이 없으면 10시간 입석도 감지덕지했다. 혼자 객지 생활을 할 때는 고향에 가는 것이 큰 보람이고 기쁨이었다.

아이 둘이 생기고 처음에는 열차 편을 이용하다가 아이들이 유치원에 다닐 때쯤에는 자가용으로 가기도 했다. 밀양까지 가는 데

고속도로로 10시간쯤 걸리기도 했다. 아침을 먹고 도시락을 준비하여 대치동 집에서 출발하면 길이 막혀 자동차가 움직이지를 않았다. 동서울 톨게이트를 지날 때 점심시간이 되는 일도 있었다. 그 후로는 비행기로 가는 방법을 택할 수밖에 없었다.

세월이 흘러 손자 손녀가 생긴 후에는 10명이 함께 밀양으로 이동할 수가 없어 혼자 다니다가 칠순이 되었을 때는 할아버지를 찾는 손자들 때문에 서울에서 명절을 보내기로 하고 명절에 고향을 찾아가는 일을 접기로 했다. 타향에서 명절을 보내면서 손자들의 절을 받지만, 고향 생각은 여전하다.

아랑전설

나의 고향 밀양에는 전설이 많이 있었는데 대표적인 것이 아랑 전설이다. 동네 사람들이 들려주는 이야기는 사람마다 그 스토리가 조금씩은 달랐지만 대체로 줄거리는 동일했다. 조선 명종 때의 사건으로 문헌에도 나오는 이야기이다.

밀양 부사로 부임한 윤수라는 분의 따님 이야기가 아랑전설이다. 윤 부사에게는 슬하에 윤동옥이라는 무남독녀가 있었다. 딸이태어난 지 수개월 만에 어머니는 저세상으로 돌아가시고 외동딸은 유모 밑에서 성장하여 열여섯 살이 되었다. 유모는 방에서 사서 삼경을 외우고 수양서인 내척편을 공부하는 규수를 안타깝게 여기고 있었다.

꽃피는 4월 중순 보름달이 밝게 떠오른 날에 유모는 영남루의 달빛이 아름다우니 바람도 쐴 겸 달구경 가자고 졸랐다. 유모의 말을 듣고 윤 규수는 아버지께 허락을 받아 달구경을 나섰다.

영남루에 오르면 예나 지금이나 경치가 아주 좋다. 조선 3대 누각 중 하나이고 밀양 8경 중 하나인 영남루 야경은 언제 보아도 아름답다. 영남루 앞으로 흐르는 남천강이며 흐르는 물결에 비치는 달빛은 구경하는 사람들로 하여금 감탄사를 자아내게 한다. 영남루 뒷산에 피는 4월의 복사꽃은 그 모양도 예쁘지만 향기도 좋다. 밀양은 복사꽃이 많이 피는 고을이다.

유모와 함께 영남루에 오르자마자 유모가 어디론가 사라졌다. 혼자서 야경을 감상하면서 유모가 나타나기를 기다렸다. 규수는 한참이 지났는데도 유모가 오지를 않아 근심과 초조함이 일기 시작했다. 그때 어떤 사내가 나타났다.

영남루 누각에는 사람이 아무도 없었다. 그 사내는 규수 옆으로 다가와 말을 걸었다. 대꾸도 하지 않았지만, 이상한 말을 하면서 접근했다. 평소에 흠모하였다는 둥 사랑 고백도 했다. 놀란 규수는 유모를 불렀지만 나타나지를 않았다. 규수는 당황하게 되었고 괴한은 규수의 정조를 탐하려고 했다. 괴한이 규수의 손목을 잡고 탐하려고 할 때 규수는 괴한의 뺨을 때리면서 무례함을 꾸짖었다. 괴

내 삶을 여기에 담아본다

한은 이 일이 탄로 날 것이 두려워서 칼로 규수를 살해했다. 괴한은 시신을 어찌할 바를 몰라 영남루 아래 대밭으로 던졌다.

아랑은 정조를 지키려다 억울한 죽임을 당한 것이었다.

유모가 혼자 관저로 돌아왔기에 부사는 어찌 된 영문인지를 다그쳐 물었고 유모는 아가씨가 호랑이에게 물려갔다고 거짓 대답을 했다. 유모는 관노와 짜고 아가씨를 영남루로 유인한 것이었다. 윤 부사는 딸을 잃은 슬픔 때문에 병이 생겨서 공무 수행을 할 수가 없어 한양으로 돌아갔다.

그 후로 밀양 부사로 새로 부임하는 부사는 첫날 밤에 시체로 변했다. 몇 명의 새로운 부사가 왔지만, 첫날 밤을 넘기지 못하고 시체로 변해버렸다. 부사로 부임한 첫날 밤마다 규수(아랑)의 혼백이 귀신이 되어 나타나자 신임 부사는 귀신에 놀라서 기절하여 사망하게 된 것이다. 아랑은 새로 부임한 부사에게 억울한 죽음에 대한 원수를 갚아달라고 하소연하기 위해 귀신으로 나타난 것이었다.

이 일로 밀양 부사를 맡을 사람이 없어 그 자리는 한동안 공백기를 맞았다. 그러던 중 이 진사라는 방랑 시인이 밀양에 들러 영남루에 올라가 낮잠을 자던 중 꿈을 꾸게 되었다. 소복을 입은 처녀가 칼을 맞고 피투성이가 된 몸으로 꿈에 나타났다. 오랜만에 내 원수를 갚아줄 참어른을 만났다 하면서 공손히 인사를 했다.

이 진사가 네가 귀신이냐, 사람이냐 분명히 하라고 호통을 치자 오래전에 밀양 부사로 부임한 윤 부사의 딸이라고 하면서 유모의 꾀임에 달구경 왔다가 참변을 당했다고 하소연했다. 앞으로 도움을 드릴 테니 나의 원수를 갚아달라고 꿈속에서 간청했다.

과거 시험에 여러 번 떨어졌던 이 진사는 이제 마지막으로 한 번만 더 과거 시험을 보자고 마음을 먹고 응시하게 되었는데 급제를 했다. 급제한 뒤 영남루에서 꿈을 꾸었던 일이 자꾸 떠올라 공석이 된 밀양 부사로 가고 싶어져 자청했다. 밀양은 큰 고을이라 관직 초년생은 못 가는 자리인데도 허락을 받았다.

담대한 이 진사는 밀양 부사로 부임하여 첫날밤을 맞이하게 되었다. 꿈에 소복 차림의 피투성이가 된 몸으로 아랑이 나타났다. 어떻게 원수를 찾을 수가 있느냐, 본 사람도 증인도 없으니 딱하다고 부사가 말하였더니 아랑이 며칠날 잔치를 베풀어 주면 그때 내가 나비가 되어 범인의 머리 위에 앉겠다고 말하고는 사라졌다.

　새로 부임한 원님을 축하하는 잔치라 많은 사람이 모여들었다. 잔치가 시작되자 신관 사또는 나비가 나타나기를 기다리고 있었다. 잔치가 무르익을 때쯤에 멀리서 나비가 날아오고 있었다. 나비는 연회장을 한 바퀴 돌더니 어느 사내의 머리 위에 앉았다. 그 사내는 관에서 일하는 관노였다. 원님은 큰 소리로 저놈을 당장 잡아오라고 외쳤다. 잡혀 온 사내를 두고 즉석에서 문초가 시작되었다. 사내는 끝까지 부인하다 곤장을 맞고는 범행을 자백하였고 유모와 공모했다고 진술했다.

　원님은 죄인을 엄중히 처단하였고 아랑 낭자의 원수도 갚아드렸다. 영남루 아래에 던져졌던 시체도 찾아 장례를 치르고 그 자리에 비석을 세우고 사당을 짓게 하여 아랑의 혼을 달래드렸다. 그 뒤로 밀양 부사로 부임하는 사람에게 소복을 한 아랑이 나타나지 않았다.

　이 이야기는 조선 명종(1545~1567년) 때 문헌에도 나오는 야담이다. 500년 전에 일어났던 일이 전설이 되어 밀양 사람들은 현재도 아랑 이야기를 모르는 사람이 없을 정도이며 비석과 아랑각은 지금도 잘 보존되어 있다. 동네 어르신들한테 들은 아랑 전설의 이야기는 길지만, 줄거리만 간략하게 적어보았다.

해마다 오월 중순경 아랑이 사망한 음력 4월 16일에는 아랑제를 지낸다. 16세 이상의 미혼 여성으로 교양 있고 품행이 단정한 모범 규수 중에서 학식과 예의범절 시험을 치르고 서예와 바느질 솜씨, 그림 그리기 등 경시를 거쳐서 미스 아랑을 선발한다. 아랑과 같이 순결을 중시하고 학문과 예의범절을 고루 갖춘 여성 중에서 5명(진, 선, 미, 정, 숙)이 선발된다. 선발된 아랑들은 그 해에 아랑 사당에서 올리는 아랑제의 제관이 된다. 지금도 매년 봄 아랑제가 밀양에서 시행되고 있다.

내 삶을 여기에 담아본다

우물에 빠진 반지

시골 동네마다 우물이 두세 개는 있다. 우리 집에서 오른쪽으로 80m 떨어진 곳에 동네 우물이 있고, 왼쪽으로 실개천을 지나 50m 떨어진 곳에도 동네 우물이 있었다.

우리 집에서 평소에 사용하는 우물은 거리가 좀 멀어도 오가는 길이 좋아서 오른쪽 우물을 많이 사용했다. 신작로로 나갈 때나 학교 갈 때 지나가는 길가에 있어서 친근감이 드는 우물이다. 샘이 깊지 않아서 명절날 물 사용량이 많으면 바닥을 드러낸다. 가뭄이 심할 때도 바닥이 보인다.

또 다른 우물은 오가는 길이 언덕 밑 개울을 따라가야 해서 보통 때는 안 가는 곳이다. 샘이 깊어서 마를 때가 없고 샘물이 아주 차 갑다. 여름에는 시원한 물을 마시기 위해 일부러 거기에 간다. 냉국을 만들 때나 들에 찬물을 가지고 갈 때는 꼭 그 우물물을 길어 오게 된다. 동네 사람 모두가 한여름에는 그 우물물을 사용한다. 우리 집에는 우물물을 길어 와 담아놓는 버지기(경상남도 방언, 둥글고 아가리가 넓게 벌어진 질그릇)가 있다. 물은 주로 어머니께서 물동이로 길어 와 저장 비축하지만 가끔은 나도 길어 나른다. 물이 많이 필요할 때는 머슴을 시켜서 물지게로 길어 나르기도 한다.

우물에서 두레박으로 물을 푸는 것도 요령이 필요하다. 두레박이 물 표면에 닿기 직전에 두레박 줄을 기술껏 흔들어 두레박이 120도의 각도로 물속으로 빨리 들어가게 해야 물 퍼 올리는 속도가 빨라진다. 6·25 전쟁 후라서 두레박은 군용철모나 화이바모 아니면 구호품 치즈를 담았던 큰 깡통으로 만들어서 사용했다.

우물가에는 새로 시집온 새색시도 있고 친구 어머니와 나이 든 할머니도 있었다. 우물가는 빨래하면서 앞 동네와 뒷동네 소식까지 들을 수 있는 소광장이었다. 우물물을 길어 나르는 일은 힘들지만, 우물가에 가면 여러 사람과 잠깐이라도 이야기하고 소식도 들을 수 있어서 시골 농촌의 우물은 소중한 만남의 광장이다.

우리 집에는 식구가 많아서 물을 많이 쓰는 편이다. 내가 중학교 때쯤에 우리 집에 우물을 팠다. 소태나무 아래에 일꾼들이 돌벽을 쌓아서 제법 깊은 우물을 팠다. 그래서 멀리까지 물을 길으러 가지

　내 삶을 여기에 담아본다

않아도 되었다.

　내가 결혼할 때까지 우리 집 우물은 그대로 있었다. 아내는 시집
온 다음 날에 우물가에서 결혼 선물로 받은 다이아몬드 반지를 잃
어버렸다. 저녁에 나한테 이야기해 주어서 알게 되었다. 집 밖으로
나간 일도 없고 세수하러 우물가에 간 일밖에 없는데 결혼 예물인
다이아몬드 반지가 없어졌다는 것이다. 세숫물을 퍼 올리다가 반
지가 우물에 빠져버린 것 같았다. 새색시 방에 많은 친척이 드나들
었기에 잘못하면 오해가 있을 것 같았다. 아내와 나는 반지 잃어버
린 것을 절대 이야기하지 말자고 약속했고 그 사실은 부모님도 끝
까지 모르셨다. 그때의 아까움과 서운함이 계속 남아 있을 것 같아
세월이 흐른 후에 아내에게 큼직한 다이아몬드 반지를 선물하고
싶었다. 백화점 귀금속 매장 앞을 지나면서 제의해 보았다. 아내는
이제 다이아몬드 반지 끼고 폼 잡을 일도 없고 원래 목걸이, 귀걸
이 등의 장식품을 안 좋아한다면서 사양했다.

아직도 시골 고향 집에 가면 그때 그 우물이 남아 있다. 이제는 상수도 시설이 되어 우물물을 사용하지 않지만, 시골집 마루에 앉아 우물을 바라보면 옛 추억과 함께 우물 속에 잠겨 있을 반지가 생각나기도 한다.

농사, 수확의 기쁨

시골에서 자란 사람들은 농사일이라면 어릴 때의 그 힘들고 고된 일을 떠올리게 된다.

봄이 되면 보리밭의 얼어붙었던 땅에서 파릇파릇 새싹이 올라온다. 늦가을에 심어놓은 보리 씨앗이 초겨울에 일찍 움이 터서 올라온 것은 겨울 추위에 얼어서 누렇게 되기도 한다. 봄이 되면 죽은 라일락에서 꽃이 피듯이 보리 싹이 돋아난다. 4월이면 보리가 싱싱하게 1m 정도나 자란다. 봄바람에 푸른 보리가 파도처럼 휘날릴 때면 자연의 아름다움에 도취되어 보리밭에 드러눕기도 한다. 보리가 영글어 갈 때쯤이면 벼농사를 위해 못자리를 준비한다. 볍씨를 물에 담가서 싹이 트게 한 뒤 못자리 위에 적당한 간격으로 볍씨를 뿌려놓는다.

보리가 누렇게 익어가고 벼 싹이 20~30cm 정도 자라면 본격적인 농사일의 시작이다. 6월 초가 되면 보리를 베어 한곳으로 모아놓고 보리타작이 시작된다. 그늘진 곳이 한 군데도 없는 벌판에서 6월의 뙤약볕 아래에서 도리깨를 돌려가며 온 힘을 다해 보리타작을 한다. 땀에 흠뻑 젖은 러닝셔츠는 벗어놓고 온종일 일을 한다. 일손이 부족하거나 바쁠 때는 학교 수업이 끝나는 대로 들에 나가 농사일을 거들기도 하고 휴일에는 온 가족이 들에 나가서 일을 돕는다. 보리타작이 끝나면 가래로 보리 알맹이를 가려내기 위해 타작해 놓은 지푸라기가 섞인 보리 더미를 한 가래(낟가리, 낟알이 붙은 곡식을 그대로 쌓은 더미)씩 하늘로 날려서 바람에 띄우면 곡식 알맹이와 지푸라기가 분리된다. 바람이 없는 날이면 여러 번 가래질해야 하고 저녁 늦게까지 일이 끝나지 않는다. 농사일 중에 제일 힘든 것이 보리타작이다. 6월의 후덥지근한 여름 뙤약볕에서의 힘들었던 일들이 두고두고 잊히지 않는다.

내 삶을 여기에 담아본다

  늦은 시간까지 일을 마치고 집에 와서는 찬물로 목욕을 한다. 팔다리를 쭉 뻗고 엎드리고 있으면 형이나 동생이 등에다 시원한 물을 부어주는 등목이 그렇게 시원할 수가 없다. 머리에까지 바가지로 찬물을 끼얹으면 머리에 쥐가 날 정도로 짜릿하고 시원하다.

  늦은 저녁을 먹고 마당의 평상에 드러누우면 하늘의 별이 정말로 아름답다. 공장도 없고 자동차도 없던 시기였으니 맑고 깨끗한 하늘의 풍경은 대자연 그대로이다. 은하수가 얇은 구름 띠같이 하늘을 가로지르고 별들은 손에 잡힐 것처럼 선명하고 총총하게 하늘에 뿌려져 있다. 별이 빛나는 밤에 클래식 음악을 듣고 있으면 낮의 힘든 피로가 어디론가 사라지고 아름답게 반짝이는 별들과 속삭이게 된다. 그때의 별들의 세계가 무척이나 그립다. 지금은 대기오염과 공해로 볼 수가 없는 꿈같은 별들의 세계가 보고 싶다.

보리 수확이 끝나면 바로 모내기를 준비한다. 모판에 심어놓은 볍씨가 자라는 동안 생기는 잡초를 뽑아내는 일은 우리 형제들 일이다. 허리를 구부리고 샅샅이 뒤지면서 찾아서 솎아내어도 일주일만 있으면 또 잡초가 생긴다. 발을 물에 담그고 있으면 거머리가 달라붙어 피를 뽑아 먹고 있다. 손바닥으로 때리면 떨어진다. 물린 자리에서는 피가 나오고 멈출 줄을 모른다. 거머리 빨대 끝에는 현대 의학 용어로는 혈전 방지제라는 자연산 물질이 있어 피는 엉기지 않고 장딴지를 타고 흘러내린다. 어떤 때는 서너 마리가 붙어 있기도 했다.

나는 모내기가 시작되면 재미를 느꼈다. 모내기할 때 내가 하는 일은 주로 못줄을 잡아주는 일이다. 모내기 못줄을 잘 잡아야 일의 속도와 강도, 성과를 낼 수가 있다. 못줄은 질기고 굵은 나일론 끈에다 20cm 정도의 폭으로, 빨간색 무늬를 표시한 30~50m 되는 줄이다. 못줄 앞에 10~15명의 일꾼이 나란히 서서 손에는 심을 모를 한 움큼씩 쥐고 한 포기, 한 포기 심는다. 횡렬로 일정한 간격을 맞추어 모를 심는 것이다. 못줄을 빨리 넘기면 일손이 쉴 틈 없이 바빠지고 못줄을 천천히 넘기면 간간이 허리를 펴기도 하여 여유가 생긴다.

나는 열심히 하는 사람을 기준으로 삼아 줄을 빨리 넘긴다. 내가 못줄을 잡으면 일의 성과가 20% 정도는 더 난다고들 했다. 그래서 그 일은 항상 내 당번이다. 그날 심어야 할 일의 양을 파악하여 완

내 삶을 여기에 담아본다

급을 조절하면 된다.

모내기가 끝나면 김매기는 3차에 걸쳐서 하게 되고, 김매기는 머슴들끼리 품앗이를 해서 마무리한다. 3차 김매기는 벼 이삭을 베기 직전에 하기 때문에 다 자란 벼 사이를 헤치면서 해야 하므로 8월의 더운 날씨에는 무척 힘든 일이다. 김매기가 끝나고 나면 추수 때까지 약간의 시간이 있다. 3차 김매기가 끝나는 집마다 일꾼들에게 회식을 시켜준다. 우리 집은 대농사라 일꾼들도 많고 해서 잔치를 벌인다. 우리 집 머슴은 우리 황소를 타고 농악을 울리면서 집으로 춤을 추며 들어온다. 동네 사람들이 저녁에 우리 집으로 몰려온다. 한 해의 농사일에 수고했다고 맛있는 음식을 잔뜩 대접한다. 벼가 황금벌판으로 무르익으면 베어서 말리고 추수한 후 몽골 텐트 모양으로 쌓아두었다가 시간 나는 대로 탈곡기로 탈곡하여, 벼농사의 마무리는 그렇게 초겨울이 되어서야 끝이 난다. 보리농사와 벼농사는 이렇게 마무리되어 겨울을 맞게 된다.

그 외에도 농사일이란 헤아릴 수 없이 많다. 참깨, 들깨, 고추, 무, 배추, 시금치 등 밭일도 너무나 많다. 어머니께서는 농사일의 뒤치다꺼리며 음식 준비하느라 무척 힘드셨다. 나는 어머니의 일을 많이 도와드리고 싶었다. 심부름을 거역해 본 일이 없다.

경기도 화성에 처음 공장을 지을 때 여유 있게 준비한 공장 터에 200평 정도의 텃밭을 준비하여 아내와 함께 몇 년 동안 고추, 들깨, 토마토 등을 심었다. 땀을 뻘뻘 흘리면서도 수확의 기쁨에 아내와 즐겁게 농사일을 했다. 그것을 마지막으로 어릴 때 해본 농사일은 더 이상 해보지를 못했다.

　지금은 시골에서도 옛날 방식으로 농사짓는 것은 사라진 지가 오래되었다. 보리농사는 거의 사라졌고 벼농사도 모두 기계로 한다. 모심기는 이양기로 해서 금방 다 해버린다. 밭일도 씨앗을 기계로 파종하고 검은 비닐로 덮어버리기 때문에 김매기도 할 필요가 없어졌다. 농촌 아이들도 이제는 농사짓는 일을 모른다. 부모가 시키지도 않을뿐더러 학원 다니고 게임한다고 바빠서 손으로 흙 만지고 개울물에 발 담그는 일이 없어졌다. 가끔 시골에 가보면 격세지감을 느낀다. 지금의 아이들은 상상도 할 수 없는 농사일이었다. 그렇게 힘들게 가꾸어 얻는 수확의 기쁨을 요즘 아이들은 느끼지 못할 것이다.

　　　　내 삶을 여기에 담아본다

인연,
그리움에 물들다

가족

    가족(家族)이란 친족관계에 있는 사람들의 집단이나 부부를 중심으로 한 구성원을 말한다. 그 구성원들과의 관계는 시대의 변천에 따라 그 형태가 많이 달라지고 있다. 내가 어릴 때는 시골에서는 씨족 집단 마을에서 대가족이 한집에서 살던 시대였다. 농경사회에서 산업사회로 변화하고 농촌 인구가 도시로 이동하면서, 가족의 단위도 점점 축소되었다. 특별한 경우를 제외하고는 소가족 독립가구로 급격히 변한 것이다.

    아버지는 어머니와 결혼한 후 할아버지 댁에서 분가를 하셨다. 큰아버지는 계속 할아버지를 모시고 살았고, 아버지 5형제 중 네 분은 분가를 하셔서 한마을에서 따로 사셨다. 할아버지 회갑잔치

                                           내 삶을 여기에 담아본다

때 모인 직계 가족이 60명이 넘었다. 아버지께서도 우리 5남매를 두셔서 모두 두세 명씩의 아들딸을 두어 우리 형제와 자매의 직계와 손자 손녀들을 모두 합치면 50명이 넘는다. 자손이 번창한 유전자를 이어받은 것 같다.

내가 결혼을 하고 첫째 아들 형섭이가 태어났을 때는 무척 기분이 좋았다. 서대문구 불광동에 있는 최호용 산부인과에서 출산을 했는데, 아내는 새벽부터 진통이 오기 시작하여 오후 3시경에 형섭이를 낳았다. 아들이 태어나서 기분이 좋아 근방에 있는 식당에 가서 혼자서 자축하는 맥주를 마시기도 했다. 둘째인 지섭이는 강남구 잠실 산부인과에서 여름에 태어났는데 입원실이 너무 더워서 땀을 뻘뻘 흘린 기억이 생생하다.

하나를 더 낳을까 아내와 의논했었다. 우리 집안은 아들이 많은 집안으로 소문이 나 있다. 셋째를 딸로 낳을 수 있으면 하나 더 낳을 생각이었지만, 또 아들이면 키우기가 너무 힘들고, 딸을 낳는다는 보장도 없으니깐 둘만 낳아 잘 키우기로 했다. 나의 4형제들은 두세 명의 아이를 낳아 조카 10명 중 8명이 아들이다. 딸을 낳기를 모두가 원했지만 뜻대로 되지를 않았다.

　큰아들은 한근희와 결혼하여 재혁이와 재아를, 둘째 아들은 성
승은과 결혼하여 재준이와 서온이를 낳아 모두 1남 1녀를 두었다.
둘째 지섭이는 미국 샌디에이고에 부부가 같이 공부하러 가서 그
곳에서 출산하게 되어 재준이는 미국에서 태어났다. 그렇게 나는
손자 2명과 손녀 2명을 보게 되었다.

　예전 같으면 결혼한 두 자식 중 하나는 나와 함께 살았겠지만,
세월이 흐르고 시대가 바뀌어 모두 각자 가정을 꾸리고 독립해서
따로 살고 있다. 그래도 10년 이상 주말마다 온 가족이 모일 수 있
어 다행이다. 모두 모이면 10명이다. 모두 근처에 살고 있으니까
30분 이내에 모일 수 있다. 자녀들이 외국에서 살고 있는 친구들
은 나를 부러워하기도 한다.

　손자 손녀가 어릴 때는 4명이 함께 어울려 놀더니 조금 더 자라

　　　　　　　　　내 삶을 여기에 담아본다

니까 아들은 아들끼리 딸들은 딸들끼리 사이좋게 지내면서 자라고 있다. 어릴 때부터 화합하며 사는 것을 배우는 것 같았다. 손자 손녀들이 다정하게 노는 것을 보면 흐뭇해지고 성장해 가는 모습을 보면 세월이 빨리 흐르는 것을 느낀다. 가족이라는 공감대를 가지면서 성장해 가는 모습을 보면 혈육의 정을 많이 느끼게 된다. 행복해지기도 한다.

가족은 삶의 근본이며 힘의 원천이다. 그리고 희망과 용기를 가지게 하는 원동력도 된다. 가족과의 사랑은 만물을 창조하는 생명의 원천이며 가족과의 사랑은 나눌수록 커지는 것이다. 그래서 더 많이 사랑하고 싶다. 가정은 안식처이며 행복을 쌓아가는 곳이다. 가정을 이루고 산다는 것은 삶의 보람이며 영원을 이어가는 가치로 여겨진다.

어느 대학교수님의 연구 결과가 일간지 신문에 난 것을 보면, 만 20~34세 미혼 남녀 수백 명을 조사한 결과 "여성의 삶에서 결혼과 출산이 필수"라는 말에 동의한 여성은 4%뿐이었다고 한다. 남성 응답자는 13%가 동의하여 여성은 남성의 3분의 1 수준이었다. 또 여성 응답자 중 50%가 "여성의 삶에서 결혼과 출산이 중요하지 않다"고 대답했다고 한다. 남성 응답자 중에서도 26%가 결혼과 출산이 중요하지 않다고 대답했다.

대한민국은 인구 감소로 심각한 문제가 발생하고 있으며 국가 존속의 위기로까지 번지고 있다. 청년층의 인식이 삶에서 결혼과 출산이 중요하지 않다고 생각하고 있으며, 결혼과 출산은 필수가 아닌 선택으로 보고 있으니 문제가 심각하다고 생각된다. 우리나라의 출산율은 0.78명으로 세계 최저 저출산국이고, OECD 가입국가 평균 출산율보다 2배가 낮다고 걱정스럽게 보도되고 있다.

젊은 층들이 이러한 인식을 가지는 것은 자기들의 삶에서 2세 출산으로 인한 경제적 사회적 부담과 양육으로 인해 발생되는 어려움을 겪기가 싫다는 의미이다.

그런데 달리 생각해 보면 상대와 비교하여 자신을 불행하다고 생각하지 말고 스스로 행복을 찾아서 삶을 살아가면 가족의 중요함을 느낄 수 있다. 가족을 이루어 삶을 영위한다는 것은 힘들고 고통스러울 때도 있겠지만, 혈육인 천사 같은 자식이 세상에 태어나 재롱부리고 성장하는 과정을 지켜보는 것도 큰 행복이다. 또 가정은 삶의 휴식처이며 안식처이기도 하다. 가정에서 가족을 이루고 산다는 것은 외부로부터의 힘든 일을 잊게 해주는 곳이기 때문이다.

대가족의 시대에서 핵가족의 시대로 변천하는 속도가 너무나 빠르다.

부모 자식과의 관계도 충효사상에서 개인 자유주의로 변하고 있으며 인간관계도 재물 중심으로 삶의 가치가 변하고 있다. 동양의 전통사회가 서구화되는 과정에 있는 21세기의 한국 사회는 편의주의와 개인주의가 사회 전체로 번지고 있는 것이다.

성장하는 과정에서 경쟁해야 하고 경쟁에서 이겨야 좀 더 나은 삶을 살 수 있다고 생각하는 젊은이들이 대다수이다. 또 자본주의

내 삶을 여기에 담아본다

사회이다 보니 사회 전반에 물질만능주의가 팽배해 있다.

고위 공직자나 판검사가 된 사람도 그 삶이 마냥 행복한 것만도 아닐 것이다. 돈이 많은 재벌들이 과연 행복할까?

인생의 종착점에 도착한 고위직 종사자나 재벌들 대부분은 자기들의 삶이 행복하지 않았다고 말한다. 출세를 위해 밤낮으로 뛰어다녔고 돈을 모으기 위해 힘겹게 일하느라고 가정과 가족을 소중하게 여기지 않았기 때문일 것이다. 또 일에 얽매이고 돈을 벌기 위해 살다 보니 가정을 이루지를 못했거나, 가족이 생겨도 가족과 어울릴 시간이 없었기 때문일 것이다.

가정을 이룬다는 것은 인간 유전자에 속해 있는 원초적인 행복의 요소이다. 사람은 태어나서 가정을 이루고 자기가 하고 싶은 일을 하면서 살아야 한다고 생각한다. 시골에서 농사짓는 분들이나 동남아 지역의 주민들을 보면, 그들의 삶이 평화롭게 보이고 표정들은 밝고 온화하며 행복해 보인다. 그 사람들의 식탁은 풍성하지도 않으며 차림새도 화려하지 않다. 그러나 그분들의 일상은 만족스러워 보인다. 만족감의 원천에는 가정이 있고 화목한 가족이 있기 때문이라고 생각된다.

하루 중 가장 행복한 시간이 언제인지를 묻는 질문에 많은 사람이 아이와 함께 놀아주는 시간이라고 말한다. 이 세상 모든 사람들이 가정을 이루고, 가족의 소중함을 알고 가족과 함께 행복한 삶을 살다 가기를 바란다.

내 인생의 새벽을 열어주신 아버지

아버지는 새벽에 우리 집 대문을 여시는 분이다. 새벽이 어둠을 걷어내는 시간이면 아무리 추운 동지섣달이라도 우리 집 대문이 열린다. 먼동이 틀 시간이면 어두운 새벽이다. 그 시간에 아버지는 반드시 일어나신다. 언제나 변함이 없으시다.

어릴 때 나는 모든 아버지가 항상 새벽 일찍 일어나는 줄로만 알았다. 비가 오나 눈이 오나 동이 트는 그 시간이면 아버지께서는 항상 새벽을 열어주셨다. 겨울이나 여름이나 일할 수 있는 날이면 항상 새벽에 일터로 나가셨다가 돌아오셔서 아침 식사를 하신다. 아버지들은 모두 부지런한 사람으로만 알았다.

들일이 바쁠 때는 아침 소죽(볏짚과 쌀겨와 음식물 찌꺼기를 혼합하여 끓여

내 삶을 여기에 담아본다

서 만든 소가 먹는 음식) 끓이는 일은 우리 형제 중 누군가가 맡아야 하며 차남인 내가 중학생 때까지는 제일 많이 한 것 같다.

추운 겨울이면 아궁이 온돌방이 식어서 아침이 춥다. 그럴 땐 아버지께서 보통 때보다 더 일찍 일어나셔서 군불을 겸해서 우리가 자고 있는 방을 따뜻하게 하기 위해서 손수 소죽을 끓이신다. 그 불로 우리 형제들은 따뜻한 새벽을 맞는다.

아버지는 소를 무척 아끼셨다. 아들인 나보다 더 정을 느끼시는 것 같았다. 소한테 정성을 다하셨다. 소달구지에 짐이 가득하여 소가 힘들어할 때는 수레를 잡고 당기며 언덕길을 오르신다. 다른 사람들은 소에게 채찍질하며 오르막길을 올라가는데 아버지께서 소에게 채찍질하는 것을 한 번도 본 적이 없다. 어쩌다 수레에 짐이 없어 빈 수레일 때도 타시거나 다른 사람을 태우는 일도 없다. 어쩌다 길에서 다른 아저씨들을 만나서 태워달라고 하면 태워주시는데, 우리 아버지는 자식이든 다른 집 아이들이든 소달구지에 태워주지 않으신다. 항상 소를 아끼며 소와 함께 걸어가신다.

추운 겨울날이면 덕석이나 거적때기로 소의 등과 배를 감싸서 추운 날씨에 떨지 않도록 배려하신다. 암소는 힘이 약해 힘든 일을 많이 하지 못하기 때문에 우리 집에는 항상 황소를 기른다.

매일 이른 새벽부터 동네에서 가장 힘세고 부지런한 머슴과 황소, 아버지의 삼위일체의 노력으로 우리 집은 부자가 되기 시작했다.

우리 집 일꾼은 다른 집 일꾼보다 보수를 많이 받는 것으로 소문이 났다. 농경사회에서는 노동력이 부자가 되고, 산업사회에서는 기술이 부자가 되고, 자본주의 사회에서는 자본이 부자가 되는 길이라는 기본 법칙을 따르신 것이다.

〈손자녀들이 그린 그림 7〉

내 삶을 여기에 담아본다

가을에 수확할 때면 난 기분이 아주 좋았다. 다른 집보다 일도 많이 했지만 수확량이 많아서였다. 추수를 끝내고 나면 벼 가마니가 광에도 가득하고 마당에도 쌓여 있어서 결실과 수확의 기쁨을 느꼈다. 추수 후 정부의 추곡 수매 또는 시장이나 정미소에 쌀을 팔아서 모은 돈뭉치가 지금도 사진처럼 기억 속에 생생하게 남아 있다.

가을 추수가 끝나면 마을에서는 농지 매매가 몇 건씩 이루어진다. 우리 집은 매년 농지를 구입한다. 아버지께서는 농지를 구매하기 위해 장롱 속에 모아두었던 돈을 꺼내시며 형님과 나에게 세어 보라고 하신다. 지금의 100만 원 묶음 다발같이 생긴 돈뭉치를 들고 열심히 정확하게 세고 나서는 "맞습니다"라고 확인한 후 또 다른 돈다발을 세던 장면이 눈에 선하고 머릿속에 선명하게 남아 지금까지도 그 장면을 생각하기도 한다. 아버지께서는 우리에게 노력의 대가와 수확의 기쁨을 피부로 느끼도록 가르쳐 주신 것 같다.

나는 아버지와 대화를 나누는 일이 별로 없었다. 그래도 난 아버지와 어머니를 이 세상에서 제일 존경한다.

하지만 어릴 때는 존경하지 않았다. 그때는 교장 선생님이나 선생님 그리고 면장님을 존경스럽게 여겼다. 학교 행사 때 그분들은 언제나 단상 위에 앉아서 우리를 내려다보고 우리는 항상 위로 쳐다보아야 했으니까 우러러 보였다.

농사일에 항상 바쁘신 아버지와는 식사 때가 아니면 얼굴 보기도 힘들었다. 부자지간의 관계가 요즘과는 전혀 달랐다. 내가 결혼하고 두 아이를 키울 때는 가끔 기저귀도 갈아주고 안아주고 업어주기도 했다. 세발자전거를 태워서 밀어주기도 하고 유치원 나이 때는 내 자전거 앞에 태워서 잠실의 도로를 달리기도 했다. 좀 더 커서는 어린이 대공원에 놀러 가고 자전거 타는 법도 가르쳐 주었다.

나와 아버지의 추억이라면 아버지의 농사일을 거들어 드린 것과 심부름을 한 일밖에 생각나지 않는다. 너무 어린 시기의 일들이라 기억할 수 없는 일들인지 많이 잊었는지 알 수 없다. 기억에 남아 있는 것은 아버지께서 나무로 팽이를 만들어 주신 것이다. 팔뚝만 한 나무를 톱으로 잘라서 낫으로 껍질을 벗기고 깔때기 모양으로 잘 다듬어서 지면에서 잘 돌아가도록 꼭지에 못까지 박아주신 팽이였다. 이것이 내가 아버지한테 받은 유일한 선물로 기억된다. 일상에 필요한 고무신이랑 운동화, 양말 등은 사다 주셨지만, 생일 선물이나 입학 선물 같은 것은 받아 본 적이 없었다.

자식이 젖먹이 시절에는 예나 지금이나 천사같이 귀엽고 예쁘게 느껴지는 것은 인지상정이겠지만, 그 당시에는 일하기에 바빠서 귀여운 자식과 놀 시간도 없었을뿐더러 사회적 분위기도 그렇지 않았던 시기였다고 생각된다.

혼자 뛰어놀 수 있는 나이가 되면 그때부터는 밖에서 친구들과 노느라고 집 생각은 잊어버린다. 시골 한 마을에 사오십 가구가 살고 있으면서 한 가구당 자식이 대여섯 명이었으니까 집 밖에만 나가면 또래의 친구들이 많이 있었다. 친구들과 노느라고 시간 가는 줄을 모른다. 부모와 자식 간에 대화할 시간이 있을 수가 없다. 아침 식사 후 동네 마을에 나가서 놀다 보면 배가 고프다. 친구 집에서 놀 때면 거기서 먹기도 하고 우리 집에서 먹기도 한다.

아침은 항상 집에서 먹는다. 아버지께서 먼저 수저를 드셔야 우리의 식사가 시작되고 식사 시간에는 말하지 않아야 한다. 꼭 할 말이 있으면 조용히 말해야 하며 밥알을 흘려서도 안 되고 항상 깨끗하게 먹어야 했다. 식사 후 밥상 위에 밥알이 떨어져 있으면 야단맞게 된다.

나는 원래 왼손잡이다. 내가 손으로 하는 일 중 숟가락과 젓가락 사용할 때와 연필 쥐고 글 쓰는 것만 오른손으로 하고 나머지 모든 것은 왼손으로 한다. 무의식중에 왼손으로 수저를 잡고 식사할 때면 아버지께 야단을 맞는다. 똑바로 앉아서 식사를 해야 한다. 자세가 삐뚤어져도 또 혼난다. 그러다 보니 아버지가 약간 무서워졌다.

어릴 때 아버지와의 대화는 거의 모두가 심부름이었다. 품삯 가져다주는 일, 가게에 가서 담배 사 오는 일, 들에 나가서 일하는 일꾼들에게 식사하러 오라고 통보하는 일들이었다. 대화의 내용이 지시 사항이나 결과 이행 보고였다. 그 당시에는 모든 집이 이런

환경과 분위기였으며 요즘 세상과는 아주 달랐다.

자식들도 동네 친구들과 구슬치기, 딱지치기, 팽이 돌리기, 냇가에 가서 수영하기, 고기 잡기, 썰매 타기 등 계절에 따라 장소에 따라 노느라고 바빠서 부모와 함께 놀며 대화하는 시간을 갖는다는 것은 상상도 못 하는 시대였다. 요즘 손자 손녀를 키우는 아들과 며느리를 보면 격세지감이다. 아이들이 원하는 대로 다 해주고 장난도 치고 친구같이 놀아주니까 나의 어린 시절과 비교하면 부럽기도 하다.

아버지께서 읍내 시장에 갔다 오시면서 빈손으로 오신 일은 한 번도 없었다. 과일이나 호떡, 국화빵 등 우리를 위한 먹거리 간식을 봉지에 사서 오신다. 시장에 가신 날은 언제쯤 오실까 하고 우리 형제 모두가 무척 기다리곤 했다. 다른 집 부모님은 시장 갔다 와도 자식들 먹거리를 사 오는 경우가 드물었다. 그래서 그것만으로도 아버지는 자랑스러웠다.

정월대보름, 민속 농악, 소싸움 대회, 씨름 대회 등 마을 잔칫날에는 기부금도 내시고 어려운 친척을 돕는 것을 보고는 나도 크면 아버지같이 해야겠다고 생각했다.

언젠가 아버지한테 혼난 적이 있다. 초등학교 때 형님과 내가 무슨 일 때문인지는 모르겠지만 다투고 있었고 형님한테는 안 되니까 어머니한테 생떼를 쓰고 있었다. 그 장면을 아버지께서 보신 것

내 삶을 여기에 담아본다

이었다. 아버지께서 부르고 또 불렀는데도 가지 않으니까 나를 붙잡으려고 오시기에 나는 도망가고 또 떼쓰기를 몇 번 반복하니까 아버지께서 대단히 화가 나셨다. 이번에는 본격적으로 잡으려고 오시는데 끝까지 따라오셔서 집에서 200m 정도 도망가다 잡혔다. 질질 끌려서 집에 와서는 매를 호되게 얻어맞았다. 아버지한테 매를 맞아본 것은 이것이 처음이자 마지막으로 기억된다.

웬만하면 보고도 못 본 척 좋아도 안 그런 척 잘못이나 잘함에 대하여 표현이 없으셨는데 그날은 나의 나쁜 버릇을 고쳐주어야겠다고 작정하신 것 같았다. 내가 개구쟁이여서 잘못하는 일이 꽤 많았을 텐데 꾸지람을 별로 들은 기억이 없다.

초등학교 때는 학교 선생님들이 우리 집에 가끔 놀러 오셨다. 우리 집 동동주 맛이 일품이었다. 그 당시에는 어머니께서 비밀로 만드는 밀주였지만, 담그시는 찹쌀 동동주 맛이 소문이 났다. 어쩌다 나도 한 종기 마셔보면 막걸리나 소주와는 비교도 안 될 정도로 맛이 좋았다. 약주 좋아하시는 선생님들이 종종 나에게 "집에 동동주 담아놓은 거 있나?" 하고 물으신다. 그러면 집에 와서 아버지께 선생님의 말씀을 드리면 선생님들은 우리 집에 동동주 초대를 받으신다. 시골 인심이라서인지 자식 키우는 마음에서인지 선생님들을 가끔 집에 초대하신다. 학교에서는 싸움질만 하고 말썽만 부려서 선생님께 미안함과 고마움의 표현으로 선생님들을 초대하셔서 동동주 파티를 여시는 것 같았다.

나는 시골 초등학교에서 읍내에 있는 중학교를 졸업한 후 부산에서 고등학교를 마치고 서울에서 대학을 다니느라 형제들 중에 내가 학비를 제일 많이 썼다. 시골에서 목동이나 농부가 되었을 수도 있는 시대였지만, 서울에서 대학을 다닐 수 있어서 부모님께 항상 무척 감사하게 생각했다.

그 원천이 아버지의 부지런함이었기에 내가 살아오면서 아버지처럼 부지런한 사람이 되어야 한다고 마음 다짐을 수없이 했다. 동서고금을 막론하고 부자가 된 사람들의 기록을 보면 첫째는 자기가 하고 있는 일을 열심히 하고, 둘째는 절약하고, 셋째는 새로운 아이디어를 창출한 사람들이었다. 내가 회사를 창업한 것도 아버지의 영향을 받았기에 가능한 일이었다고 생각한다.

아버지께서는 나의 학교생활에는 큰 관심이 없으신 것 같았다. 그런데 한번은 내가 아버지를 기쁘게 한 일이 있었다. 고등학교 때 혁대 버클에 학교 배지가 조각된 혁대가 있었는데 어쩌다 그 혁대를 매고 아버지께서 외출하신 적이 있었다. 양복 차림의 신사 몇 분이 지나가면서 아버지의 혁대 버클을 보고는 그 혁대가 누구 것이냐고 묻길래 아들 것을 내가 차고 왔다고 말하니 똑똑한 아들을 두셔서 기쁘시겠다고 부러운 듯 쳐다보았다고 하셨다. 그 말에 기분이 좋으셨다고 나한테 말씀해 주셨다. 무뚝뚝한 아버지께서 내심 얼마나 좋으셨기에 그 이야기를 나한테 해주시는지 나도 기뻤고 효자 노릇 한번 했다고 생각했다. 밀양 중학에서 1년에 두세 명

입학할 수 있는, 경상남도 최고의 명문인 경남고등학교였기에 지방 유지들이 부러워하는 것이라고 생각했다. 그 후에도 아버지께서는 가끔 그 혁대를 매고 외출하셨다.

나는 일생을 살아오면서 많은 배움과 가르침을 받아왔다. 초등학교에서부터 대학까지, 그리고 사회생활을 하면서 가장 영향을 많이 받은 분은 아버지다. 아버지께서는 나에게 학교 선생님이나 사회적으로 명성이 높은 분들보다 훨씬 더 많은 가르침을 주셨다.

어려운 시골의 농사일을 감당하시면서 묵묵히 실천하시는 모습은 내가 살아가는 과정에서 본보기가 되고 거울이 되었다.

어릴 때는 학교 선생님을 존경하였고 제2차 세계 대전과 6·25 전투에서 이긴 여러 장군이 선망의 대상이 되기도 했다. 대통령, 철학자와 대학교수님도 존경했다. 하지만 그 누구보다 마음과 행동으로 느껴지는 아버지의 가르침이 내가 성장하는 길에서 등불이 되고 이정표가 되었다. 어린아이들에게 하는 질문처럼 이 세상에서 누구를 가장 존경하느냐고 물으면 나는 아버지라고 대답하고 싶다.

아버지는 65세에 세상을 떠나셨다. 간암 진단을 받은 지 몇 개월 만에, 구정을 열흘 앞두고 돌아가셨다. 어머니를 홀로 두시고 먼 나라로 가셨다. 너무나 뜻밖이었고 원통한 일이었다. 그렇게 건강하시던 분이 그렇게 일찍 돌아가시다니 실감이 나지 않았고 믿어지지 않았다. 제대로 효도 한번 못 해드렸는데 건강하셨던 아버지께서 갑자기 돌아가시다니 너무나 가슴 아프고 애통한 일이었다.

　아버지가 저세상으로 떠나신 후 얼마간의 시간이 흐른 후 아버지에 대한 생각이 간절하여 일기장을 꺼내 쓰기 시작했다. 크나큰 은혜에 보답하지도 못하고 떠나보낸 마음이 눈물로 변하여 일기장을 흥건히 적시고 있었다. 한없이 울었다. 혼자 책상 앞에 앉아서 울고 또 울었다. 애간장이 끊어진다는 것이 어떤 것인가를 느꼈다. 못다 한 회한과 슬픔이 이토록 큰지 나도 몰랐다.

　아버지께서 몸소 실천하시면서 나에게 가르쳐 주신 교훈을 고이 간직하여 소금이 되고 빛이 되도록 노력하는 것이 아버지에게 보답하는 길이라 생각하고 열심히 살아가겠다고 다짐했다.

내 삶을 여기에 담아본다

어머니, 그 다정했던 품이 그리워

어머니는 경남 밀양군 삼랑진면 임천리에서 태어나셨다. 정미소를 가진 부잣집의 1남 3녀 중 둘째 딸로 태어났으며, 외삼촌은 밀양에서 고등학교를 마치고 일제 강점기 때 일본 도쿄로 유학을 가서 대학을 졸업하셨다.

그 당시에는 여자는 학교라는 곳에 보내지 않았다. 남녀 7세 부동석이라 남자와 여자는 일곱 살 이상이 되면 같은 자리에 있으면 안 되는 시대였다. 유교 사상이 세상을 지배하고 있는 시기라 지금 세상과는 살아가는 모습이 너무나 달랐다.

이모님들과 어머님은 집에서 언문인 한글을 배우셨고 한자는 어깨너머로 배우신 것 같았다. 외갓집은 우리 집보다 머리가 총명하여 외사촌 형은 시골 초등학교를 나와 경상남도 제일의 경남중학교와 전국 제일의 경기고등학교를 졸업한 후 서울대학교 화학 공학과를 졸업한 수재였다. 외사촌 형님의 친구는 대학의 같은 과에 다닐 때 머리를 싸매고 열심히 해도 너의 형을 따라갈 수 없었다고 나한테 실토하기도 했다. 외갓집 혈통은 머리가 좋은 집안인 것 같았다.

내가 어릴 때 아버지께서는 종종 외갓집에 가셨다. 장인 장모님의 사랑도 많이 받으신 것 같았고 외삼촌과 대화를 나누시면 배울 점이 많아서 자주 처가에 가셨던 것 같다.

나는 성인이 되어 서울에 살았고 외삼촌도 서울로 이사를 오셔서 외갓집에 자주 놀러 가게 되었다. 외삼촌과 이런저런 이야기 나누기를 좋아했다. 외삼촌은 나를 반겨주셨고 세상 살아가는 법과 도리에 대하여 깊이 있고 도움 되는 좋은 말씀을 많이 해주셔서 감사한 마음이었고 존경했다.

어머니와 아버지는 친척의 중매로 결혼하셨다. 두 분이 얼굴을 처음 마주 보신 것은 결혼식 당일 첫날밤이었다. 어머니께서 나한테 이야기해주셨다. 등불 아래에서 얼굴을 처음 보고는 깜짝 놀랐다고 하셨다. 농사꾼 총각이라 공부만 한 선비인 오빠와는 너무나 대조적이어서 엄청나게 당황했다고 하셨다. 부모님의 뜻이라 어쩔 수 없는 일이라고 생각했지만, 앞날이 깜깜하고 절망감이 너무나 컸다고 하셨다.

내 삶을 여기에 담아본다

학교 선생님이 편지를 보냈지만 편지를 가지고 온 사람을 혼내 주고 미래에 좋은 신랑을 만날 거로 생각하고 편지를 돌려보냈다는 어머니였기에 서운함이 어땠는지 짐작이 되었다. 어머니의 처녀 때 찍은 사진이 한 장 있었는데 미인이었다.

그렇게 두 분의 신혼 생활이 시작되었다.

시집살이 1년을 할 때가 일생에 가장 힘들었다고 하셨다. 겨울철에, 강가에 가서 얼음을 깨고 시부모와 시동생 등 대식구의 빨래를 할 때는 손이 시려 눈물이 날 지경이었다며 시집살이 초기의 일들을 이야기해 주셨다.

삼촌들은 모두 결혼 후 시부모 모시고 1년 동안 시집을 살고 분가하셨다. 아버지께서도 결혼 1년 후에 분가하게 되었다. 할아버지께서는 조그마한 초가집으로 분가시킬 계획이었다. 그때 할아버지께서는 친동생한테 좋은 새집을 지어주실 생각으로 신축 완공된 집이 있었다. 종조부(할아버지 동생)께서는 일본식으로 지은 집으로 이사를 하셨다. 그래서 새로 지은 집은 다른 사람한테 팔 생각이었다.

어머니께서는 이러한 사유를 알고 난 후 외할아버지한테 신혼 살림을 새로 지은 그 집으로 가고 싶다고 SOS를 보내셨다. 외할아버지께서는 딸의 요청을 듣고 할아버지를 찾아오셨다. 내 딸이 새로 지은 집으로 분가하고 싶어 하니 그 집으로 이사시켜 주실 것을 의논하신 후 외할아버지께서는 만약 그 집을 다른 사람한테 파실 거라면 내가 사서 사위한테 주고 싶다고 하셨다. 그 말씀을 듣고 할아버지께서는 자존심이 발동하셨는지 셋째 아들(우리 아버지)에게 새집을 주겠다고 하셨다. 그래서 우리 집은 삼촌들 집보다 큰집으로 분가하게 되었고, 후에 나의 사촌들이 조금은 부러워했다.

새집으로 이사 온 후 내가 태어났고 동생들 모두가 그 집에서 태어났다. 방이 2개가 있고 부엌이 한 칸이었고 온 식구가 여름에 잘 수 있는 대청마루가 있는 제법 큰 집이었다. 우리 집 대들보에는 "경오 2월 초 6일 상량(庚午 二月 初六日 上樑)"이라는 붓글씨가 지금까지도 선명하게 대청마루 천장에 남아 있다. 별채도 딸린 집이다.

외할아버지께서는 농사꾼 사위에게 새집을 주선해 주셨고 황소 한 마리와 옥답 1,000평까지 하사하셔서 둘째 딸이 새살림을 시작하게 해주셨다.

외할아버지께서는 첫째 딸을 선비한테 시집보내셨는데 이모부께서는 직업도 없이 놀러 다니면서 세월을 보내는 것이 보기가 안 좋으셨던지 둘째 딸은 부지런한 사람한테 보내겠다고 작심하신 것 같다고 어머니께서 말씀하셨다.

어머니는 시집와서 농사일로 힘든 일을 하셨다. 할아버지가 주신 농지와 외할아버지가 주신 땅으로 농사를 지어 생계를 이루어야 하는 시대였으니까 농사일 뒷바라지가 힘든 일이었다.

내 삶을 여기에 담아본다

어머니는 4남 1녀의 5남매를 낳으시고 자식들이 원하는 대로 공부를 다 시키셨다. 8·15 광복과 6·25 동란을 겪으면서 어려운 시대의 역경 속에서 우리 형제 모두를 배곯지 않게 잘 키워주셨다. 말이 태어나면 제주도로, 사람이 태어나면 한양으로 보내야 한다는 외할아버지의 말씀을 듣고 자식들을 도시로 진학시키신 것이다.

어머니는 우리 집의 모든 계획과 예산을 빈틈없이 짜면서 살림살이를 하셨다. 1년간 예산 중 수입은 얼마이고 5남매 학비 등 지출은 얼마인지 훤히 알고 계시면서, 형님이 대학 다니고 내가 고등학교 다니고 동생들도 중학교에 다닐 때는 경제 사정이 어려웠다고 하셨다. 그때 그동안 준비해 놓았던 땅을 팔아서 학비와 하숙비를 충당했다고 회고하셨다. 그 계획이 모두 치밀하고 빈틈이 없었다. 그 당시 나는 내 친구들한테 우리 어머님을 경제기획원 장관과 같다고 이야기하기도 했다.

어머니한테는 힘들다는 말씀을 들어본 적이 없다. 사랑스러운 자식을 키우는 기쁨으로 힘든 줄 몰랐으리라 생각된다. 집안일이 바쁠 때 나는 동생들을 챙기면서 업어주기도 하고 걸레도 빨고 집안 청소도 하면서 어머니 일을 많이 도왔다. 우리 5남매는 모두 효자였다.

난 어머니를 무척 좋아했다. 아주 어릴 때의 기억은 없지만, 어머니와 나는 이야기도 많이 하였고 어머니가 자랑스러웠다. 다른 친구들 어머니보다 예쁘고 음식 솜씨도 좋았다. 어머니는 친구들이 우리 집에 놀러 오는 것을 좋아하셨다.

　인성(人性) 교육도 잘 가르쳐 주셨다. 이치(理致)에 맞는 말씀으로 우리를 깨우쳐 주셔서 나는 친구들과도 잘 지내면서 자랐다.

　내가 객지로 나가 공부를 하면서 방학 때 가끔 집에 가면 내 친구들 소식도 전해주신다. 누구를 만나서 안부를 묻길래 알려주었고 누구한테는 식사 대접도 받았다고 말씀해 주셨다. 친구들도 우리 어머니를 좋아했고 어머니도 친구들에게 잘해주셨다. 오랜만에 고향을 찾아 집에 들어갈 때는 대문을 지나 마당에서 항상 "엄마!"라고 크게 부르면서 어머니한테 내가 왔음을 알린다. 방문을 열고 쫓아 나오시는 어머니의 모습이 눈에 선하다. 언제나 달려와서 반겨주시니 그 정을 어찌 잊을 수 있겠나.

　난 외모로는 아버지를 닮아 키가 178cm에다 대머리형이지만, 피부와 성품과 자질은 어머니를 많이 닮은 것 같다. 그래서 어머니와는 코드가 잘 맞아서 항상 소통이 잘 되었다. 농사일을 거들 때나 밭에 나가 할 일이 있을 때는 같이 갈 때가 많았다. 일하면서 이런저런 이야기를 나누면 항상 즐거웠다. 고추, 마늘, 상추 등 간단한 모종 심기를 하면서 새로운 시대와 새로운 문명에 대하여 이야기할 때도 오히려 내가 배울 점이 더 많았다. 일을 마치고 돌아올 때는 먹을 채소를 소쿠리에 담아 와서 반찬을 만들어 싱싱한 재료로 식사를 하곤 했다.

　　　　　내 삶을 여기에 담아본다

건강하시던 아버지께서 65세에 간암 진단을 받으시고 몇 달 만에 저세상으로 떠나셨다. 자식들이 모두 출가한 후라서 어머니께서는 시골집에 혼자 남게 되었다. 부산에 계시는 형님 댁에도 1년 가까이 계셨고 동생이 시골집으로 이사 와서 오랫동안 모시면서 같이 살기도 했다. 서울에 있는 우리 집과 여동생 집에도 가끔 오셔서 한두 달 계시기도 하였으나 서울에 오시면 딸 집이 편안하신지 거기에 오랫동안 지내다 시골로 내려가시곤 하셨다. 아버지한테 못다 한 효도를 어머니한테 해드리고 싶어서 최선을 다하고자 했다. 어머님 생신날에는 반드시 고향에 내려가서 동네 어머님 친구분들을 모시고 밀양 시내에서 가장 유명한 음식점을 예약하여 잔치를 벌여서 어머님을 기쁘게 해드리기도 했다.

 어머니께서 걱정하실 일이 없도록 노력하겠다고 스스로 다짐도 했다. 봉급생활을 할 시절 고향에 갔을 때 어머니에게 용돈으로 얼마를 드려야 되는지 상한선과 하한선의 갈등이 생길 때면 항상 상한가를 드린 것이 처음에는 부담도 있었지만, 스스로 잘한 일이라 생각하면서 흐뭇한 느낌이 들기도 했다.

 내가 창업한 회사 일이 번창하며 생활비와 용돈도 많이 드렸더니 용돈을 많이 모으셨고, 동네 사람들이나 찾아오는 손님들에게 노잣돈을 두둑이 주신다고 나에게 자랑스럽게 말씀하셨다. 돈이 많아야 마음이 든든하시다면서 예금 통장에 수천만 원이 있다고 나에게 보여주기도 하셨다.

어머니는 고기를 좋아하셨다. 나는 시골집에 갈 때면 항상 정육점에 들려서 고기를 사 간다. 소고기 국도 끓이고 로스로 구워서 함께 먹기도 했다. 나이가 들어서도 어머니가 해주시는 음식은 맛있었다. 어릴 때부터 오랫동안 먹었던 어머니의 손맛이 몸에 배어서 김치와 된장 등 시골 음식이지만 맛있었다.

닭 옹치기(지금의 닭강정)는 친구들한테도 소문난 우리 집의 명품 음식이었으며 잡채와 약밥, 배추 백김치도 일품요리였다.

어머니께서는 특별히 아픈 데 없이 94세에 저세상으로 가셨다. 나중에 후회하지 않으려고, 후회 없이 잘해드리려고 하였으나 못 다 한 후회스러운 일이 많이 있다. 그중에 같이 해외여행을 못 한 일이 가장 후회스럽다.

미처 생각하지를 못했다. 장인 장모님을 모시고 일본도 가고 러시아도 여행했으면서 어머니를 모시고 여행을 못 한 것이 어머니가 돌아가신 후에야 깨닫게 되었다.

특히 외삼촌인 오빠가 동경에서 공부하고 있을 때 편지를 받고 얼마나 가고 싶었을까를 생각하니 내가 일본 구경을 못 시켜드린 것이 마음 아프고 아주 후회스럽다.

나는 어릴 때 개구쟁이였고 말썽도 부리고 싸움도 자주 한 기억이 생생하다. 그래도 어머니는 화내지 않으셨다. 내가 이해하도록 좋은 말로 타이르면서 행동에 조심하여 착한 사람이 되어야 한다고 말씀하셨다. 항상 긍정적이고 내 편이고 나를 이해해 주셨다.

고등학교를 부산에 가고 싶다고 아버지에게 말씀드릴 때 아버지는 형님과 동생들을 생각해서 안 된다고 말씀하셨다. 그때 어머니가 옆에서 듣고 있다가 "자식이 공부하겠다고 도시로 나가겠다고 하는데, 왜 반대하느냐"고 말씀하시면서 "논밭을 가지고 있으면 뭐하느냐 자식이 원하면 논밭을 팔아서라도 공부시켜야 한다"고 하셨다. 재산은 있다가도 없어지는데 공부시켜 놓으면 항상 몸에 지니고 다닌다고 하시면서 어머니께서는 자식에 대한 높은 교육열을 보이셨다. 그래서 내가 부산에 가서 시험을 치고 경남고등학교에 입학하게 된 것이다.

난 어머니와 같이 있으면 항상 친근감이 들고 다정한 느낌이 들었다. 이런저런 대화를 많이 하는 편이지만, 아무 말이 없이 옆에만 있어도 정을 느낀다. 나를 아껴주시는 마음이 내 마음속으로 느껴진다. 멀리 있어도 곁으로 가고 싶고, 보고 싶은 어머니였다.

어머니께서는 가끔 이른 새벽에 정화수를 떠놓고 두 손 모아 빌면서 기도하신다. 대강 짐작하지만 물어보지는 않았다. 소원은 마음에 간직하고 말하지 않아야 하기 때문이다.
집안의 평화와 자식들 건강, 그리고 중요한 일이 있을 때 뜻대로 이루어지도록 정성을 들이는 모습이었다.

그 모습을 몰래 보면서 나는 어머니의 간절한 소원에 감명받았
고 어머니의 소원대로 이루어지도록 노력해야겠다고 마음속으로
다짐했다. 나는 어머니한테서 무한한 사랑을 받았고 정을 받았다
고 느끼고 있다.

〈손자녀들이 그린 그림 8〉

나는 다시 태어난다 해도 어머니의 아들이 되고 싶다. 돌아가신
지 몇 년이 지났지만, 아직도 그 사랑과 온정을 느끼고 있다. 여전
히 내 마음속에는 어머님이 살아계신다. 나는 아직도 어머니를 보
내지 않았다.

언제나 내 마음속에 살아계신다.
엄마 보고 싶어요.

내 삶을 여기에 담아본다

할아버지

어릴 적 기억에 할아버지는 나에게 중요한 부분을 차지한다. 나의 기억력 테이프를 거꾸로 끝까지 돌리면 맨 안쪽에 할아버지의 모습이 저장되어 있다. 아버지 어머니 생각이 나야 할 텐데 가장 오래된 일들의 기억은 할아버지로부터 시작된다. 부모님은 언제나 변함없는 따뜻한 사랑으로 보살펴 주셨고, 할아버지는 개구쟁이 손자를 엄하게 대하셨다.

큰집이라고 부르는 할아버지 댁에는 큰 단감나무가 한 그루 있다. 단감나무에 올라가 감을 따 먹다 들키고 야단맞던 일과 제기차기 놀이를 하는 제기를 만들 때 필요한 한지를 구하기 위해 할아버지 방의 다락에 있는 책들을 뒤지다 들키고 야단맞은 일 등 할아버지께 혼난 일이 기억의 뿌리에 있다. "야 이놈들 그기서 뭐 하느냐"
고 호통치시면 놀란 고양이같이 도망치던 일이 할아버지가 된 나
의 눈에 아직 선하게 남아 있다.

난 할아버지의 칭찬을 들어본 일이 없다. 항상 야단만 맞다 보니
까 할아버지에 대한 따뜻한 정은 전혀 없다. 이웃집 할아버지들보
다 더 무섭고 가까이하기 싫었다. 어쩌다 마주치게 되면 슬슬 피한
다. 또 나의 무슨 결점이나 잘못을 찾아내어 야단칠 것 같아서 가
까이 가기 싫은 할아버지였다.

증조할아버지의 첫째 아들인 할아버지는 한학을 하셨고, 둘째인
종조부께서는 신교육을 받으셨기에 밀양 군청의 공무원이 되셨
다. 할아버지는 슬하에 7남매를 두셨는데 5남 2녀였다. 그중에서
아버지는 셋째 아들이었다.

증조할아버지는 참봉이라는 벼슬을 하셨다. 지금도 1년에 서너
번(설날, 추석날, 벌초, 시제) 선산에 가게 되면 비석에 참봉이라고 적혀
있는 증조부님의 묘소에도 절을 한다. 증조할아버지께서는 돈도
많아서 주변에 농지도 많았고 마을 주변의 임야도 많이 사두셨다.
근방에서 최고 부자였던 것 같았다. 힘도 장사였다고 들었다. 그래
서인지 명절날 동네에서 씨름 대회를 하면 아버지 형제분들이 모
든 경품을 휩쓸었다. 증조할아버지를 닮아서 그렇다고 어머님께
서 말씀해 주셨다. 증조할아버지는 할아버지보다 더 무서운 분이

내 삶을 여기에 담아본다

라고 숙부님들께서는 한결같이 말씀하셨다. 숙부님들이 바깥으로 놀러 나갈 때는 증조할아버지의 사랑채 마루 밑을 기어서 나가야지, 서서 나갔다가 들키면 혼났다고 하셨다.

동네 마을로 외출하실 때면 청년들이 모두 자리를 피했다. 일하지 않고 빈둥거리고 놀고 있는 청년들을 보면 가만히 보고 지나치지 않으셨던 것 같다. 설교나 잔소리를 하시니까 청년들이 듣기 싫었거나 자신들의 무능함이나 열등감을 어르신한테 보이고 싶지 않기 때문에 피했을 것이다. 증조부님의 모습을 내가 본 적은 없지만 숙부님들 말씀에 의하면 조카들 중에 내가 증조부님을 제일 많이 닮았다고 하셨다. 미남에다가 풍채와 체격이 좋고 성격이 호랑이 같으셨다고 한다. 난 증조부님보다 미남은 아니겠지만 내 키가 178cm이니까 아마도 키는 비슷하겠다고 생각된다. 초등학교부터 고등학교 때까지 키가 커서 항상 반에서 1~3번 사이에 있고 성격은 치밀하고 깐깐한 편이다. 조상님들의 우성 유전자가 남아 후대에 전달되었으면 좋겠다.

할아버지는 나의 첫째 아들이 태어난 후까지 살아계셨다.

야단밖에 받은 것이 없으니 인자한 점은 전혀 없으셨다. 할아버지 속으로 들어가 보지 않았기에 그 마음은 알 수 없으나 내가 느끼기로는 가까이하기 두려운 존재였다.

그런데 친인척들은 할아버지 댁에 계속 많이 찾아오신다. 할아버지 댁은 같은 골목의 우리 집 건너 집이다. 우리 집 앞을 지나야 갈 수 있기 때문에 할아버지 댁에 드나드시는 사람들의 왕래 동태를 알 수 있었다. 부산, 대구, 청도, 영천, 창녕 등 멀리 있는 12촌도 넘는 친척들이 찾아오시곤 했다. 그런 손님들한테 사랑채 별실에서 먹이고 잠재우고 친절히 대하고 며칠씩 있다 가셔도 노잣돈까지 주셨다. 난 할아버지한테 용돈 한 푼 받아본 일 없고 칭찬 한번 들어본 기억이 없다.

백부님(요즘 말로 제일 큰 삼촌)은 공부를 싫어하셨고 소학교 이후 중학교로 진학하는 것을 포기하셨기에 할아버지 눈 밖에 나서 미움을 받으셨고, 둘째인 중부께서는 공부를 계속하여 밀양 농잠 학교(현재 부산대학교 밀양 캠퍼스)에 진학하여 군청 공무원이 되셨다. 셋째인 아버지는 애초부터 학교에 보내지 않으셨다. 농사일을 맡게 하실 계획이었는지 알 수는 없지만 큰집(할아버지 댁)에서 농사일만 하셨다. 현대 말로 좋게 하자면 영농 후계자인 셈이다. 고모는 선생님한테 시집가서 교장 선생님 사모님이 되셨다. 넷째 삼촌은 읍사무소에서 공무원 생활을 하셨고 건강하고 부지런하셨다. 다섯째 막내 삼촌은 내가 초등학교 때 대학생이어서 우리 사촌들은 모두 학교 아제로 불렀다. 일제 강점기가 지나고 혼란한 사회가 계속되고 6·25전쟁까지 있었지만, 삼촌은 부산대학교 경제학과를 졸업하셨다. 원호청(지금의 보훈처)에서 근무하시다 격무에 쓰러져 병원에 장기간 입원하신 후 퇴직하고 연금으로 여생을 보내고 계신다.

아버지 형제분들은 단결이 잘되고 우애가 좋았으며 어머니와

내 삶을 여기에 담아본다

숙모님들도 동서지간에 우애가 돈독하셨다. 동네 사람들은 물론, 이웃 동네 사람들까지도 부러워했을 정도였다.

어머니는 며칠 동안 동서들을 보지 못하면 보고 싶어서 찾아가고 또 숙모님께서도 보고 싶어서 찾아오고 그렇게 지내니까 친형제보다 더 정이 들었다고 말씀하셨다.

삼촌 5형제가 결혼 후에도 한마을에 살고 있었으니까 그럴 만도하셨다. 내가 봐도 숙모님들의 동서 간의 정이 정말로 깊고 아름다워 보였다.

내가 고등학교 때 할아버지께서 우리 집 대문을 들어서자마자 대성통곡하시는 일이 벌어졌다. 부모님께서 황급히 뛰어나가 진정시키면서 왜 그러시는지 여쭈어 보셨다. 할아버지는 아버지께 "너한테 내가 공부시키지 못한 것이 한이 맺혀 어쩔 줄을 모르겠다. 미안하다. 용서해라"고 하시면서 내가 깜짝 놀랄 정도로 대성통곡하셨다.

나만 보면 이놈들 또 무슨 나쁜 짓 하나 하고 항상 호랑이 같으셨던 할아버지께서 땅바닥에 주저앉아 손으로 땅바닥을 치며 통곡하시면서 아버지께 또 어머니께 용서를 빌고 계셨다. 나는 어리둥절했다. 어찌 저럴 수 있냐는 생각이 들면서 또한 그 모습이 너무나 깊은 내면의 한스러운 통곡이어서 내 가슴이 찡했다. 그때가 형님이 대학생이었고 내가 고등학교, 동생이 중학교, 그 밑에 두 동생은 초등학교에 다니고 있어서 우리 남매가 모두 학생이었을 시기였다.

자식들을 모두 다 공부시키면서 유독 아버지에게만 농사일을 시키신 것에 대한 할아버지의 진정한 참회의 눈물이었다.

부모님은 4남 1녀의 우리 형제자매를 두셨다. 자식들이 원하는 대로 모두 공부를 시켜주셨다. 한 세대가 지나고 나서 나는 아버지가 되었고, 또 한 세대가 지나고 나니 내가 할아버지가 되었다. 나는 나의 할아버지같이 되지 않으려고 무척 노력했다. 손자 손녀가 집에 오면 항상 안아주고 조금 자란 후에는 마트나 백화점에 데리고 가서 원하는 장난감을 고르게 하고 피아노도 사주면서 혈연의 정을 나누고 싶었다.

내가 할아버지에게 받고 싶어도 받지 못한 정을 손자들에게 주고 싶어서였을 것이다. 무럭무럭 자라고 있는 손자 손녀가 너무나 예쁘고 귀엽게 느껴진다.

앞으로도 좋은 할아버지가 되어야겠다고 다짐을 해본다.

내 삶을 여기에 담아본다

친구

친구(親舊)의 한자어가 친할 친(親)자에다 입 구(口) 자인 줄로 생각한 시기가 있었다. 입으로 혹은 말로 친해지는 사람이 친구일 것이라 생각했다. 친구는 가깝게 오래도록 사귄 사람으로, 오래됨을 강조하는 것을 늦게 알게 되었다.

어릴 때는 친구가 뭔지도 모르고 단지 같이 어울려 장난치며 노는 상대였다. 동네 아이들끼리 한두 살 위아래로 그룹이 형성되어 친구가 되었다. 형이나 아우의 동갑내기와는 놀지 않았다. 형과 동생의 또래가 구분되어 있어서 서열이 맞지 않아 같이 놀지를 않았다. 여자아이들과는 친구가 될 수 없는 시대였다.

초등학교 저학년 때에는 친구 개념이 없었다. 초등학교 3학년 때부터는 이웃 마을에 사는 친구의 집에도 놀러 다녔다. 어떤 집에 가면 그 집 부모님께서는 자식의 친구가 집으로 찾아와서 노는 것을 기특하게 느끼시는 것 같았고, 감이랑 엿이랑 고구마 등 맛있는 별미의 음식으로 대접해 주시곤 하셨다. 초등학교 5학년 때부터는 여자에 대한 감정이 생기기 시작하였고, 친구는 아니지만 좋아하는 스타일의 여자친구(?)가 생기기도 했다.

중학교에 가서는 같은 반에서 마음이 통하고 환경이 비슷하며 생각이 비슷한 아이들과 친하게 지내고 싶은 생각이 들었다. 중학교 3년 동안 여러 친구를 사귀었는데, 나는 중학교 1학년 때 친구와 오랫동안 친분을 쌓고 많은 추억도 남겼다. 중학교 시절에는 초등학교 친구보다 읍내에 사는 친구들이 우리 집에 더 많이 놀러 왔다. 1950년대의 초등학교는 한 반에 60명 정원으로 남녀 비율이 비슷하였고, 중학교에 진학하는 사람은 남자 반은 7~8명 여자 반은 4~5명쯤 되었다. 진학을 못 하는 친구들은 학자금 낼 여유가 없다든지 농사일을 도와야 했기 때문이었고, 여학생은 대부분 집안일을 하느라 진학하지 못했다. 내가 다닌 초등학교는 읍내에서 4km 정도 떨어져 있어 걸어서 중학교에 다닐 수 있었지만, 10km 이상 떨어져 있는 지역에서는 한 학년에 소수만 진학을 하고 90% 이상이 중학교 진학을 포기해야 하는 학교가 많았다. 초등학교 때는 소꿉친구이고 중학교 때는 풋내기 친구인 것 같다. 세월이 흐르면서 계속 만나고 어울려 지내면서 성숙한 친구가 되며, 일생을 같이하는 우정을 나누는 친구가 되는 것 같다.

우리 집은 동네에서 할아버지 댁이 제일 부자였고, 우리 집은 두 번째 부자인 것 같았다. 어머니의 음식 솜씨가 좋아서 친구들이 유난히 우리 집으로 많이 놀러 왔다. 아버지께서 말씀해 주신 친구에 대한 이야기가 아직도 잊히지 않는다. 어떤 아버지가 자식이 친구를 좋아해 너무 많이 어울려 다니기에 어떤 친구와 사귀고 있는지를 시험해 보기로 했다. 돼지 한 마리를 잡아서 거적때기로 덮고 지게에 실어놓고는, 한밤중에 자식한테 짊어지게 하고 가장 친한 친구 집에 찾아가게 하고는 친구한테 "내가 실수로 사람을 죽였는데 어찌할 줄을 몰라 지금 지게에 지고 찾아왔다"고 말하라고 시켰다. 첫 번째 자식이 제일 친하다는 친구한테 가서 사연을 이야기했더니 그 친구가 문전박대를 하며 쫓아 내보냈다. 두 번째 친구를 방문했을 때도 마찬가지였다.

　그 모습을 본 그의 아버지가 다시 지게를 지고 아버지의 친구 집을 찾아가서 똑같은 말로 똑같은 사연을 말했더니, 아버지의 친구는 "자네가 어쩌다 사람을 죽였느냐" 하면서 "어서 집 안으로 들어오게"라며 아버지를 맞았다. 아버지는 집 안으로 들어가서는 "사실은 지게에 지고 온 것은 사람이 아니고 돼지다"라고 말하였고, 자식은 그 광경을 보고 진정한 친구의 의미를 깨달았다는 이야기를 아버지께서 나한테 들려주셨다. 친구를 사귀되 제대로 된 친구를 사귀라는 교훈의 말씀으로 새겨들었다.

　밀양의 시골 초등학교에서 읍내에 있는 중학교를 거쳐 부산에 있는 고등학교로 진학하게 되었다. 고등학교 입학식 날 교장 선생님의 말씀이 "고등학교 때는 공부도 중요하지만, 그보다 더 중요한 것이 친구를 만드는 것"이라는 훈시를 하셨다. 누구와 어떤 인연으로 친구가 될 수 있을까 하는 생각을 했다. 여러 사람에게 접근해 보았지만 진정한 친구 만들기가 쉽지는 않을 것 같았다.

경남 중학교 출신이 반 정도를 차지하고 나머지는 부산 시내 일부 중학교와 경상남도 각 시군 중학교 출신들이었다. 1학년 초에는 모두들 서먹서먹하게 지냈다. 반 학기가 지난 후 김해 출신의 한 친구와 마음이 통하기 시작했다. 그 친구가 1번이고 내가 2번으로 나의 짝이었다.

2학년이 되어 반이 재편성되고 1년 동안 얼굴을 익힌 탓인지 모두 좀 더 친밀감을 느끼고 있었다. 2학년 때에는 성향이 비슷한 친구들 6명이 클럽을 만들고, 부산 바다의 파도를 상징하는 wave club이라 이름 짓고 어울려 놀러 다녔다. 그때가 제일 신나게 놀러 다닌 때였다. 용두산 공원, 송도 해수욕장, 구포 배밭과 딸기밭에도 다니곤 했다. 6명 중 3명은 서울대학교에 들어갔고 나머지는 다른 대학에 진학했다. 50년이 지난 지금도 그때의 친구들과 매월 한 번씩 만나고 있다. 2학년 때는 여러 급우들과 어울리면서도, 관중과 포숙, 햄릿과 호레이시오와 같은 우정을 나눌 수 있는 친구를 찾고 싶었다. 한번은 친구 아버지께서 우리를 모아놓고 "좋은 친구 3명이 있으면 성공한 인생이다"라고 말씀해 주셨다. 그때는 그 말씀이 실감 나지 않았지만, 세월이 흐를수록 더욱 그 의미가 깊이 느껴졌다.

70년을 살아오면서 맺은 인연들이 친구가 되어 모임을 만들게 되다 보니, 이런저런 모임이 많아졌다.

고등학교 동기들 모임들이 대부분이지만, 60년 이상 가끔 서울에서 만나는 5명의 초등학교 동기 모임이 있고, 비가 오나 눈이 오나 주말마다 청계산에 등산하고 내려와 점심 먹고 고스톱도 한판 치고 저녁까지 먹고 오는 4명의 고향 친구와 10여 명의 중학교 동기생 모임이 있다. 또 분당 주변에 사는 친구들끼리 만나는 남촌 모임 외에도 고등학교 동기들과 매월 만나는 골프 모임, 등산 모임, 당구 모임에도 가끔씩 참석한다. 한 달에 두 번 이상 만나는 '르꼬뱅' 모임은 12명이 멤버로, 출석률이 거의 100%이다. 가장 기다려지는 즐거운 모임이며 정년 퇴임 한 대학교수, 대기업 사장 및 임원 출신과 현직 기업체 사장 등으로 구성되어 있다. 골프 후 와인을 마시면서 열린 마음으로 나누는 대화는 즐겁고 유익하다. 박성철 회장은 항상 좋은 와인을 가지고 오며, 국내외 여행 스케줄을 빈틈없이 짜주는 김성욱 회장에 모두 감사하고 있다. 여러 주제로 깊은 대화를 나누는 모임이다.

고등학교 모임 중에서 가장 오래되고 가깝게 지내고 있는 목요회 모임이 있다. 욱이 아빠 최경석, 현태 아빠 김영일, 유신이 아빠 허남걸, 창하 아빠 정윤영과는 결혼 전부터 시작해 아이들이 걸음마 할 때도 아이를 등에 업고 야외에 놀러 다녔던 친구들이다. 50

년이 지난 지금도 만나고 있으며 아이들도 서로 아는 아버지의 친구들이다. 세월이 지나면서 멤버 구성이 조금은 바뀌었지만, 오랜 세월 만나고 있는 친구들이다.

최경석은 신혼 때 같은 집에서 셋방살이를 하였고, 그 후 잠실 아파트로 옮겼고 지금은 죽전에서 같이 살고 있다. 이심전심으로 마음이 통하는 친구이다. 오래된 친구는 어떤 상황에서나 비슷한 생각을 하게 되고 텔레파시가 통하는 친구들이다. 항상 반갑고 고마움을 느낀다.

몇몇 군대 친구와도 아직 만나고 있고 10년 동안 다녔던 첫 직장의 동료와 선후배들은 1년에 두 번 정도 만나고 있지만 친구는 아닌 느낌이다. 얼굴 보는 것으로 만족하고 있다.

대학 동기생 중 몇 명은 자주 만나 대화도 하고 해외 원정 골프도 하면서 잘 지내고 있다. 그 외에는 그냥 동기생으로 매월 한 번씩 만나지만 깊은 대화는 나누지 못한다. 사회생활 하면서 만난 또래의 친구들은 업무와 연결이 끊어지면 몇 년 동안 연락을 하다가 서로 바쁜 생활을 하다 보니까 친구가 아니 친분이 있었던 것으로 끝난다.

그래도 그중에서 2명은 지금도 40년 동안 가끔씩 연락하면서 지내고 있다.

세월이 흘러 가까이 지내던 친구들이 한 사람씩 저세상으로 떠나고, 나도 체력이 예전 같지는 않아 활동이 둔해지고 높은 산에는

내 삶을 여기에 담아본다

올라가지 못하게 되었다. 그래도 하루에도 수십 통씩 카톡을 보내주는 친구들이 있고 전화도 주고받으며 이야기할 수 있는 친구가 있어 복 받은 인생이라 생각한다. 아픈 데가 있으면 서로의 건강을 걱정하고, 일주일에 한두 번씩 술도 마시면서 식사를 같이 할 수 있는 친구가 있어서 좋다.

친구 사이에 있어서는 내가 먼저 친구가 되어주어야 하고 내가 더 많이 마음을 열어야 한다. 만약 친구가 필요한 것이 있어 보이면 즐거운 마음으로 내가 내어줘야 한다. 그래야 친구이고 우정이 깊어지는 것이다. 젊을 때는 가족을 위해서 살고, 노년에는 친구를 위해서 살아야 한다.

요즈음 세대들은 친구와의 만남이 많지 않은 것 같다. 카톡방이나 문자로 서로 연락하며 지내는 것이 일상화되어 있는 탓이다. 사람은 사회적 동물이며 만나서 대화하고 서로 정을 나누는 것이 본능일 텐데, 무슨 일로 그렇게 바쁘게 사는지 이해가 안 된다. 그리고 손자들 세대는 컴퓨터 게임 때문에 친구와의 만남보다는 혼자 즐기며 사는 것 같다. 아이들이 성인이 되면 친구와의 정을 나눌 수 없는 세상에 살게 될 것 같아 걱정스럽다.

우리 집 강아지 쿠이

17년 전 생후 2달 된 아기 강아지가 우리 집에 왔다.

둘째 아들이 대학생이었을 때 어린 강아지 요크셔테리어를 집으로 데리고 왔었다. 신사의 나라 영국 품종이라 그런지 우아하고 기품이 있었으며, 애교스럽고 생기가 넘치는 토끼와 비슷한 크기의 강아지였다.

우리 가족과 금방 친해져 함께 살게 되었다. 우리 집 식구들이 모두 좋아했다. 특히 아내는 쿠이를 막내아들로 생각하고 이름도 윤쿠이로 부르며 온 정성을 다해 돌봐주었다. 장난감도 많이 사다 주고 폭신한 집을 안방과 거실에 마련해 주었다. 대소변 가리는 것도 가르쳐 줘서 금방 지정된 장소의 깔판 위에서 용변을 보게 되었다.

내 삶을 여기에 담아본다

가족이 외출할 때면 현관까지 따라 나와 꼬리를 흔들면서 배웅하고, 귀가할 때면 가장 먼저 발걸음 소리를 듣고 문 앞에 나와 뱅뱅 돌거나 폴짝폴짝 뛰기도 하면서 우리를 반겨주었다.

　뒷산에 등산 갈 때면 나보다 훨씬 빨리 올라가기 때문에 나는 따라가느라 바빴고 숨 가쁘기도 했다. 잔디밭에 풀어놓으면 마음껏 껑충껑충 뛰면서 좋아했고, 학교 운동장에 가면 달리기 선수 마냥 한없이 달린다. 산책하러 가면 항상 앞장서서 가고 싶은 곳으로 아내와 나를 끌고 가면서 뒤돌아보며 빨리 오라고 독촉하기도 한다. 지나가던 꼬마들은 귀엽다고 쳐다보고 만져보고 싶어 했다.
　큰 강아지를 만나도 당당하게 접근하면서 꼬리를 흔들고 반기며, 작은 강아지를 만나도 똑같이 접근하여 인사를 나눈다. 어떤 강아지들은 짖어대지만 우리 쿠이는 언제나 꼬리를 흔들면서 다른 강아지들을 반갑게 대해주었다. 그 행동이 너무나 보기가 좋았다.

　멀리 갈 때는 차를 타고 같이 간다. 차창 문을 열어주면 창밖의 시원한 공기를 마시느라 코를 벌렁거리고 창밖의 경치를 보면서 좋아했다.
　식사 때는 언제나 옆에서 같이 식사를 한다. 아내는 항상 쿠이 밥을 먼저 챙겨준다. 식사 때마다 밥그릇도 깨끗이 씻고 물그릇도 씻어서 새 물을 담아준다. 맛있는 음식은 항상 나누어 먹는다. 고기도 잘 먹고 과일도 잘 먹고 우유도 잘 먹는다. 사료도 맛과 영양이 조화된 고급품만 먹인다. 건강 검진과 체중 등 모든 분야에 걸쳐 점검한다.

잠잘 때도 처음에는 거실에서 자더니 안방에 오고 싶어 하길래 안방에서 같이 잔다. 침대나 소파에서 낮잠 자고 나면 한두 번 짖어대면서 일어났다는 신호를 보낸다. 낮에는 집에 있는 아내를 한 발자국이라도 놓칠세라 졸졸 따라다니면서 같이 생활한다.

아내는 가끔 "쿠이가 나의 보디가드이면서 수호신"이라고 말할 정도로 아내 옆에서 아내를 위해 재롱을 부리고 낯선 사람이 접근하면 짖기도 하고 으르렁거리며 물기도 한다. 아내가 아프거나 컨디션이 안 좋을 때면 알아차리고 앞발로 어깨를 긁으며 힘내라고 위로해 주기도 한다. 매우 아플 때는 어찌할 줄을 몰라 끙끙대기도 한다.

두 아들이 결혼하고 손자가 태어난 후에도 쿠이는 항상 우리 가족과 함께 생활했다. 아기들과도 어울려 잘 놀아주었다. 손자 손녀가 유치원과 초등학교에 다닐 때도 집에 오면 꼬리를 흔들면서 반겨주었고, 갈 때는 아쉬워서 더 놀다 가라고 짖어댄다. 많이 짖으면 좀 더 같이 놀다가 가기도 한다.

쿠이는 감정이 풍부하고 같이 오래 살아서인지 우리가 하는 말도 잘 알아듣는다. 멀리 있어도 부르면 오고 산보하러 가자고 하면

내 삶을 여기에 담아본다

좋아서 어쩔 줄을 모른다.

　잘못이나 실수를 하면 혼날까 봐 움츠리고 있기도 하고, 칭찬해 주면 신이 나서 펄펄 뛰면서 비비고 핥기도 한다. 쿠이와 함께 사진을 많이 찍었지만, 사진관에 가서 가족 전체 사진을 찍을 때도 항상 쿠이와 같이 찍는다. 함께 지낸 세월이 15년이 지났다.

　쿠이가 건강 검진을 받을 때 눈에 백내장이 발견되었다. 한쪽 눈에 백내장 증세가 나타난 것이다. 서울 대치동에 있는 전문 병원을 찾아가 백내장 수술을 했다. 잘 참아주었고 수술도 성공적이었고 아내가 항생제 등 처방 약을 오랫동안 잘 먹이고 정성으로 간호하여 백내장은 완쾌가 되었다. 세월 탓인지 쿠이도 몸이 옛날 같지 않았다. 노화 현상이 나타나기 시작했다.

　관절도 약해져서 옛날같이 뛰어다니지 못했다. 수술하지 않은 한쪽 눈에 백내장 증세가 나타났고 나이가 있어 마취 수술은 위험하다면서 의사 선생님이 수술을 극구 반대했다. 수술한 눈은 잘 보이니까 이대로 두는 것이 좋겠다고 했다. 관절 치료도 계속했지만 점점 나빠지고 있었다.

　아내는 쿠이에게 열심히 운동을 시켰다. 더운 여름에는 아침이나 저녁때 그늘 밑을 걷게 하였고 추운 겨울도 따뜻한 옷을 입혀서 운동을 시켰다. 쿠이도 산보와 운동을 좋아했다. 동네 주변을 산책할 때면 나도 종종 같이 갔다. 한쪽 눈마저 잘 보이지 않을 때까지 운동을 시켰다.

먹이도 최고로 좋은 것을 의사와 의논하여 먹였다. 꿀도 먹이고 인삼도 먹였다. 아내는 쿠이를 위해 최고의 정성으로 최선을 다하는 모습이었다. 2018년 가을부터 쿠이의 기력이 점점 빠른 속도로 쇠퇴하기 시작했다. 음식을 씹어서 먹여주기도 하고 손바닥에 올려서 주기도 했다. 아내는 온 정성을 쏟아부었다. 쿠이는 의사의 말보다 훨씬 더 오랫동안 버텨주었다.

2019년 1월 24일 밤, 쿠이가 몹시 아파서 울부짖었다.

아내는 밤새도록 쿠이를 가슴에 안고 어쩔 줄을 몰라 했다. 우리 곁을 떠나야 하는 아쉬움의 표시인지 울음소리가 안타까웠다. 밤잠을 설치고 아침에 병원 문 열기만을 기다린 후 수면 진통제와 주사를 맞고 나서는 평온해 보였다.

1월 25일 토요일, 가족들이 평상시와 같이 모두 우리 집으로 왔다. 기력이 없는 쿠이를 보고 모두 안타까워했다. 저녁 식사 때 쿠이는 물마저도 잘 먹지 못했다. 아이들은 쿠이를 어루만지며 빨리 회복하라고 격려의 인사를 하고 저녁 8시경 각자의 집으로 돌아갔다. 아이들이 간 지 10분 후에 쿠이는 아내의 품에 안겨 저세상으로 떠났다.

아내는 쿠이한테 아낌없는 사랑을 주었지만 충격이 큰 것 같았다. 쿠이는 포근한 이불을 덮고 같이 하룻밤을 지내고 다음 날 아침 예약을 해놓은 반려동물 화장장으로 갔다.

사람과 똑같은 방식의 절차를 밟아 화장을 하고 유골을 하얀 명주로 된 주머니에 넣어 상자에 담아주었다. 같이 간 가족 모두는 눈물을 글썽이며 그 광경을 지켜보면서 슬퍼했다.

유골을 받아 집에서 멀지 않은 경기도 화성시 정남면에 선산으로 사용하려고 준비해 두었던 곳으로 가서 큰 소나무 아래 양지바른 곳에 묻어주었다. 고속도로의 차들도 보이고 강도 내려다보이는 남향의 좋은 곳이다. 내가 출퇴근할 때도 가깝게 보이는 곳이다. 먼 훗날 우리 가족들이 가기로 한 그곳 산으로 쿠이를 먼저 보냈다.

만났다 헤어짐이 이렇게 아플 수가 있는가?

자연에서 와서 자연으로 가는 것이 삶이런가. 쿠이와 나 그리고 가족들이 쿠이와 함께한 일들이 영상 필름같이 지나간다.

우리 가족 모두는 쿠이를 사랑하였으므로 행복했다.

성장,
세상에 한 걸음 내디뎠을 때

새 나라의 어린이

새 나라의 어린이는 일찍 일어납니다
잠꾸러기 없는 나라 우리나라 좋은 나라
새 나라의 어린이는 서로서로 돕습니다
욕심장이 없는 나라 우리나라 좋은 나라

내가 초등학교에 입학하여 처음 배운 노래가 '새 나라의 어린이'
이다. 어릴 적에 목이 터져라 힘차게 노래를 부르면서 씩씩하게 손
을 흔들며 앞으로 당당하게 걸었던 생각이 난다.

까맣게 먼 수평선 넘어 보이는 조그만 섬 같은 먼 기억 속에 나
의 그 모습이 남아 있다. 파도가 치거나 비가 와 흐린 날이면 보이

내 삶을 여기에 담아본다

지 않지만, 항상 그 자리에 있는 조그만 섬 같이 느껴지는 노랫소리가 나의 기억 속에 머물고 있다.

어부가 고기를 잡으려 바다에 나갈 때 저 멀리 있는 작은 섬을 기준으로 방향을 정하고 거리를 정하면서 나가듯이 내가 세상에서 살아가기 위한 첫 번째 일은 일찍 일어나는 것이다.

국민학교(현재의 초등학교) 다닐 적에 병아리가 부드러운 작은 입으로 삐약삐약 하는 것과 같이 불렀던 그 노랫소리가 세월이 갈수록 더욱더 의미 있게 느껴진다. 중학교 입학할 때까지 그 노래는 흔히 부르는 노래 중의 하나로만 생각했다. 또한 아무런 의미도 느끼지 못했다.

초등학교 시절에는 아버지로부터 늦게 일어난다고 야단맞는 일이 한두 번이 아니었다. 아버지께서는 해가 동쪽 하늘에 솟아올랐는데 그때까지 일어나지 않는 사람을 도저히 이해할 수 없고 용서가 되지 않으셨던 것 같았다.

어쩌다 친구와 노느라고 밤늦게 집으로 올 때도 있고 또 어떤 때는 새벽에 집에 들어올 때도 있었다. 그러나 내가 언제 집에 와서 잠자리에 누웠는지는 참조하거나 고려하지 않는다. 해가 떴는데 자리에 누워있는 것을 절대로 그냥 두지 않으셨다.

시골의 학생은 말이 학생이지 반은 농사 일꾼이다. 학교에 가서 있는 시간만이 학생이다. 학교 갈 때도 이웃집에 심부름이나 빌려 쓴 연장이나 무엇이든 임무를 가지고 학교로 가면서 완수하고 학교에서 올 때는 곧바로 집으로 와야 한다. 학교 갔다 와서 내가 할 일이 꽉 짜여 있기 때문이다. 농사 돕는 일, 소 먹이는 일, 소 꼴(소가 먹는 풀) 베는 일, 기타 밭일이 항상 기다리고 있었다.

어떤 때는 집에 오기 싫을 때도 있다. 학교 갔다 와서 내가 할 일이 너무 힘들 것 같다고 여겨지면 학교 청소를 핑계 대고 늦게 올 때도 있었다. 그때는 내 임무가 형님이나 동생한테 넘어간다. 얌체 같기도 하고 미안하기도 했다. 형님한테 가면 좀 덜 미안한데 동생한테 내 임무가 넘어갔을 때는 동생이 하기에는 힘든 일이어서 더 미안했다.

시골에서는 학생이라도 항상 육체적인 노동을 많이 하게 되므로 몸이 고단하고 잠이 많을 수밖에 없다. 한창 자라는 나이이기에 잠이 많다. 잠잘 때 가끔 언덕 위에서나 나무에서 떨어지는 무섭고 짜릿한 꿈을 꾸게 된다. 그럴 때 어머니께 꿈 이야기를 하면 그것이 키가 크는 꿈이라고 말씀하시면서 두려운 마음을 달래주시곤 하셨다.

어쨌든 잠이 많은 시절이라 어쩌다 늦게까지 일어나지 못하고 있으면 아버지께서는 1차 경고로 "상(나의 어릴 때 아명)아 일어났나?" 하시고 5분 이내에 일어나지 않으면 2차도 아닌 최종 말씀으로 "해가 떴는데 안 일어나고 무엇 하느냐. 일어나라"고 하신다. 그러

내 삶을 여기에 담아본다

면 나는 반드시 일어나 즉시 문밖으로 나가야 한다. 내가 어제 놀다 와서 늦게 잤는지, 어제의 일이 힘들어서 피곤하였는지, 시험공부 하느라고 늦게 잤는지는 물으시지도 않으시고 이유 불문이었다. 어머니께서는 후하셔서 좀 더 자도록 아버지께 말씀드리지만, 아버지 사전에는 늦잠이라는 단어가 없다.

그러한 어린 시절의 일상생활이 세월이 흐르는 동안 습관으로 바뀌고 아버지의 뜻을 조금씩 이해하기도 했다. 고등학교 때는 습관적으로 동이 틀 때 일어나 거의 매일 아침 등산을 했다. 어둠이 사라지고 길이 보일 정도로 날이 밝으면 일어나서 부산 동대신동에 있는 구덕산으로 아침 등산을 가서 "야호!"를 몇 번씩 외친다. 요즘은 산에서 야호든 뭐든 소리를 지르면 소음 공해로 생각하기 때문에 소리를 지르지 못하지만, 그때는 아침이나 낮이나 산에 가면 "야호!"를 한두 번 외치는 것을 기본으로 생각했고 듣는 사람도 당연히 이해하고 넘어갔던 때였다. 상쾌한 아침 공기를 마시고 새소리를 들으면서 아침 등산을 할 수 있었던 것은 아버지께서 나를 일찍 일어나게끔 만들어 주신 덕분이라고 생각한다.

서울에 와서도 종암동에서 하숙하면서 종암동 뒷산을 아침 일찍 뛰어서 정상까지 올라가게 되었고 그 후 지금까지도 일찍 일어나는 것은 완전히 몸에 밴 습관이 되었다.

일찍 일어나면 여유가 있어 좋다. 그날 할 일의 세부 사항까지 생각할 수 있다. 나는 지각하는 일이 없다. 교통 체증, 사고 등 어떤 일이 일어날 수도 있다고 가정하고 만일 늦을 것 같으면 다른 방법으로 정한 시간에 출근할 수 있는 시간적 여유를 가진다. 버스가 늦게 오거나 가다가 막혀서 늦어질 것 같으면 내려서 택시를 타서라도 지각은 절대로 하지 않는다.

나 자신에게 이유는 통하지 않기 때문이다. 내가 나를 용서하지 못한다. 회사의 시간 규칙을 지키기 위해서 지각을 하지 않아야 하지만, 나는 회사와는 전혀 관계없이 나 자신과의 규칙이 지각하지 말자라는 것이었다. 아침에 지각하는 사람을 보면 좀 한심스럽게 보인다. 회사에 가기 싫다든지, 억지로 일어난다든지, 일어나서 허둥댄다든지, 어쨌든 그 꼴이 좋지 않은 모습으로 보인다.

직장 생활 하면서 과장, 부장이 되었을 때도 내가 가장 싫어하는 것은 지각하는 직원이었다. 이유 없이 늦게 나오면 그것이 한 달에 세 번째 되는 날이면 난 그 직원에게 집에 가서 쉬고 내일 다시 출근할 때 지각하지 말고 제때 나오라고 말하며 돌려보내기도 했다.

일찍 일어날 수 있다는 것이 나에게는 물려받은 큰 복이다. 일찍 일어나 움직이니까 자연적으로 저녁에는 일찍 자야 한다. 저녁 9시 뉴스를 중간쯤 보면 졸리기 시작하고 그러면 아내가 나를 부축해서 잠자리에 눕힌다. 아침에는 계절과 관계없이 5시 전후에 일어난다.

아침 신문이 배달되기를 기다리고 있다가 신문이 오면 다 읽고 나서 오늘 할 일에 대해서 한참 동안 생각한다. 일과를 설계한 후 출근 시간 30분 전에 도착할 수 있는 시간에 맞추어 집을 나선다. 비 오는 날이면 좀 더 일찍 나서고 눈 오는 날이면 더욱더 아침 일찍 출발한다.

가끔 친구들 모임이나 어떤 모임에서 잠에 대한 화제가 있으면 난 일찍 자고 일찍 일어나는 이야기를 한다. 70년 전에 무심코 불렀던 "새 나라의 어린이는 일찍 자고 일찍 일어납니다"의 그 노래 의미를 연륜이 되어서야 깊이 느끼고 있다. 그때 새 나라 어린이가 이제 70대의 노인이 되었고, 그 동요의 깊은 뜻을 충실히 실행하고 있다. 이제는 일찍 일어나는 것이 나이 탓인가 여겨지기도 한다.

잠은 일찍 자고 일찍 일어나는 사람도 있고 늦게 자고 늦게 일어나는 사람도 있다. 잠 습관은 체질과 환경, 취향에 따라 달라지기도 한다. 낮에 열심히 일하는 사람은 일찍 잘 수밖에 없다. 열심히 일하면 저녁이 되어 피로하니까 일찍 잠이 오게 마련이다. 게으름뱅이는 일찍 자도 늦게 일어나지만, 보통 사람들은 일찍 자면 일찍 일어난다. 나는 아침형 인간인지라 일찍 자고 일찍 일어난다. 그리고 일찍 자고 일찍 일어나는 사람들을 좋아한다. 열심히 일해서 회사를 창업하고 만든 회사를 성장시켜 재벌이 된 사람 대부분은 아침형이라고 통계 자료가 말해준다.

날이 새면 일어나고 어두워지면 보금자리를 찾아 휴식을 취하는 것이 자연의 순리다. 동물과 식물도 그러하거늘 만물의 영장인 사람은 당연히 그렇게 해야 하는데도 자연의 법칙을 이해하지 못하는 사람들이 상당히 많아 안타깝기도 하다.

내가 창업한 회사는 잔업이나 야근을 하지 않는 것을 기본으로 하고 있다. 일하는 낮 시간에 열심히 일하고 일과 후에는 쉬게 한다. 모두 좋아하고 이웃 회사 직원들이 부러워하고 있다.

'새 나라의 어린이' 동요는 나에게 좋은 습관을 만들어 주었다. 나의 일상생활에 크나큰 도움을 주었다. 아직도 나는 새 나라의 어린이처럼 일찍 자고 일찍 일어난다. 그 동요의 작사, 작곡가 그리고 그 노래를 가르쳐주신 선생님께 감사드린다.

내 삶을 여기에 담아본다

청춘, 그리고 시작

내가 서울에 처음 온 것은 대학 입학시험을 치기 위해서였다. 서울에서 대학에 다니는 외사촌이 서울역에 마중 나왔다. 야간열차를 타고 아침에 서울에 첫발을 디뎠다. 버스를 타고 가는데 강바닥에 기둥을 세우는 공사를 하고 있었다. 청계천 고가도로 공사였다. 1965년 서울에 와서 지금까지 60년쯤 서울에서 살고 있는 셈이다. 말은 태어나면 제주도로 보내고, 사람은 한양으로 가야 한다는 어머님 말씀대로 서울로 왔다.

시험을 치고 서울 거리로 구경나왔다. 그때는 종로가 가장 번창한 거리였다. 외숙모님과 함께 종로를 거닐고 있는데 2~3분 만에 한 번씩 친구를 만났다. 외숙모님은 서울에 처음 온 사람이 아는 사람이 어찌 그리 많으냐고 하셨다. 고등학교 때 한 학급 60명에 8반까지 있었으니까 졸업생이 480명이고 그중에, 서울에 시험을 보러 온 친구가 300여 명은 되었다. 서울대학교에 70~80명, 고려대학교와 연세대학교에 각각 40~50명 합격하였고, 1차 시험에 불합격하면 2차로 성균관대학교와 한양대학교 또는 재수를 하여 대학에 들어가 대학 생활을 시작하는 것이다. 집단 이주하듯이 고등학교 친구들 대부분이 서울로 올라오게 되었다.

무슨 과를 택할 것인가 고민하다가 화학공학과를 택했다. 어릴 때 스테인리스 제품과 플라스틱 제품을 처음 봤을 때 감명받았다. 일반 철은 녹이 잘 슬고 잘 부러지는데 스테인리스는 녹도 안 슬고 단단하고 실용적이었다. 플라스틱으로 목제품을 대신하여 여러 가지 생활용품을 만들어 내는 것을 보고 나도 나중에 과학자가 되어 사람들이 위생적이고 편리하게 사용할 수 있는 생활용품을 만들고 싶었다.

고등학교 때는 문과 이과 중 일단 이과를 택했다. 그때 외사촌 형님은 서울대학교 화학공학과에 다닐 때인데 방학 때면 고모 집인 시골 우리 집에 꼭 놀러 오곤 하셨다. 울산에 정유 공장이 들어서는 둥 흔해 빠진 다시마를 분해하여 연료로 만들 수 있다는 둥 화학공학에 대하여 꿈에 부풀어 나에게 이야기해 주신 영향도 있었다.

지금 다시 선택하라면 의사가 되는 것이 나의 적성에 가장 잘 맞는 것 같다. 책이나 TV에서 의학에 관한 이야기를 들으면 절대 잊어버리지 않는다. 의학에 관심이 많아 의학을 배웠어도 좋았을 것 같다.

〈손자녀들이 그린 그림 9〉

대학 생활은 즐거웠다.

내 일생에 가장 재미있게 지낸 청춘 시절이었다. 경영학과에 다니는 고향 친구와 같은 방에서 하숙을 하였는데 하숙집은 고향 친구들의 아지트였다. 한 달 하숙비가 5,000원이었다. 용돈 1,000원까지 합쳐서 시골에서 6,000원을 매달 보내주셨다. 그 당시에는 쌀값이 괜찮아서 벼농사를 지어 자식들을 대학에 보낼 수 있었고, 한 달 하숙비는 쌀 한 가마니 값이었다. 하숙비를 장학금이라 부르기도 했다.

　장학금이 올라오면 당구도 치고 소주도 먹고 그날은 회식하는 날이었다. 대여섯 명이 근방에 있어서 한 달에 대여섯 번씩 번갈아 가면서 파티를 베풀었다. 부모님께 미안한 생각도 많이 했지만, 친구들의 분위기는 즐겁기만 했다.

　1학년 교양학부 시절은 학교에서는 데모가 무척 많았다. 한일 관계, 부정 선거 관계, 독재 정치 관계 등 데모할 모든 구실을 찾아내어 데모를 하던 시기였다. 공과 대학은 본교와 좀 떨어져 있어서 심하지는 않았지만, 가끔 공대에도 동원령이 내려와 참가하기도 했다.

　돌멩이와 최루탄이 오가는 데모였다. 그때는 화염병이 없었다. 한번은 본교에서 안암동 로터리로 스크럼을 짜고 도로를 점령하고 행진했는데 출발할 때는 중간쯤이라 생각했는데 한참을 가다 보니 앞에 서게 되었고 경찰과 대치할 때는 맨 앞에 서 있게 되었다. 앞에서 선동하던 주동 세력은 다 빠지고 순진한 일반 학생들만 남게 된 것이다. 주동·선동 세력이 있다는 것을 그때 처음 실감했다. 이해가 되지 않는 일이었고 기분도 나빴다.

　서울시청에 집결하여 데모할 때는 위험을 느꼈다. 최루탄도 많이 쓰고 경찰도 강압 진압을 했다. 한번은 시청 별관인 시민회관으로 도망가서 체포를 면했고 또 한 번은 곤봉으로 어깨를 심하게 맞

　　　　　　　　　　　내 삶을 여기에 담아본다

고 붙잡힐 뻔했지만 겨우 도망가기도 했다. 학생 배지를 달고 있으면 사법 형사한테 잡히니까 배지를 얼른 풀고 도망가기도 했다.

내가 던지는 이 돌멩이가 조국의 평화와 통일에 도움이 된다면 기꺼이 힘껏 던지겠다고 나의 일기장에 적어놓기도 했다. 안기부에서 가택 수색을 했다면 빨갱이로 몰리던지 바로 징집 명령으로 군대에 끌려갔을 것이다. 그때는 순수하게 나라를 위해서 한 일이었다.

여대생들과 종로에서 미팅도 여러 번 하고 놀고 지내는 사이 1년이 지나고 봄이 왔다. 절친한 친구 경석이와 처음으로 인천에 놀러 갔다. 삼화 고속버스를 타고 가서 터미널에 내렸는데 처음 온 곳이라 막막했다. 그때 마침 연세대 배지를 단 여학생이 지나가길래 도움을 청해 인천 송도에 가게 되었다. 주말인데도 해변은 조용했다. 해가 질 무렵까지 해변을 걷다가 왔다. 집으로 초대하여 저녁을 대접하고 싶으나 교육청에 장학사로 계시는 부모님께서 보시면 야단하실 거라며 아쉬운 심정을 이야기했다.

대학 시절에 가장 인상에 남는 데이트였다.

1·2학년 때는 공부한 기억은 없고 데모하고 놀러 다닌 기억밖에 없다. 2학년을 마치고 군대에 입대했다. 군대에서 발간하는 전우 신문에 화학공학과 동기가 고려대학교 전체 수석 졸업자라고 이름이 났다. 그렇게 똑똑하지는 않았다고 생각했는데 열심히 한 모

양이라 생각하고 마음으로 찬사를 보냈다. 방학 때 대구 수성못과 부산 해운대에 같이 놀러 갔던 친구가 더 똑똑하다고 생각했는데, 어쨌든 축하해 주고 싶었다.

3년의 군대 생활을 마치고 3학년에 복학했다. 입학 동기생 중 절반은 이미 졸업하였고 군에 갔다 온 친구들은 3년 후배들과 같이 강의를 들었다. 형이란 소리를 들으면서 후배들과 같이 지내는 것이 좀 거북스러웠다. 복학 후에는 학비 문제로 경제적인 어려움이 닥쳤다. 우리 5남매의 학비가 벅찬 때였다. 결국 어머니께서 시집 올 때 가지고 오신 옥답 1,000평을 팔아 등록금을 마련해 주셨다. 예전과 달리 농사를 지어 자식 대학 보내기가 어렵게 된 시기였다.

여동생의 소개로 상명여대 미술 대학 교수님 댁에서 학생들의 과외 공부 아르바이트를 하게 되었다. 안암동에서 서대문을 거쳐 평창동까지 가려면 먼 거리였고 힘들었지만 그래도 다녀야만 했다.

대학교수님 댁이라 그런지 시골집이랑 하숙집과는 너무나 대조적이었다. 교수님 사모님의 정성에 감명받았고 서양 화가이신 박득순 교수님의 그림도 독특했다. 지금까지도 그때 교수님 댁의 우아하고 품위 있는 집안 분위기가 생각난다.

4학년 10월에 학교로 추천이 와서 면접을 보고 섬유회사인 원림산업에 처음으로 취직을 했다. 하지만 나의 기대와 적성에 맞지 않

내 삶을 여기에 담아본다

아 한 달 만에 그만두었다. 학과 조교들은 나를 못마땅하게 생각했다. 그만둘 것이면 추천받아 가지 말 것이지 너 때문에 다음에 추천받기가 곤란하다고 구시렁거렸다. 나는 조금은 잘못했다고 사과를 한 후 형이 내 인생을 책임지겠느냐고 따지기도 했다. 그래도 공장에서 마구 쓰는 스팀 밸런스 시스템을 구축해 주고 사표를 냈다.

"학이시습지 불역열호아(學而時習之 不亦說乎兒, 배우고 때때로 익히니 이 어찌 즐겁지 아니한가)"라고 했던가.

그러나 나의 대학 시절 공부는 기쁘지 않았다. 화학은 고교 시절에는 재미가 있었으나 화학공학은 수학이 문제였다. 일부 과목은 복잡한 미적분에 로그 함수까지 해야 하니까 재미가 없었다. 공과대학의 학문과 이론은 수학이 뒷받침되어야 하는 과목이 많다. 복잡한 수학의 논리에 따라 문제를 풀어야 하는데 통째로 외워서 하려니 스트레스를 받기도 했다. 수학은 복잡하고 재미도 없었다.

큰아들이 성장하여 서울대학교 화학공학과에 입학했다. 거기는 어떻게 공부하는지 궁금하여 노트를 한번 보았다. 노트에는 전부 내가 알지 못하는 수학으로 가득 차 있었다. 내가 전혀 보지도 못했던 기호와 표시가 노트를 메우고 있었다. 나의 인자를 받았으면 수학은 별로였을 텐데 그래도 유명한 교수 밑에서 박사 학위까지 받게 되어 나는 대리만족 하며 기뻐했다.

서울에는 중학 동기 10여 명, 고등학교 동기 250여 명이나 있었고 같은 과 동기들이 약간 명이 있었다. 젊음을 누리면서 어울려 다녔다. 대학 생활 중 기억에 남는 것은 친구들과 신나게 놀았던 일과 데모를 많이 했다는 것, 그리고 전공 몇 과목을 공부했다는 것이다. 지금은 직업상 필요한 것만 기억할 뿐 대부분 잊어버렸다.

대학 생활이 중요한 것은 지성인이라는 긍지와 자부심을 가지는 것이다. 어느 교수님 말씀대로 이론은 책에 다 나와 있으니 모르는 것이 있으면 사전에서 단어를 찾듯이 필요한 전문 서적을 찾을 수 있는 방법과 능력을 배우면 된다는 말씀도 잊히지 않는다.

자유, 정의, 진리를 외치며 뛰어다니던 학창 시절도 금방 지나갔다. 졸업 후에는 직장에 다니면서 고려대학교 동창회 월간 신문인 교우회보의 편집 위원으로 위촉받아 참여했다. 지금은 동창회 상임 이사로 매년 20만 원씩 30년간 내고 있는 것이 나와 고려대학교와의 현재 진행 중인 인연이다.

대학 시절의 배움에 대한 감사한 마음을 표하기 위해, 후배들을 위해서 조금의 장학금을 학교에 내었다. 학교를 졸업한 지 50년이 다 되어가지만, 동기들과 매월 골프도 치고 학교의 중요한 행사 때도 초대받고 교우회보의 편집인 동호회 등 여러 모임에도 초대받으면서 지금까지 모교인 고려대학교와의 인연을 계속하고 있다.

내 삶을 여기에 담아본다

군대 생활

초등학교부터 대학교까지 학교에만 다니고 단체 생활이라야 학교에서 동급의 학생들과 함께하는 것이 전부였는데 군대에 가게 되었다.

입대 나이가 되었으니 언젠가는 가야만 했다. 나와 가깝게 지내던 친구들은 대부분 군에 가지 않았다. 2대, 3대 독자라고 빠지고 신체검사 불합격이라 빠졌다. 정부 정책이고 이유가 있다고 생각하였기에 별 거부감은 느끼지 않았다. 대학 2학년을 마치고 군에 입대하는 것이 그 당시에는 일반적인 추세였다. 나도 2학년을 마치고 군대에 가게 되었다.

군 입영을 신청하여 1월 하순에 소집 통지서를 받고 입대했다.

정월대보름 다음 날이었다. 날씨가 몹시 추웠다.

머리를 바리캉으로 박박 밀고 훈련복을 지급받았다. 옷은 몸에 맞지 않고 엉성했다. 훈련복은 모두 중고품이었다. 훈련을 마친 사병들이 입다 벗어놓고 간 옷이었다. 속내의도 방한이 되지 않아 몹시 추웠다.

식사 시간에 밥과 반찬이 형편없어서 목에 잘 넘어가지 않았다. 보리밥에 뭇국과 그 외 반찬 한두 가지였다. 여태까지 받아보지 못한 밥상이었다. 말로만 듣던 군대 밥이다. 이틀을 굶고 나니 배가 고파졌고 식욕이 당겨서 숟가락을 들게 되었다.

훈련소의 본격적인 훈련이 시작되었다. 제식 훈련부터 약진 앞으로, 높은 포복, 낮은 포복, 수류탄 투척과 사격훈련 등 전쟁 시 필요한 훈련을 모두 받았다.

훈련은 잘 받고 있었으나 추운 날씨 때문에 손과 발에 동상의 징조가 나타나서 조금 고생했다. 본격적인 훈련을 하고 나서부터는 밥맛이 꿀맛이었다. 똑같은 배식을 받았으나 옆 사람의 밥이 더 많아 보였다.

온종일 훈련받고 영양가 없는 식사를 하게 되니 배가 고팠다. 어머니께서 비상금으로 넉넉하게 주신 돈으로 PX에 가서 빵이랑 기타 간식을 사 먹고 어려운 사람에게 조금 나누어 주기도 했다.

6주간의 훈련을 마쳤다. 힘들고 고생한 것은 다 잊어버렸다. 어느 부대로 배치가 되는지가 궁금했다. 나는 의무병과를 받고 의무병이 되고 싶었다. 의과 대학을 안 갔기 때문에 정식 의사는 될 수 없으나 내가 하고 싶었던 일이라 은근히 기대하였고 희망 병과도 의무병으로 적어 냈다.

그러나 배치받은 부대는 대구에 있는 2군 수송 교육 부대였다. 운전병을 양성시키는 부대의 기간병으로 간 것이다. 병과는 76병과로 보급품을 수령하여 지급하는 보급 행정병과였다. 중대 사무실에서 근무하였지만 일과 시간이 끝나면 내무반 생활을 해야 한다. 내무반은 훈련 조교와 같이 쓰게 되어 있었다.

운전 조교들은 성격들이 모두 날카로웠으며 규정을 엄하게 지키고 교육 중 기합도 심했다. 운전을 엄하게 가르치지 않으면 교육받은 후 군용 차량을 운전할 때 사고를 내게 되니까 이해는 되었지만, 단체 기합도 많았고 개인을 심하게 다루며 운전 교육을 했다.

나는 교육생들의 훈련에 필요한 보급품을 조달하는 업무를 맡아 중대 본부에서 근무했다. 나의 사수는 제대를 앞둔 병장이고 나한테 업무 인수인계를 시키고 제대를 할 모양이었다.

트럭으로 교육을 하기에 유류 사용량이 많았다. 조교들은 교육용 기름을 남겨 야외 교육장에서 돌아오는 길에 기름을 주고 술을 받아와 거의 매일 밤 내무반에서 술판을 벌였다.

운전 조교들은 대부분 군에 입대하기 전에 운전 경험이 있는 사람들이었다. 그 당시 말로 운전사는 곤조(근성)가 있는 사람들이었다. 한 달에도 몇 번씩 야밤중에 기분 내키는 대로 기상을 시켰다.

군번 순서대로 엎드려뻗쳐를 시키고 야전 곡괭이 자루나 야전삽으로 몇 대씩 휘둘러 댔다. 어떤 때는 피가 날 때도 있다. 대부분이 중학교 졸업생 정도의 수준이고 교양이라곤 찾아볼 수 없는 사람들이었다.

나와 군번이 비슷한 사람들한테 우리가 고참이 되면 절대로 졸병들을 때리지 말자고 이야기하고 다짐받기도 했다. 내가 상병이 되고 고참이 되었을 때는 내무반 분위기도 조금씩 정화되어 가고 있었다. 졸병이 큰 잘못을 저질렀을 때는 화가 나기도 했다. 심할 때는 불러 세워놓고 나한테 몇 대 맞았다고 생각하라고 말로만 벌을 주었다.

근무 부대가 대구 시내에 있었다. 부대 막사 외곽에 보초를 서게 되면 철조망은 있으나 마나다. 고참들이 부대 바로 옆 술집에서 취하여 돌아오면 똑바로 서서 들어올 수 있도록 철조망을 열어주어야만 한다.

낮에 보초를 서고 있으면 부대에서 몇백 미터쯤 떨어진 곳에서 대공사를 벌이고 있는 것을 본다. 무슨 공사인지 물었더니 경부선 동대구역 신축공사라고 했다. 부대가 대구 시내 신암동에 있었기 때문이다. 2군 사령부의 군악대, 방첩대 등 특수부대가 모여 있는 곳에 2군 수송 교육대도 같이 있었다.

얼마 후 신암동에 있던 우리 부대가 2군 사령부 내로 들어가게 되었다. 막사도 신축되어 깨끗하였고 부대 외곽 경비는 경비 중대

내 삶을 여기에 담아본다

가 맡게 되어 외곽 보초 서는 일은 없어졌다. 군 생활 처음으로 스팀으로 쪄서 만든 밤을 먹게 되었다. 사령부 내라서 식사 메뉴도 많이 좋아졌다.

그 당시 군대는 부정부패투성이었다.

훈련병들이 훈련소를 졸업할 때 지급받은 깔깔이 내피 등 시중에 인기 있는 것은 모두 회수하였다가, 교육을 마치고 각 부대로 배치받아 나가는 사병들에게는 중고품을 지급하여 보낸다. 신품은 지프차에 싣고 새벽에 대구 서문시장에 갖다 팔고 폐품을 사 와서 지급하거나 보충한다. 중대장이나 선임하사들이 주로 그런 일을 한다. 보급 창고 문을 열게 하고 강압적으로 명령한다. 도저히 이해할 수 없는 일들이 벌어지고 있었다.

그 당시 2군사령관이었던 청렴한 한신장군께서 그렇게도 군의 부정부패를 막으려 애썼지만, 전염병같이 만연된 상태여서 쉽게 고쳐지지 않았다.

1968년 1월 21일 북한 민족 보위성 정찰국 소속의 무장 게릴라 31명이 청와대를 습격하기 위해 청와대 바로 옆 세검정 고개까지 침투하여 교전을 벌였던 김신조 사건이 벌어졌다. 육군사관학교와는 별도로 제3사관학교를 설립하게 되었고, 제3사관학교 창설 기간 요원을 차출하는 공문이 내려왔다. 모범이 되는 병사를 추천하라는 것이었다. 부대 상사가 나한테 그 내용을 이야기하길래 내가 가겠다고 했다. 사관생도를 교육하는 곳이니까 좋은 부대가 될 것 같았다.

경북 영천에 있었던 행정학교를 다른 데로 옮기고 그곳에 제3사관학교를 창설했다.

선발 요원으로 영천으로 전출 가게 되었다. 부대가 떠난 곳이라 어수선하고 질서가 잡히지 않았다. 전국 각 부대에서 기간 요원으로 병사들이 계속 전출 오고 있었다.

제3사관학교 초대 교장은 정병욱 소장이었다. 사관생도들은 북한의 게릴라 부대보다 더 강하게 만들어야 한다고 1회 졸업생들을 혹독하게 훈련시켰다. 생도들이 불쌍해 보였다.

하기식은 전 사관생도들과 기간 사병들이 대연병장에서 같이 할 때도 있다. 어느 겨울날 5시에 시작한 국기를 내리는 하기식이 밤 12시 가까이 되어서야 끝났다. 횡렬 종렬이 한 사람이라도 맞지 않으면 연병장을 계속 돌린다. 인내의 한계를 느낄 정도였다.

제3사관학교에서 나는 통신 참모부에서 근무하게 되었다. 참모부 사무실에 가면 나의 전용 책상이 있다. 사관생도들의 교육에 필요한 유선, 무선, 통신장비를 보급 지원하는 일이었다.

통신, 병참, 의무 참모부에 근무하는 사병들은 같은 내무반을 사용했다. 밤에는 군인이지만 낮에는 공무원같이 각자 맡은 행정 업무를 담당한다. 하는 일도 재미있었다.

내가 병장 때 같은 내무반원인 의무실에 근무하는 상병이 나한테 달려와서 윤 병장님의 소변이 어린애 오줌 같다고 했다. 수많은 소변 검사를 하였지만 윤 병장님 같은 소변은 처음이라 했다. 어린 소년의 소변같이 깨끗하다면서 신기하게 여기는 것 같았다. 항상 몸을 청결하게 하고 숫총각이니까 당연한 것 아니냐고 말했다.

그때 같은 내무반에서 만난 몇몇 친구는 지금까지 간간이 만난다. 제대 후 복학하고 졸업 후 선경, 대우, 주택 공사, 안기부에 다녔던 친구들인데 정년 퇴임 이후 여태까지 함께 만난다. 군대 생활 이야기도 가끔 나누는 군대 친구들이다.

제대를 몇 달 앞두고 경주에 있는 후송 병원에서 치질 수술을 받았다. 책상에 오래 앉아 있었기 때문인지 치질이 생겼다. 복학하면 수술할 시간이 없기에 군에서 수술하기로 했다. 입원하고 있는 동안 간호장교가 나에게 무척 친절히 대해주었다. 나이는 나보다 어리지만 장교였다. 어떤 때는 장교로 보이지 않을 때도 있었다. 나를 좋아하는 느낌도 받았다. 오래도록 입원해 있었으면 서로가 연정을 느꼈을 것이다.

제대 한 달여를 앞두고 상병의 여동생이 오빠 면회를 왔다. 서 상병은 나한테 같이 면회실에 가자고 졸라댔다. 여동생은 은행에 근무하는 쾌활한 아가씨였다. 일주일 후 휴일에 또 면회를 왔다. 덤덤하게 또 면회실에 같이 갔다. 제대 날짜가 언제인지 제대하면 부산에 꼭 놀러 오라는 등 친절하게 대해주었다.

제대 후 잊어버리고 있었는데 편지와 소포가 시골집으로 배달되었다. 부산에 고등학교 동창생들이 많으니 부산 오면 연락이 올 줄 알았는데 소식이 없어 보낸다면서 은행의 연말 선물을 많이 보내주었다. 복학하고 취직을 한 후까지 만남이 계속되었다. 나는 친구의 동생으로 대하였고 그 아가씨는 나를 연인으로 생각하는 것 같았다. 몇 년을 만나다 헤어지게 되었다. 내가 결혼하게 될 사람을 만나고 나서, 그동안 주고받은 편지는 시골집 부엌에서 다 태웠다. 형수님이 "삼촌 섭섭하시겠네요"라고 말씀하셨다.

훈련소에 입대하여 운전 교육대를 거쳐 제3사관학교에서 복무하면서 36개월의 군 복무를 마치고 제대했다. 입대하면서는 군 복무 기간 동안 여유 시간이 있으면 단어도 외우면서 영어 공부를 하고자 하였는데 뜻대로 되지 않았다.

군인은 군인정신이 투철하여야 된다는 것이 평소의 나의 지론이었는데 후방에 근무하는 군인들은 반은 군인이고 반은 민간인이었다. 군복을 입은 민간인(일반인) 같았다. 군인정신이 많이 결여되어 있었다.

정훈 장교의 지시로 가끔 내가 내무반원들에게 교육할 때 "이북에서 내려온 간첩이 지금 내무반을 향해 충격을 가할 시, 재빨리 자기 소총을 가지고 응사할 사람은 한 사람도 없고 모두 침상 밑으

내 삶을 여기에 담아본다

로 기어들어 가 몸을 숨기기에 겁겁한 사람들이다"라고 질타하면서 군인정신에 대한 교육을 하기도 했다.

군인은 군인정신이 투철하여야 국가와 국민과 가족을 지킬 수가 있다. 외세의 침략이 있을 시 과연 필승을 다짐하면서 목숨을 걸고 나라를 지킬 수 있을지 걱정이 많이 되었다.

통신 부대는 파견 근무가 많으나 야외훈련장으로 파견 한번 가보지 못했다. 참모부에 붙잡혀 내근만 했다. 군에 있을 때 각종 보고서를 작성하는 일을 하였기에 각종 서식과 양식이 아주 잘되어 있다는 것을 알게 되었다. 대부분 미국식의 선진화된 것이어서 대학을 졸업하고 직장 생활하면서 많이 활용했고 큰 도움이 되었다.

몸 건강히 무사히 36개월 동안의 군 복무를 마칠 수 있었기에 감사하며 향토 예비군복을 지급받고 제대했다.

많은 것을 배운 직장 생활

대학 4학년 늦가을에 첫 직장에 취직을 했다. 희망의 포부를 다짐하며 설레는 첫 출근을 했다.

〈손자녀들이 그린 그림 10〉

내 삶을 여기에 담아본다

서울 성수동에 있는 섬유회사였다.

회사에 대한 개략적인 설명을 듣고 공장장과 면담 시간도 가졌다. 출근 시간은 오전 8시, 퇴근 시간은 오후 8시였다. 아침 교대 시간 30분 전에 출근하여 생산 라인이 이상 없이 교대되는 것을 확인한다. 오전 8시에는 교대 근무자가 이상 없이 일할 수 있게 하고, 저녁에도 오후 8시에 야간 근무조가 임무 교대하는 것을 관리·감독하는 업무였다. 사실상 오전 7시 반 출근, 오후 8시 반 퇴근인 셈이다.

종암동 하숙집에서 버스를 두 번 갈아타고 가려면 오전 6시에는 집에서 출발해야 했다. 출근할 때 새벽 별을 보면서 출근하고, 퇴근 때는 저녁별을 보고 퇴근했다. 출근하면 청색의 유니폼을 입어야 했고, 점심시간에 식당에 가면 스테인리스 식판을 들고 배식을 받아야 했다. 영화에서 본 죄수 같았다. 전혀 생각지도 못한 그 당시 제조회사의 풍경이었다.

아침에 출근하여 공장 안에 들어가 보면 20대 전후의 동생 같은 젊은이가 밤새 12시간가량 야간 근무를 하고 있다. 어쩌다 친구들과 밤샘을 하고 놀다 새벽에 헤어질 때의 그 누리끼리하고 창백한 모습과도 같았다. 마음이 무척 아팠다. 산업 현장이 이럴 줄은 상상하지 못했던 일이다. 염색과 봉제를 하는 공장이라 작업환경도 아주 열악했다.

출근 후 며칠이 지난 후 서울시청 앞에 있는 본사로 입사 동기생

몇 명이 사장님께 입사 신고를 하러 갔다. 하루 2교대 12시간 근무를 하지 않으면 경쟁에서 이길 수 없다는 현실을 설명하면서 참담한 현실을 본 우리를 위로해 주셨다. 공장 생활이 나와 맞지 않음을 느꼈다. 토요일과 일요일도 없었다. 군대 가지 않고 먼저 직장에 다니는 친구들이 북한산이나 도봉산에 단풍 구경하러 가자고 연락이 와도 근무 때문에 갈 수가 없었다. 이 직장에 계속 다녀야 하는지 고민을 하기 시작했다.

휴일도 없이 직장에 나가서 생산 공장에서 일하는 나의 미래 모습을 생각하니 이 길은 아닌 것 같았다. 그때 마침 수출 회사에서 화학공학과 출신을 모집하는 광고를 보게 되었다. 회사에 적당한 핑계를 대고 충무로에 있는 회사에 시험을 보러 갔다. 영어 문제는 모두 무역에 관한 문제였다. F.O.B 조건으로 부산항 선적으로 미국 뉴욕에 도착하는 신용장을 개설하는 문제였다. 상업 용어와 무역 용어는 접해보지 못했지만 대충 작문하고 답안지를 제출했다. 얼마 후 면접을 보았고 합격 통지를 받았다. 다니던 회사는 사표를 냈다. 별 보고 출근하고 별 보고 퇴근하면서 휴일도 없이 근무했던 한 달간의 첫 직장을 그만두게 된 것이다.

새로운 직장에 첫 출근을 했다.

회사 이름은 대영상사였다. 김우중 사장의 대우실업과 함께 무역 업계에서 급성장하는 회사였다. 일본의 미쓰비시 상사나 이또쯔 상사와 같이 성장하여 종합상사를 만들기 위한 목표로 대영상

내 삶을 여기에 담아본다

사라 이름 지었다고 했다. 충무로 1가 태평양 빌딩 8층부터 10층까지를 본사 사무실로 사용하고 있었다. 공과 대학 출신들은 졸업 후 대부분 근무지가 공장이다. 공장은 서울 위성도시나 지방에 있어서 졸업 후 서울 시내 중심가에서 근무한 사람은 나 혼자였다. 지방의 공장에서 근무하는 동기생들한테는 조금 미안한 마음이 들었다. 지방에 내려가 근무하는 동기들이 서울에 있는 본사에 출장이라도 오면 나한테 연락이 온다. 그러면 위로하는 의미로 회사 바로 옆의 명동에 가서 맥주를 마시면서 직장 생활의 경험담을 주고받곤 했다.

오전 9시 출근하여 오후 6시에 퇴근하며 항상 넥타이를 맨 정장 차림으로 일한다. 회사의 분위기도 좋았고 공장 근무에 비하면 별천지였다. 제조 수출 회사의 무역부 일은 아주 재미있었다. 성남에 타이어 공장이 있었고 성수동에 플라스틱 공장이 있었는데, 자청하여 일주일간 공장 현장 실습도 했다. 원료투입에서 최종 제품 생산까지의 과정(process)을 꼼꼼하게 배웠다. 공정별로 투입되는 원료 약품의 이름과 그 약품의 성능과 효능을 비롯하여 공정별 타입까지 점검(check)하면서 노트에 기록해 왔다.

화학제품을 생산 수출하는 회사이기에 대부분의 원료는 일본이나 미국에서 수입하여 사용했다. 국산 원료 사용 비율이 10%도 되지 않을 정도였다. 노동 집약 산업이 대부분이었던 시기였다. 내

직속상관은 공업 진흥청과 상공부(상업·무역·공업 및 공업단지 등에 관한 업무를 관장하던 중앙행정기관)에 근무 중인 분을 회사에서 스카우트하여 모셔 온 분이다. 친화력이 아주 좋고 순발력이 뛰어난 분이었다. 1970년도 초에는 대부분의 인허가는 중앙 부서에서 했다. 내가 화공약품과 제조 공정을 공무원에게 설명해야 해서, 업무차 관공서에 갈 때는 주로 나를 대동한다.

화학공학과 출신으로 본사에 근무한 사람은 내가 처음이었다. 맡은 일이 재미있었고 보람을 느꼈다. 못다 한 일을 집으로 가져가서 밤샘을 한 일도 여러 번 있었다. 3일 이후에나 리포트의 결재를 올릴 것이라 생각했던 과제들이 다음 날 아침에 결재로 올라가니 상관이 의아해하며 놀라기도 했다.

상공부, 공업진흥청, 세관, 재무부, 세무서 등 많은 관청을 출입해야 하는 업무를 담당했다. 공무원에게는 항상 사실대로 성실하게 자료를 제출했기에 신임을 많이 얻었다. 하루에 한 번이라도 관청에 가지 않으면 이상할 정도로 관청과의 일이 많았다. 내가 일하는 세관에까지 럭키금성사(현재 LG그룹)에서 찾아와 스카우트 제안을 했다. 지금의 회사가 좋고 보람을 느낀다면서 거절했다.

회사 일을 열심히 하다 보니 휴가도 못 갔다. 내가 과장 대리 때 큰아들이 네 살이었다. 회사에서 마련한 방갈로가 여러 채 있는 동해안 옥계 해수욕장으로 휴가를 갔다. 직장 생활을 시작한 후 처음으로 여름 휴가철에 가족과 함께 하는 여행이었다.

내 삶을 여기에 담아본다

휴가를 마치고 출근하였더니 동료들이 한턱내라고 야단이었다. 휴가 갔다 왔다고 한턱내는 것을 본 일이 없다고 우겼더니 휴가 중에 과장으로 승진 발령이 났다고 알려주었다. 월급도 많이 올랐고 승진도 빨라서 입사 선배를 제치고 진급하기도 했다.

중요한 접대는 주로 충무로에 있는 요정에서 했다. 영화배우 지망생이나 인기가 떨어진 탤런트들이 많은 곳이다. 통금이 있던 시절이라 술자리가 끝나면 철저하게 공무원들을 집 앞에까지 모셔다드렸다. 내가 접대할 때는 모두 좋아했다. 술에 취해도 안심이 된다고 했다. 회사 승용차와 택시를 대기시켜 모두 귀가할 수 있도록 조치하고 케이크까지 준비했다. 고급 공무원들을 귀가시킨다고 내가 집에 가지 못하는 경우도 가끔 있었다.

회사가 급성장하여 이익을 많이 냈다. 회식할 때는 저녁을 먹고 명동 로얄호텔이나 시청 앞에 있는 호텔의 나이트클럽에도 가끔 간다. 공장에 근무하는 회사 직원들과 대학 동기생들에게 미안한 생각이 많이 들었다. 맡은 일의 양도 많았지만 열심히 했다. 일하는 것이 신나고 재미있었다. 계획하고 준비한 일들이 모두 추진되어 좋은 결과를 얻어 회사 발전에 크게 기여하기도 했다. 스포츠용 자전거와 변속기가 달린 자전거를 국내에서 처음으로 생산하는 공장도 설립하고 무선 송수신기 제조 공장도 만들고 국내 처음으로 냉온수기도 만들었다. 시설 투자를 계속하여 회사의 규모를 확장해 나갔다.

　38세에 이사가 되었다. 그것도 등기이사였다. 너무 이른 나이여서 사양했지만, 반강제로 맡게 되었다. 다음에 기회가 되면 그때는 맡겠다고 했으나 통하지 않았다.

　무역부 일과 함께 기획실, 총무부, 경리부, 직장 예비군 대대의 일까지 맡게 되는 관리 담당 이사였다. 그때 회계 경리 업무를 결재하면서 많은 일을 배웠다. 내 위에 상무이사, 전무이사가 있지만 일단 나를 통해서 결재서류가 올라가니까 경험하지 못했던 업무에 대해 많은 것을 배우고 알게 되었다.

　화재가 난 집으로 이사를 하면 재운이 따른다고 하여 대연각 빌딩 화재 사건 이후 회사를 한국은행 맞은편 대연각 빌딩으로 옮겼다.

　1차 세계 석유 파동 때 유럽의 경기가 악화되었지만 잘 넘겼다. 하지만 1979년 2차 석유 파동 이후 극심한 불황을 넘기지 못한 회사는 부도가 났다. 큰 충격이었다. 평소 친분을 쌓아둔 정치 권력자들에게 구조 요청하였으나 소용이 없었다. 금융권에서 더 이상 책임을 지지 않겠다는 내부 결정에 따라 대출금 연장이나 신규 대출을 받을 수가 없으니 부도가 날 수밖에 없었다. 자기 자본금 없이 대출금으로 회사를 확장하면 불황에 견디기 어렵다는 사실을 절실히 깨달았다.

　　　　　　　　　　　　　　　　　　내 삶을 여기에 담아본다

몇 달을 집에서 쉬면서 직장을 찾던 중 철강 회사에서 임원을 모집하는 공고를 보게 되었다. 담당 업무가 내가 경험한 일과 같았다. 입사 지원서를 낸 후 면접을 끝내고 급여 조정에 이견이 있어 기다리는 중에 외사촌 형님한테서 연락이 왔다. 다시 월급 생활을 할 것 같으면 자기를 좀 도와달라고 했다. 어느 쪽을 택하느냐 고민하다가 여의도에 있는 형님 회사에 가기로 결심했다.

PVC Master Batch와 PVC 안정제 및 초화면으로 안료 분산을 전문으로 하는 회사로 규모는 크지 않은 제조회사였다. 내가 직접 경험하지 않은 새로운 직종이었다. 생산과 기술, 영업 업무를 맡아 하게 되었다. 업계를 방문하면서 업계의 동향도 파악하고 여러 사람을 많이 만났다. 제품의 제조 공정은 위험도가 높지만, 부가가치가 좋은 업종이었다. 재료비 비율이 낮은 제품이었다.

10년 동안 새로운 분야를 배우면서 신규 제품 개발에도 많이 참여했다. 코오롱 구미 공장과 제일 합섬 경산 공장 연구실에도 많은 샘플을 보냈다. 폴리에스터 컬러 실을 뽑는 데 필요한 안료를 합성 수지로 염료에 가까울 정도로 분산시켜서 칩(chip) 상태로 제품을 만드는 회사이다. 기술적인 문제는 완성 단계가 되었고 납품 계약만 남아있었다.

그 후 제일합섬 연구실에 근무하던 대학 동기가 구미에서 그 제품을 생산하는 공장을 건설하여 현재까지 그 일을 하고 있다. 내가 최초로 개발한 제품이었는데 내 친구가 그 사업을 하게 되어 다행이라 생각했다. 카세트테이프와 비디오테이프가 한창 유행일 때 테이프 필름 표면에 최종적으로 코팅하는 코팅제의 제조 공법을 일본으로부터 힌트를 얻어 연구 개발 하게 되었다. 새한 미디어와 SK 및 선경 마그네틱 연구실로 찾아다니면서 테스트에 성공하여 납품을 시작했다.

수입 대체품을 개발하였다고 정부로부터 포상도 받았다. 10년 가까이 잉크 회사와 페인트 회사 그리고 필름 제조회사와 교류하여 오던 중 새로운 제품 개발에 착수했다. 도료 회사의 위험성을 감소시키면서 생산 공정의 시간을 2시간 이상 단축하는 제품을 개발했다. 도료 회사에서 직접 만들어 쓰던 것을 우리가 대신 생산하여 공급해 주기로 한 것이었다.

연구소와 생산팀에서는 환영하며 신규 개발품을 사용하겠다고 했다. 경영진에 올려 대표이사까지의 결재도 받았다. 문제는 가격이었다. 재료비 비율을 80% 이상으로 원해 절충하기가 쉽지 않았다. 공급가격 때문에 회사 사장님과 나의 의견이 충돌했다. 사장님은 매출 금액만 늘어났지, 이익이 너무 박하다는 것이고 나는 서비스 차원에서라도 기존 거래선이니, 공급하여야 한다고 주장했다. 몇 회에 걸쳐 회의하였으나 합의점을 찾지 못하고 있었다. 나는 우리가 해야 한다고 계속 건의했다. 사장님은 하려면 윤 상무가 해

내 삶을 여기에 담아본다

라. 안 하겠다는데 왜 자꾸 졸라대느냐고 화를 냈다. 그때서야 결정권자인 사장의 위력을 새삼 느낄 수 있었다. 나는 말문이 막히고 순간적으로 아찔했다. 사장실을 나와 고민했다. 사용하겠다는 결재까지 받아놓은 거래선의 공장장이나 연구소장한테 너무나 미안했다. 자초지종을 간단히 이야기하고 공급 불가능을 통보했다. 상대방 회사에서는 윤 상무와 함께 개발해 온 제품인데 회사에서 공급하지 못하겠다면 윤 상무가 직접 생산해 달라는 제안을 해왔다.

긴 고민 끝에 사장님께 내가 만들겠다고 말씀드렸다. 후임자를 정해 달라고 요정하고 3개월 후 연말까지만 근무하겠다고 했다. 사장님은 여기 있으면 정년 때까지 안정적으로 있을 텐데 왜 이익도 별로 없는 위험한 일을 하느냐고 말렸다.

10년 동안 중소기업의 경영 방법에 대하여 많은 경험을 하게 되었다. 나는 그렇게도 원했던 제조업을 직접 하고 싶었다. 뜻을 굽히지 않고 회사 창립 준비를 했다. 1994년 11월 8일에는 주식회사 창립 등기를 마치고 사업자 등록증도 받았다. 상호를 일진산업 주식회사로 하고 창업했다. 그때 내 나이 50이었다. 이로써 월급쟁이 직장 생활을 마감하게 되었다.

악마의 길, 보증

나의 어린 시절 시골에서는 보증이란 것이 없었다. 보증을 부탁할 일도 보증을 설 일도 없었다. 급히 돈이 필요하면 차용증도 없이 빌려주고 얼마 후에 돌려받는다. 서로 믿고 양심적으로 살기 때문에 보증은 서로의 믿음 그 자체가 보증이었다.

농경사회에서 산업화 사회로 바뀌어 가면서 경제 규모도 커지고 사회 구조도 복잡해지기 시작하면서 보증이란 제도가 생겼다. 직장에 취직하게 되면 신원 보증인을 앉혀야 하고, 금융권에 융자를 받으려면 보증인을 세워야 했다. 보증을 섰다가 가산이 파탄 나는 경우를 많이 듣고 보기도 했다.

나도 보증을 섰다가 혹독한 고난을 겪은 적이 있다. 직장에서 등

내 삶을 여기에 담아본다

기이사가 되면 보증을 서지 않을 수가 없다. 담보 부족으로 인한 대출 시에는 금융권에서는 반드시 보증을 요구한다. 이사들의 연대 보증이 요구되었고 보증을 서기 싫으면 회사를 그만두어야 한다. 하는 수 없이 보증을 서게 된다.

1970년대부터는 산업이 급성장하는 시기라 회사가 은행 대출로 투자하면 할수록 매출도 늘어나고 이익도 많이 나니까 기업가들은 은행 대출을 가능한 한 많이 받으려고 했다. 국민들의 저축으로 모인 예금과 차관 자금으로 공장을 설립하고 수출하여 우리 경제가 성장했다. 회사가 클수록 은행 빚이 많게 마련이었다. 내가 다니던 회사도 경제계에서 떠오르는 두 별 중에 하나라고 무역 협회에서 이야기할 정도로 수출도 많이 하였고 산업 훈장도 받았다. 1·2차 오일 쇼크로 인해 화학 회사와 에너지를 많이 쓰는 회사가 어려워지기 시작했다. 플라스틱 사업부터 시작하여 타이어, 자전거, 무선 송수신기, 냉온수기 생수 사업까지 확장하다 보니 자금이 항상 부족하였고, 급성장에 따른 과대한 투자로 회사의 자금 사정이 갑자기 나빠져 부도를 맞게 되었다. 회사 재산을 다 매각해도 모자랐으니 연대 보증인한테 채권을 행사하기 시작했다. 친인척이 아닌 월급쟁이 이사들한테는 가재도구에 압류 딱지를 붙이지는 않겠다고 했다. 워낙 큰 금액이어서 가재도구를 압류하는 것은 의미가 없다고 했다. 은행에서는 법원에 청구 소송을 하여 이사들 개개인한테 주기적으로 변제 상환 통보를 법원을 통해 등기로 보내오곤 했다.

부도 후, 나는 여의도에 있는 회사에 다시 취직을 했다. 그때도 급여 압류는 하지 않았다. 어쩌면 다행스러운 일이었다. 그러나 마음은 항상 조마조마했다. 직장 생활을 하다 어쩔 수 없이 서게 된 연대 보증 때문에 같은 직장에서 상무이사로 근무하신 상사는 살던 집을 압류당하여 하소연하는 모습도 보았다. 은행 여신 채권 담당자는 자기의 업무를 정당하게 집행한 것이라고 했다. 나도 시골에 내 명의로 되어 있는 농지를 압류당했다. 부친께서 자식들에게 물려주신 내 몫의 땅이었다. 시골집 앞의 땅으로 집을 나서면 바로 보이는 땅이라서 매일 쳐다보시고 마음 아파하실 어머님이 걱정되었다. 부산을 거쳐 서울까지 가서 공부한 자식이 부모님이 물려주신 땅도 제대로 간수하지를 못했다는 생각에 극심한 스트레스로 밤잠을 잘 수가 없었다. 어머님을 위해서라도 반드시 찾아야겠다고 마음먹었다.

은행에 확인해 보니까 경매를 부치기 위한 감정으로 감정 가격이 7,000만 원으로 평가되었다고 했다. 그 당시 7,000만 원은 서울 강남구 삼성병원 옆 일원동에 주택 택지로 조성해 놓은 90평짜리 한 필지의 대짓값에 해당하는 큰 금액이었다. 서초동 법원도서관에 가서 되찾을 방법이 없을까 하고 며칠 동안 대법원 판례를 찾아보았다. 내가 찾고자 하는 대법원 판례가 있어 판례대로 일을 추진하기로 했다. 감정 가격이 너무 높게 나왔다고 항의도 해봤다. 경매 개시 이전에 친구의 소개로 변호사를 선임하고 은행과 절충점을 찾아가고 있었다. 평소 가깝게 지내던 고등학교 후배가 그 당시

은행장의 비서실장이어서 나에게 조언도 많이 해주었다. 감정 가격보다 조금 적은 금액으로 변제 금액을 확정하였지만 그렇게 큰 돈을 마련하기가 쉽지 않았다. 10년 가까이 다니던 회사에 퇴직금을 미리 달라고 하여 대부분의 자금을 마련하였고, 회사 거래 은행에 부탁하여 1,500만 원을 신용대출 받아서 요구 금액을 모두 상환했다. 그리고 부모님이 물려주신 토지를 연대 보증으로 인해 변호사 비용 등을 포함해 총 6,000만 원의 피해를 보고 경매를 중지시켰다. 그때 아이들은 초등학생이었고 가장 힘들었다.

그 뒤로 나는 회사를 그만두고 창업을 했다. 임대 공장을 얻어 주위의 도움으로 시작하였고 주주는 가족이었다. 회사는 날로 번창했다. 그때까지도 법원에서 등기 송달로 변제 독촉장이 종종 날아오고 있었다. 은행에 중역으로 있는 후배한테서 연락이 왔다. 장기 부실 채권에 대해서는 획기적으로 탕감하고 연대 보증인은 N분의 1로 변제해도 된다는 은행의 규정이 한시적으로 실시된다고 연락을 해주었다. 나는 9,300만 원만 변제하면 연대 보증의 의무를 해지해 준다는 내용이었다. 나에게는 부담스러운 금액이었다. 족쇄같이 따라다니던 연대 보증의 후유증 때문에 고민을 많이 하다가 9,300만 원을 상환했다. 연대 보증의 채무를 완료하였다는 은행장의 확인서를 받고 그 지긋지긋하던 연대 보증의 사슬에서 해방되었다. 보증으로 인해 총 1억 5,300만 원의 피해를 보았다. 나에게는 너무나 큰돈이었다.

직장 생활을 하다가 어쩔 수 없이 서게 된 연대 보증 때문에 많은 고민과 고통을 받게 되었다. 나는 10원 한 푼도 대출받은 일이 없는 돈에 대하여 반강제적인 보증을 요구하였고, 어쩔 수 없이 보증을 서게 된 일로 인해 두 번에 걸쳐 혹독한 시련을 겪었다. 금액적으로는 서울 강남의 아파트 한 채 값을 날리게 된 것이다. 정신적으로도 충격과 고통으로 트라우마가 생겨 그때의 후유증이 아직도 남아 있다. 임원도 그만두고 회사도 그만두었더라면 그런 시련은 겪지 않았을 일인데, 30대 후반에 너무 큰일을 겪게 되었다. 기업체의 임원에 대한 연대 보증의 피해자가 많아지고 그 제도에 대한 불합리한 점이 많아, 근래에는 임원에 대한 연대 보증을 강요하지 않도록 법적인 장치를 마련하였다기에 좋은 변화라 생각했다.

시작한 사업이 잘되었기에 다행이지 그렇지 않았으면 보증으로 인해 나는 평생 가난에서 헤어나지 못했을 것이다.

아이들이 성장하여 직장에 다닐 때였다. 두 아들을 불러놓고 보증으로 인한 나의 과거사를 이야기했다. 앞으로 어떠한 경우에도 보증은 서지 말라고 신신당부했다. 누가 보증을 서달라고 하면 형편이 닿는 데까지 빌려주던지, 그냥 주는 한이 있더라도 절대로 보증은 서지 말라고 했다. 형제간끼리라도 보증을 요구하지 말고 보증을 서주지도 말라고 단단히 일러주었다.

보증을 서는 것은 악마의 길로 들어서는 것이다.

창업과 성장

대학을 졸업하고 22년 동안 직장 생활을 하다가 그토록 희망했던 창업을 하게 되었다. 평소에 어떤 업종으로 창업해야 할 것인지에 대하여 무척 많은 생각을 해오고 있었다. 농촌과 도시의 소비자들과 직접 연결하는 농산물 유통사업에도 관심이 많았다. 계절이 바뀔 때마다 과일이랑 채소 등을 현지에서 직접 조달하여 소비자에게 연결하는 것도 좋은 업종이라 생각하고 있었다.

나는 창업을 위해 오랫동안 여러 업종에 관심을 가지고 시장 조사와 사업성 검토를 하여 그에 대한 기록을 해오고 있었다. 두부 공장도 주요 대상이었다. 어릴 때 집에서 직접 두부를 만들어 따끈따끈할 때 먹었던 그 맛을 잊지 못하여 사업성 검토를 하게 되었다. 1980년도까지도 두부는 시장의 가게에서 커다란 함지에다 물을 채우고, 그 물속에 두부를 담가 두었다가 판매하는 비위생적인 방식이었다. 두부 만드는 공정은 알고 있었기에 유통과 판매가 문제였다. 말죽거리 변두리 지금의 양재동 근처에 두부 공장이 있었다. 나는 오전 8시부터 네 시간 동안 두부 공장 골목길에서 차를 세워놓고 유통량을 체크하기도 했다. 공장의 규모에 대한 판매량 조사였다. 예상보다 판매량이 적었다. 나의 구상은 만든 즉시 따뜻할 때 소비자에게 직접 배달하는 방식이었다. 아파트 단지 홍보를 통해 원하는 일자나 원하는 요일과 시간까지 협의하여 집집마다의 데이터를 만들어 금방 만든 두부를 위생적으로 포장하여 원하는 시간에 배달하는 사업도 구상하고 있었다.

나의 창업 노트에는 1순위 대상 업종부터 십여 가지의 업종을 순위별로 기록했다. 1순위를 집중적으로 검토하여 사업성 유무를 판단한 후 폐기나 후순위로 돌리고, 또다시 새로운 1순위 품목을 집중 연구 검토 조사하여 미래의 창업 준비를 해오고 있었다.

일본과 미국, 유럽 등 국가들과의 무역 특히, 수입 부분에 있어서는 해외 거래선을 많이 알고 있어서 나중에 제조업 중에 마땅한 업종이 없으면 무역 대리점(오퍼상)을 하면 된다고 생각하고 있었다. 무역 대리점은 마음만 먹으면 언제든지 할 수 있다고 자신하고 있었다.

내가 과장일 때 일본의 화공약품 판매를 알선하는 무역 대리점 부장이 나에게 신입사원을 소개해 주려고 젊은 직원을 데리고 왔다. 90도가량 큰절을 하면서 잘 부탁한다고 인사를 한 신입사원이었다. 인상도 좋았지만, 무엇보다 책임감이 강하고 성실한 사람같이 보였다. 그 사람이 나중에 독립하여 무역 대리점을 개업하고 사장이 되었다. 내가 여의도에서 근무할 때 그 사람의 사무실도 여의도에 있었다. 가끔 만나 식사할 정도로 지냈으며, 나보다 다섯 살 아래인 친구였다.

어느 날 이 친구가 나한테 독립하여 창업하라고 권유했다. 여직원 1명과 두 사람이 일하고 있었다. 수입이 얼마냐고 물었더니 1년에 아파트 한 채 값은 번다고 했다. 평수까지 묻지는 않았지만, 수입도 좋고 돈도 제법 모아둔 것 같았다. 90도로 인사하던 젊은이가 사장이 되어 있고 나는 여전히 월급쟁이를 하고 있으니 나 자신이 좀 초라해 보였다. 그는 제조업에 관심이 많으나 경험이 없어 나와 동업을 하고 싶어 했다. 자금은 다 대어줄 테니 무엇이라도 시작하라는 것이다. 15년 가까이 만나오면서 신뢰가 쌓인 것 같았다. 내가 화학 업계에서 오랫동안 근무하면서 경험하고 생각한 아이템을 선택하여 창업하면 자금을 100% 지원하겠다고 했다. 주식회사로 만들면 50%는 무상으로 빌려줄 테니 주식회사를 만들고 경영일체를 나한테 맡기겠다고 했다. 합성수지, 잉크, 페인트에 관련된 업종에 관심이 많아 언젠가 창업을 하게 되면 이 분야가 좋겠다고 생각했다. 내가 창업하도록 바람을 잔뜩 불어넣어 준 친구다.

첫 직장에서 10년 동안 다니면서 이사가 되었고, 두 번째 직장에선 상무이사로 일하다가 애착이 가고 정들었던 회사를 창업하기 위해 그만두게 되었다. 내 나이 50에 갈등과 고민이 많았지만, 결단을 내리고 창업하기로 결심했다.

공장은 조그마한 규모라도 큰 문제가 없을 것 같았다. 창업자금은 5,000만 원 정도면 될 것 같았고, 동업은 하지 않고 혼자 하는 것이 좋을 것 같았다. 제조회사 설립은 생각보다 간단치 않았다. 공장 위치 선정이 큰 문제였다. 내가 원하는 곳에 부지를 매입하여 신축하면 좋겠지만, 그렇게 할 자금이 없어 임대 공장을 택할 수밖에 없었다. 김포, 부천, 성남, 의정부 등 여러 곳을 찾아보았지만, 임대료도 비싸고 미래의 거래선과의 교통도 좋지 않았다.

수원이나 안산의 공업단지가 입지적으로 가장 좋았다. 하지만 규모가 너무 커서 소규모의 임대 공장은 없었다. 경기도 화성군이 나의 여건과 합치되는 지역이라고 판단되었다. 화성은 한 번도 가 보지 못한 지역이지만 호감이 갔다. 다만, 전혀 낯선 고장이라 좀 막막했다. 그 당시 경기도청에 국장으로 근무하는 고등학교 선배를 찾아갔다. 제조업을 화성군에서 시작하고 싶다고 말씀드리고 도움을 요청했다. 화성군청 기획실장을 소개해 주셨다. 그 뒤 화성군에 찾아갔더니 기획실장이 반갑게 맞아 주었다. 군청 과장들과는 가끔 점심도 하면서 유대관계를 맺어왔다. 그분들과는 정년 퇴임 이후에도 오랫동안 가깝게 지내고 있다.

임대 공장을 구하기가 가장 어려웠다. 위험물을 취급해야 하니까 소방법 규정에 맞는 공장을 얻어야만 했다. 불연재료로 건물을 지어야 하고 안전거리도 확보된 공장이어야 된다. 교차로, 벼룩시

내 삶을 여기에 담아본다

장, 가로수 등 광고지를 모두 수집하여 전화했다. 블록 벽돌로 지었다고 해서 찾아가 보면 유리 창틀이 플라스틱이고 안전거리도 맞지 않았다. 전화를 수백 번을 했지만 완벽한 공장이 없었다. 그 당시 소규모 임대 공장은 축사 개조나 스티로폼 벽판으로 지은 공장들뿐이었다.

위험물 제조공장으로 허가받으려면 위험물 안전관리자가 반드시 있어야 하고 안전관리자는 국가에서 인증하는 자격증을 득해야 했다. 자격증을 가진 사람을 고용할 형편이 되지 못하여 내가 자격증을 따야만 된다고 생각했다. 1차 필기시험은 합격하였으나 2차 실기시험은 주관식 문제라서 쉽지 않아 몇 번을 떨어진 후 합격했다. 사용하는 위험물의 종류도 많아서 2급이 아닌 1급을 따야만 했다. 1류 위험물에서 6류 위험물까지 모든 위험물을 취급할 수 있는 1급 자격증이 필요했기 때문이다. 대부분의 화학제품과 액체 위험물은 4류에 해당하여 4류 위험물 취급 자격만 필요하므로 2급만 따면 되었으나, 우리는 4류와 5류 위험물도 취급하고 있었으며, 미래를 위해서 1급 위험물 취급자격증을 따게 되었다.

빨리 생산 개시를 해야 하는데 시간이 촉박했다. 어쩔 수 없이 안전거리만 법령에 맞는 공장이 있어 제조장 30평, 창고 20평, 사무실 5평짜리 공장을 임대하기로 했다. 사무실은 도로변 옹벽 바로 옆에 붙어 있었다.

수원전문대학교와 보통리 저수지 근처의 경기도 화성군 봉담면

수기리에 있는 공장을 임대하여 법인 회사를 설립하게 되었다. 창립 자본금 5,000만 원을 평소 친분이 있었던 은행에 예치하고 이사 7명과 감사 1명을 선임하여 1994년 11월 8일에 '일진산업주식회사' 설립등기를 함으로써 창업하게 되었다. 수원세무서로부터 사업자등록증도 받았다. 공장 임대료는 보증금 1,500만 원에 월 임대료가 150만 원이었다. 조금은 부담스러웠지만 달리 방법이 없었다.

기계 설비는 모두 중고 시장에 가서 구입하고 mixing tank는 평소 친분이 있었던 회사에서 창업 기념으로 재료비만 받고 제작해 주었다. 이후 그 회사와는 지금까지 증설할 때마다 거래하고 있다. 책걸상과 사무용품은 사당동에 있는 사무용품 중고 시장에 가서 구입했다.

공장과 사무실이 어느 정도 정돈되었지만, 남은 일이 더 많았다. 자본금 5,000만 원으로 전세보증금과 시설비를 지급하고 나니 잔액이 조금밖에 남지 않았다. 장인어른께서도 큰사위가 서울에 있으니까 믿고 두 딸을 부산에서 이화여대 교육과와 이화여대 영문과에 보낼 수 있었다면서 항상 고맙게 여기셨고, 창업했다는 소식을 듣고 5,000만 원을 보내 주셨다. 너무나 고마웠다. 전 회사에서 내가 타고 다니던 회사 승용차도 장부가격으로 저렴하게 나에게 주셨고, 다니던 회사의 사장님도 창업 축하금으로 2,000만 원을 지원해 주셨다. 매우 고마웠다.

내 삶을 여기에 담아본다

생산에 필요한 원료 구입이 큰 문제였다. 평소 거래를 해오던 회사에 창업하게 되었다고 알리고 협조를 부탁했다. 주원료는 프랑스에서 수입하여 사용해야만 했다. 프랑스에서 축하의 메시지와 함께 일반가격보다 20% 저렴하게 6개월간 공급해 주겠다고 했다. 결제 조건도 선적한 후 120일간 후불 유전스 조건이었다. 원가에 가까운 파격적인 가격과 결제 조건이었다. 평소에 지켜온 신용과 친분이었다고 생각하고 감사한 마음을 전했다.

창업하여 생산할 제품은 내가 다니던 회사의 제품과는 전혀 다른 제품으로, 한국에서는 처음으로 시도하는 새로운 제품을 개발하여 만드는 제품이다. 제품의 명칭도 한국 최초로 NC SOULTION으로 정하고 한국은행의 통계자료 품목으로 등재하게 되었다. 국내에서 조달해야 하는 원료도 많았으나 모두 외상으로 주겠다고 했다. 그동안 같은 업계에서 일하면서 알게 되었지만 나를 믿어준 데 대해 고마움을 느꼈다. 처남도 2.5톤 화물차를 계약금만 지급하고 나머지 할부금은 내가 내는 조건으로 구입해 화물차를 공장으로 보내주었다. 고마운 일이었다. 생산 개시일을 2월 초로 정하고 준비를 차곡차곡 진행해 갔다.

주원료는 프랑스에서 배로 선적하여 부산항까지 오는 데 40일 정도 걸린다. 미리 주문하여 창고에 보관해 두어야만 했다. 컨테이너에 실어와 좁은 공장에서 하역작업을 하는 것도 힘든 일이었다. 공장 건물 주인이 정문을 막고 있다고 투덜대기도 했다. 그 외에도 건물 주인의 간섭이 심했다. 공장 부지 600평에 건물 4동을 세 업체가 각각 임대해서 쓰고 있는 공장이었다.

공장 전세 주인이 무척 부러웠다. 나도 나중에 이 정도 규모의 공장을 소유하게 된다면 소원도 없겠다고 생각했다. 한 회사는 철공 일을 하는 회사였고, 또 한 회사는 플라스틱 사출 공장으로 24시간 가동하고 있었다. 자동기계에서 1초에 한 개씩 제품이 똑딱똑딱 떨어지고 있었다. 여러 대의 사출기에서 계속 제품이 쏟아져 나오고 있었다. 부러웠다.

생산직 2명과 운전기사 1명, 그리고 나와 집사람이 사무실에서 일했다. 5명이 전 직원이었다. 1월에 직원을 채용하고 생산 개시를 위한 준비를 했다. 점심시간이 되면 아내는 전기밥솥으로 밥을 짓고, 국은 출근할 때 집에서 준비해 간 것을 데우기만 하면 되고 그 외 반찬도 집에서 만들어 간 것으로 점심 식사를 했다. 시골이라서 근처에 식당이 없었다. 추운 겨울철이라 모두 고생이 많았다.

2월 초에 납품하기로 약속한 제품의 시제품을 미리 만들어 샘플로 제공하고 합격 판정을 받았다. 첫 제품의 생산을 시작했다. 파일럿 설비로 샘플을 제조할 때와는 달리, 현장 시설로 첫 제품을 생산하는 도중 원료가 용해되지 않고 엉키면서 밑바닥에 가라앉았다. 전혀 예상하지 못한 일이었다. 어찌할 도리가 없었고 난감하기만 했다. 용제 시너를 펌프로 퍼내고 바닥에서 굳어버린 원료는 장화를 신고 탱크에 들어가서 삽으로 퍼냈다. 내일이 생산제품을 납품해야 하는 날이었다. 저녁때가 되어 다시 재생산을 시도했다.

내 삶을 여기에 담아본다

왜 문제가 생겼는지 깊이 생각하고 원인을 분석했다. 배합 탱크 사이즈, 모터의 마력수, 원료를 투입하는 속도가 삼위일체가 되지 않아 문제가 생겼다고 결론을 내렸다. 침전되기 전에 용해해야만 했다. 원료투입 속도를 조절해 가면서 천천히 재생산을 시도했다. 저녁 식사 후 다시 시작한 작업이 다음 날 새벽 4시가 되어 끝났다. 검사 결과도 정상품으로 잘 나와 포장까지 완료했다.

직원들을 회사 근방에 있는 그린피아 호텔로 데리고 가서 잠자게 했다. 아침 8시에 출근하여 회사 화물차에 첫 제품을 싣고 안양에 있는 거래 회사에 처음으로 납품하게 되었다. 거래선과는 사전에 협의한 대로 우리 제품을 저장할 20톤 용량의 탱크 2개가 신규 제작 설치되어 있었다. 두 가지 품목을 납품하기로 협의하여 품질이 다른 두 종류의 제품 탱크를 설치해 놓고 기다리고 있었다. 첫 제품 3톤을 싣고가서 탱크에 넣었다. 감격스러웠다.

한 달이 채 되지도 않았는데 직원 1명이 그만두었다. 냄새가 심해서 도저히 근무를 더 할 수가 없다는 것이었다. 모집공고를 내고 내가 현장에 가서 일했다. 내가 직접 지게차 운전도 하고 화물차를 몰고 급한 원료를 구입해 오기도 했다.

석유화학제품이라 원료도 탱크로리로 받아야만 저렴하다. 드럼으로 받으면 드럼값이 원룟값에 포함되기 때문이다. 이제 시작 단계여서 탱크로리 한 차 용량을 다 받을 수가 없었다. 반 차를 받겠다고 하면 싫어한다. 두 곳을 거치면 시간과 경비가 더 들어가기 때문이다. 탱크로리로 원료를 받는 날이면 운전기사의 전화번호를 알려달라고 해서 언제 올 것인지 물어본다. 새벽 일찍 아니면 11시가 되어야만 공장에 원료가 도착한다. 울산이나 여수 석유 공단에서 저녁에 출발하여 올라오면서 오산 근처에 있는 우리 공장에 일부를 하역하고 나머지는 안산, 반월, 의정부에 꼭 8시까지 가야 된다면서 새벽 6시에 우리가 먼저 받으라고 한다. 나는 항상 운전기사 양반의 말대로 시키는 대로 한다.

강남구 대치동 집에서 새벽에 출발하여 5시에 공장에 도착하여 빈 드럼 삼사십 개를 마당에 진열하여 뚜껑을 열어놓고 기사 양반이 오기를 기다린다. 2월은 엄동설한이라 날씨도 춥고 하늘에는 새벽 별들이 총총히 떠 있다. 원료를 받을 때는 항상 내가 한다. 품목과 수량을 일일이 체크하고 표시해 두어야만 한다. 모두가 투명한 액체라서 표시해 두지 않으면 구별하기가 쉽지 않아 직원들이 혼동할 수가 있기 때문에 반드시 내가 원료를 받는다. 몇 달이 지난 후 11시쯤 도착한 기사가 회사 직원한테 새벽에 나와서 일하는 사람이 이 공장의 경비냐고 묻더라는 것이다. 우리 회사 사장님이라고 말했더니 운전기사 10년 동안 "사장이 꼭두새벽에 나와서 일하는 것을 본 일이 없다"고 하더라고 직원이 나한테 이야기해 주었다. 난 출근 시간 이전이나 이후에는 직원들에게 일을 시키지 않는다. 어쩌다 잔업을 할 경우를 제외하고는 일과시간 전이나 후에 해야 할 일은 모두 내가 한다.

일요일 밤 10시쯤 공장에서 혼자 실험을 하고 있는데 서울에서 사업하는 동생이 우연히 우리 공장을 지나가다 불이 켜져 있는 것

내 삶을 여기에 담아본다

을 보고 이상히 여겨 들어왔다. 내가 일하고 있는 것을 보고 놀라는 기색으로 일요일 밤늦게까지 회사에 나와서 일하시느냐고 반문하기도 했다. 겨우 마련한 적은 돈으로 창업했지만, 절대로 망해서는 안 된다고 마음속으로 다짐하고 또 다짐했다. 늦은 나이에 시작한 것이기도 하지만, 망하면 재기불능이라고 생각했다.

집안의 행사나 친구들의 경조사 시 회사의 업무에 지장이 있으면 가지 말아야 된다고도 결심했다. 모든 일에 우선하여 회사 일을 해야 한다고 다짐했다. 직원들에게도 내 뜻을 전하고 협조를 요청하기도 했다.

직장 생활을 하면서 높은 자리에 있었다고 폼 잡으면서 사무실이나 공장을 과시하듯 차려놓고 시작하면 망한다고 생각했다. 마음의 자세가 안 되어 있는 사람은 언젠가는 무너지게 된다. 가까운 친구와 지인 몇 명이 한사코 회사를 방문하기도 했다. 움막집 같은 사무실에다 30평짜리 공장을 보고는 실망하는 눈빛도 보였지만 난 전혀 개의치 않았다. 수백 년 되는 큰 나무도 묘목에서부터 자라온 것인데, 나무 묘목 하나가 잘 자라서 큰 나무가 되듯이 열심히 가꾸어 수백 년 동안 성장시켜 큰 회사가 되도록 키워나가겠다고 다짐했다.

같은 울타리에 있는 다른 회사 직원들은 시너 냄새가 난다고 불평하기 시작했고 나도 미안한 마음이 들었다. 공장 주인도 냄새에다 위험물인 것을 알고 싫어하기 시작했고 여러 가지 트집을 잡았다. 회사의 일거리가 점점 많아졌다. 증설하려니 여유 공간이 없었다. 소방서로부터도 검열 지적을 당하여 어려운 상황도 벌어졌다. 은행에 부탁하여 운전자금 대출도 받고 어음할인 한도도 대폭 늘려달라고 하여 내 공장을 지어야겠다고 생각했다.

공장 부지를 구하려고 광고를 열심히 보았다. 경기도 화성군 정남면 고지리 198번지의 농지가 공장을 지을 수 있는 땅인데 매물로 나왔다고 지인이 나에게 알려주었다. 평당 10만 원에 1,000평을 구입했다. 우선 위험물 제조장 25평, 위험물 창고 25평, 사무실 10평으로 허가받아 건축 공사를 시작하여 내가 지은 나의 공장으로 이사하게 되었다. 창업한 지 1년 반 만이다. 그 뒤 옆 부지도 매입하고 4차에 걸쳐 증설하여 건평 240평의 공장으로 만들었다.

10년 후 공장 부지 2,000평에 사무동과 건평 450평의 제2공장을 신축하여 공기 맑고 조용한 곳으로 이사하게 되었다. 5년이 더 지난 후 공주에 제3공장을 짓기 위해 토목공사 준공을 하고 건축 허가도 받았다.

주변 마을 사람들과도 잘 지내야만 했다. 새마을 지도자들과 부녀회 간부들을 공장으로 초청하여 위험성과 안전성을 확인시켜 드리기도 했다. 마을 행사에는 꼭 참석하여 소통하기도 하고, 찬조와 기부로 마을의 발전에 도움이 되도록 많은 노력도 했다. 마을 주민은 고마움의 표시로 가끔 떡이랑 수건을 회사로 보내주었다. 항상 참여해 준 데 대하여 감사의 뜻으로 감사패를 만들어 주기도 했다.

생산제품의 주문량도 조금씩 늘어났다. 공장을 가동하여 제품

생산을 시작한 지 3개월이 지난 후 손익 분기점을 넘어섰으며, 거래 은행 지점장의 권유로 적금을 들기도 했다.

모든 직원이 열심히 일했다. 모두가 나의 회사라고 생각하고 정성을 쏟아부었다. 주문량이 늘어나면서 식사 후 휴식을 취할 여유가 없었다. 식사는 식당에서 배달해 주었다. 식사가 끝나면 바로 현장에서 일해야만 했다. 모두가 신명 나게 일했다. 직원 1인당 연간 10억 원의 매출량을 생산했다.

위험물 관리를 법규대로 철저히 잘하고 있어서 소방행정 발전에 기여한 공로로 행정안전부 장관의 표창을 받았으며, 성실히 회계업무를 하였고 자발적으로 세금을 잘 낸다고 하여 2002년에는 성실 납세 사업장으로 선정되어 경기도지사로부터 표창장과 기념 현판을 받게 되었다. 지금까지도 회사 현관에 걸어두고 있다. 국세청에서도 세무조사 등 철저한 검증을 거쳐 모범 납세자로 선정하였고, 국세청장이 주는 표창장과 상패를 받았으며 경제부총리의 표창장도 받았다.

내가 제조회사에 입사하여 여러 회사 방문도 많이 했다. 회사 정문에 국세청장이 수여한 성실 납세회사라는 현판을 보게 된다. 얼굴도 모르는 그 회사의 사장이 존경스러웠는데 우리 회사가 그 표창을 받게 되어 감개무량했다. 창업 3개월 후 입사한 경리사원의 철저한 회계관리로 세무서 직원으로부터 칭찬받은 원종임 이사는 20년이 지난 지금도 원리원칙대로 일을 잘하고 있어 고마움을 느낀다.

항상 출근 1시간 전에 일찍 나와 생산 준비를 하면서 정년을 넘기고 있는 안흥국 공장장에게도, 그리고 같이 일한 모든 직원에게도 감사를 드리고 싶다.

초기에는 문제점도 많이 생기고 어려운 여건으로 힘들 때도 많았다. 창업 후 공장을 운영하면서 후회하지 않으려고 회사 일에 전

내 삶을 여기에 담아본다

력을 다 바쳤다. 잠자는 시간만 제외하고 모든 시간과 생각과 행동을 오직 회사 일에만 쏟아부었다.

제조회사는 제품이 생명이고 제품을 제대로 만들어야 한다. 제품을 정밀하고 정확하게 만들지 못하면 영업을 아무리 잘한다고 해도 언젠가는 무너진다. 사용하는 사람이 항상 믿고 안심하고 편리하게 사용할 수 있는 제품을 생산하는 것이 제조회사의 생명이고 가치이다. 품질이 좋은 제품을 저렴한 가격으로 경쟁력 있게 생산하고 대량생산으로 박리다매하면 기업은 반드시 성장하게 마련이다.

어릴 때부터 꿈꾸어 왔던 제조업, 그리고 창업. 그 꿈은 이루었으나 그에 대한 책임감은 더욱 무거워진다. 내가 일할 수 있을 때까지 회사와 업계와 사회의 발전을 위하여 열심히 할 것이며, 묘목이 자라서 수백 년 된 거목이 되듯이 회사도 수백 년까지 성장하기를 간절히 희망한다.

IMF, 신용으로 극복한 위기

"잘살아 보세 우리도 한번 잘살아 보세"

1970년에 시작된 새마을 운동의 노래가 전국 방방곡곡에 울려 퍼졌다. 박정희 대통령이 조국 근대화 정신을 국민들에게 심어주면서 헐벗고 배고픈 국민들의 몸과 마음에 촛불을 밝혔다.

이 시대의 우리는 미래를 개척해 나가자고 했다. 내가 1972년에 회사에 취직을 했으니까 비슷한 시기였다. 첫 직장은 수출을 전문으로 하는 제조 수출 회사였다. 생산 시설의 대부분은 일본의 고물 같은 중고 기계를 수입해 사용하였고, 원자재도 일본이나 동남아, 미국 등지에서 수입했다. 그것을 값싼 노동력을 활용해 제품으로 생산되었고 해외에 판매했다. 나는 수출하는 회사의 무역부에 근

내 삶을 여기에 담아본다

무하게 되었다. 그러니 외화를 취급하게 되었고 외화의 수불과 환율에 많은 관심을 두지 않을 수 없었다.

정부와 금융 기관은 외국으로부터 가능한 많은 외화를 빌려와 황무지에 공장을 짓게 하고 시설을 도입하는 데 적극적으로 지원하고 있었다. 요즘도 매년 매월 수출입 무역통계를 정부에서 발표하고 있지만 그때도 마찬가지였다.

무역 수지의 적자가 계속되고 있었다. 수출보다 수입이 많으니 당연히 달러의 적자가 발생한다. 가정에서도 지출이 수입보다 많으면 부채가 늘어나기 마련이고 버티다 안 되면 파산한다.

IMF가 터지기 몇 년 전부터 무역 수지와 경상 수지가 적자로 돌아서고 날이 갈수록 점점 더 심해지고 있었다. 그 당시 나의 판단은 머지않아 위기가 올 것이고 언제까지 버틸 수 있느냐가 문제였다. 시한폭탄의 타임 워치가 째깍거리고 있었다.

1997년 내가 창업한 지 2년이 좀 지난 시기였다. 창업자금으로 빌린 약간의 돈을 거의 다 갚았고, 물품 대금으로 받은 어음을 할인하지 않고 만기 때까지 보관해 있는 것이 조금씩 쌓여가고 있었다.

방송에서는 뉴스로 외환 위기를 계속 발표하고 경제는 혼란 속으로 휩쓸려 들어가고 있었다. 올 것이 왔다고 생각했지만, 경제계와 산업계의 위기가 태풍같이 몰아쳤고 쓰나미같이 밀려왔다. 환율이 달러당 900원대에서 1,900원대로 치솟았고, 외화 대출은 연장되지 않았으며 금리가 20%까지 올랐다. 기업들이 버텨나가기가 힘들어 부도가 속출하고 있었다.

우리 회사는 주력 원료를 프랑스에서 수입하여 사용하고 있었다. 프랑스 최고의 매니큐어(Nail Lacquer)를 만드는 데 사용하는 바로 그 원료를 수입하여 국내 최고의 품질을 만들어 라카 페인트 및 각종 코팅 제품의 주원료로 사용하는 NC Solution을 우리나라 최초로 개발하여 생산하고 있었다.

프랑스로부터 수입하는 주원료의 수입 대금 결제 조건은 그 당시에는 90 days usance(90일 후 절제) 조건이었다. 한 달에 4 컨테이너 정도를 수입하여 후불로 수입 대금을 프랑스로 송금하고 있을 때였다. 수입 물품을 통관하여 공장에서 제품을 만들어 국내 회사에 납품하고 수금까지 끝난 후에야 원료비를 지불해도 되는 조건이어서 나에게는 자금적으로 많은 도움이 되는 조건의 무역을 하고 있었다.

IMF로 환율이 폭등하니 모든 원료비가 폭등하는 것은 당연한 일이고 물가도 급상승하게 되어 국민들의 삶이 힘들어졌다. 기름 한 방울 나지 않는 나라의 화학제품은 모두 수입 원료다. 기름과 식량, 사치성 소비재를 흥청망청 쓰고 있다고 걱정하는 사람이 많지 않았다.

그 당시의 모습을 본 일부 외국 기자들은 한국을 잔칫집으로 비유했다. 과소비를 하고 있다고 경고하는데도 대부분의 국민들은 외면했다. IMF는 모두 처음 당하는 일이라 경악했고 아우성쳤다.

내 삶을 여기에 담아본다

감당할 수 없는 지경이었다.

3개월 전에 외상으로 수입하여 사용한 원룟값을 100% 이상이나 오른 환율로 대금 결제를 하게 되었으니 버틸 재간이 없었다. 회사가 부도나서 망할 수 있겠구나 하는 위기감을 느꼈다.

어떻게 이 난국을 이겨낼 수 있을까 생각하고 또 생각했다. 생전들도 보도 못한 IMF라는 것이 나라 전체를 소용돌이 속으로 휘몰아 넣고 있었다. 폭풍은 세게 몰아치지만 빨리 지나가는 법이다. '위기를 극복하는 방법이 없을까?' 하며 방법을 찾고자 무척 고심했다.

20년 이상 무역을 하고 은행을 출입한 덕분이었을까. 한국은행 외환관리과에 전화를 했다. "프랑스에서 수입해 온 원자재 대금을 달러로 결제해야 하는데 90일 후 결제 조건을 180일 이후 송금 결제 조건으로 변경 가능합니까?"라고 문의했다. 외환관리과장이 "지금 달러가 없어 기름과 생필품을 수입할 수 없어 나라가 위기인데 최대한 연장할 수 있는 대로 연장하여 주십시오. 기업들이 외국 업체와 상의하여 협조를 구해주십시오"라고 말했다. 국책 은행에서의 간곡한 부탁이었다.

각 기업이 수입한 물품 대금을 지불하기 위해 원화를 가지고 은행에 가서 달러로 바꾸어 해외로 송금해야 하는데 달러를 보내기 위해 원화를 가지고 은행에 가도 달러가 없으니 살 수가 없었다.

그러니 달러 환율이 치솟아 오를 수밖에 없었다. 약속한 기한 내에 외국에 대금을 지불하지 못하면 신용도 떨어지고 거래도 끊긴다. 원료가 없으면 제품을 생산할 수가 없어 공장 문을 닫아야 한다. 곳곳에서 부도와 해고가 속출했다. 실업자가 계속 늘어나고 노숙자가 생기기 시작했다.

프랑스의 원료 공급 업체에 연락을 했다. 지금 한국의 외환 사정이 어려우니 대금 결제 기일을 연장해 달라고 요청했다. 요청 조건으로 연장되는 기간만큼의 이자를 지불하겠다고 했다. 일주일이 지나서 회신이 왔다. 상환 기일이 되지 않은 것까지 포함하여 모든 물품 대금을 90일 더 연장해 주겠다고 했다. 너무나 반가운 소식이었다. 창업한 지 3년도 안 되어 수억 원의 환차손(환율 차이로 인한 손해)을 입는다면 그 손해를 감당하기 어려울 것이고 무척 힘들었을 것이다.

치솟던 환율이 좀 누그러지고 사회도 조금은 안정을 찾아가고 있었다. IMF 때문에 많은 것이 바뀌고 있었다. 경쟁력이 없는 기업들은 많이 도태되었다. 어깨너머로 배운 지식과 경험으로 또는 학연과 지연의 인맥으로 버티고 있던 업체들은 많이 쓰러졌다. 사장이 되고 싶어 어중이떠중이들이 차린 회사는 많이 정리되었다. 연쇄 부도로 인해 아까운 인재들과 우량 업체들이 쓰나미에 휩쓸려 가듯이 떠내려가는 모습은 안타까웠다. 그러나 IMF 위기는 전문 지식과 기술을 가진 강한 기업만이 생존할 수 있다는 좋은 교훈을 남겼다.

내 삶을 여기에 담아본다

프랑스의 거래처 아시아 담당 책임자가 회사를 방문했다.

외환 위기 6개월 후였다. IMF 이야기가 나왔다. 아시아 지역의 외환 위기는 1997년 10월부터 태국 홍콩을 시작으로 아시아 전체로 퍼졌으며 각국의 거래선에서 상환 기일 연장을 요청하여 왔으나, 심사를 거친 후 한국의 일진산업㈜만 연장을 승인했다고 했다. 재무팀에서 일진산업은 2년여 동안 매월의 결제 자금을 한 번도 어김없이 약속된 날짜에 송금해 주었으며 약속을 지키는 신용 있는 회사로 평가하고 있었다고 했다. 한국의 사정이 어렵지만 향후에도 약속을 지킬 회사로 믿어 연장 요청에 승인한 유일한 회사라고 전했다. 나에게는 참 고마운 일이었다. 고마운 마음의 표시로 인사동 골목의 좋은 한식집에 가서 저녁을 대접했다. 한국에 여러 번 왔지만 "이렇게 품격 있는 한국 요리가 있는 줄 몰랐다"면서 한식 요리에 찬사를 보냈다.

　신용이 밥 먹여주느냐면서 약속을 어기는 사람도 있지만, 쌓아온 신용을 인정받아 이렇게 큰 도움이 되었다는 것에 나 자신도 놀랐다. 선진국을 좀 더 깊게 느낄 수 있었다.

　IMF 때는 서민들은 살기 힘들었고 노동자도 힘든 시기였다. 허리띠를 졸라매고 어려운 시기를 버텨야만 했다.

　미국 달러를 구하기 위해 금 모으기 운동을 벌여 금을 팔아 달러를 사오기도 했다. 외국에서는 한국의 금 모으기 운동을 보고 단합된 마음과 애국심에 감탄했다고 한다.

　다시는 IMF의 도움이나 간섭을 받지 않아야 한다. 과잉 소비를 하지 말고 절약해야 한다. 전기, 물, 냉난방, 휘발유, 음식 등 낭비벽이 심했고 샴페인을 너무 일찍 터트렸다고 비판하는 사람들도 많았다.

　우리는 자원이 부족한 나라에 살고 있다. 기술을 개발하고 근검절약하여 물자를 아끼고 열심히 일하여 대한민국이 확실한 선진국이 되도록 온 국민이 노력해야 한다. 부국강병한 나라를 만들어 자손만대에까지 물려줄 수 있어야 한다. 다시는 IMF 외환 위기를 당하지 않도록 정신을 똑바로 차려야 한다. 절약하는 사람이 부를 축적할 수 있고 첨단산업 기술 개발이 세계를 이끌어 갈 수 있다.

　　　　　　　　　내 삶을 여기에 담아본다

부강한 나라

내가 세상에 태어났을 때는 완전한 농경사회였다. 농사 이외에는 할 일이 없었다. 그런데 농사일을 하려고 해도 농사지을 농지가 없었다. 대한민국의 국토는 그때나 지금이나 별로 늘어난 것이 없으며, 대부분의 농민은 소유 농토가 없어서 소작(小作)이거나 품팔이 농민이었다. 농촌에 살면서도 농지를 한 평도 못 가지고 사는 사람이 한 마을에 몇 집이나 있었고 집터만 한 농토를 가지고 있는 사람도 있었다. 보통은 5~7마지기(한 마지기가 200평)를 가지고 있었고 20마지기를 가지면 마을에서 제법 부자라고 했다.

내가 어릴 때 아버지께서 마을에서 반장을 하셨기에 누구 집에 논과 밭이 얼마나 있는지를 알 수가 있었다. 마을에 비료가 배급되면 농지 보유 면적에 따라 비례하여 배분해서 나누어 주어야 하므로 옆에서 현황을 보아왔기에 동네 농민들의 누구 집은 어떻고 또 누구 집은 얼마만큼의 땅을 가졌는지를 알 수가 있었다.

그때도 부익부 빈익빈의 경제 논리가 성립된 시절이었다. 나는 처음으로 부자와 빈자를 알았다. 부자는 지은 농사로 양식을 하고도 남았고, 가난한 자는 지은 농사로는 양식이 부족했다. 가을에 수확한 곡식으로는 봄이 되면 양식이 떨어진다. 농사일 이외에는 일터가 없었기 때문에 부잣집에 가서 가을에 2배로 갚기로 하고 곡식을 빌려와서 굶주린 춘궁기에 배를 채웠다. 요즘 시대로 비교하면 대출 금리 100%의 고금리에 해당한다. 그러니 농민들은 더욱 곤란한 생활을 할 수밖에 없었고 흉년이 들면 논밭을 팔아야 한다. 반면에 부자는 자꾸 농토가 늘어난다. 그래서 대부분의 농민들은 먹고살기 위해서 일해야 하고 부지런하지 않으면 끼니를 굶어야 했다.

고향인 밀양군 관할에 한 개 읍과 11개 면이 있었는데 면 단위 지역에는 공산품을 만드는 곳이 한 군데도 없었다. 밀양읍에 가면 호미, 곡괭이, 낫, 쟁기 등을 만드는 대장간이 몇 군데 있었고, 철공소가 한 군데 있고 벽돌 공장이 하나 있었다. 아마 전국적으로 비슷한 상황이었을 것이다. 전국 인구의 90% 이상이 농민이었다. 다행히 밀양은 유서 깊은 고을이고 경부선 철도가 지나가는 곳이라 밀양 사지로 유명했던 유성 모직공장도 하나 있었다.

내 삶을 여기에 담아본다

1950년 6·25전쟁이 일어나고 외국 군인들이 한국을 왔다 갔다 하는 통에 의식 구조가 조금씩 바뀌기 시작하였고 선진국 사람들의 모습에서 생활의 변화가 필요하다고 느끼는 것 같았다. 군인들을 통한 서양의 옷차림과 행동, 풍족한 소비 생활을 보고 느끼는 바가 많았을 것이다.

　　전쟁으로 쑥대밭이 된 대한민국의 국토 위에 사는 백성들은 처참했다. 일제에 수탈당하고 남은 것은 전쟁으로 부서지고 가족은 뿔뿔이 흩어졌다. 정치는 좌익 우익으로 우왕좌왕해 백성들은 혹독한 시련을 겪고 있었다. 미국과 유엔에서 보내온 구제품(구호품)으로 억지로 연명하고 있었다.

　　아프리카 빈민촌의 어린이들이 배가 불룩 튀어나온 것을 볼 때마다 어릴 때 이웃집 아이들의 튀어나온 배를 연상하게 된다. 식사 때 대문 앞에서 동네에 사는 아이가 그릇을 들고 서 있으면 먹던 밥이라도 안 줄 수가 없었다. 배가 고프다고 졸라대니까 아이의 부모가 밥그릇을 들고 우리 집에 가보라고 시킨 것 같았다. 대한민국은 배고파하는 국민들의 먹거리도 해결하지 못하는 지극히 가난한 극빈 국가였다.

　　이승만 대통령 시대를 거쳐 박정희 대통령 시대가 왔다. 군사 쿠데타에 의해 권력을 잡은 것은 못마땅했다. 그러나 그때부터 정치인들의 싸움이 없어지기 시작했다. 물고 뜯고 지지고 볶고 하는 사색당파 싸움과 같은 정쟁이 없어지고 국력이 집결되기 시작했다.

"재건하자", "새마을 운동", "잘살아 보세" 등의 구호와 함께 경제 개발이 시작되었다. 저수지가 댐으로 변하고 야산과 바다를 농경지로 변화시켰다. 수출이 살길이라고 외치면서 외화를 벌어들일 수 있는 일이라면 무엇이든지 했다. 여자들의 머리카락이 최고의 외화벌이로 구로 공단에서 가발로 만들어져 수출되었다. 남자들은 외화벌이로 독일의 광부가 되어 팔려나갔다.

농촌이 개간되고 도시에는 공장들이 차츰차츰 늘기 시작했다. 신발 공장, 봉제 공장이 호황을 누리면서 제조업의 주류를 이루었고 수출품의 주 종목이 되었다. 다행히도 초등학교를 의무 교육으로 실시하게 되어 문서로 의사소통할 수 있었고 동남아 주변국들보다 문맹률이 낮았다. 부모 세대들의 교육열이 대단히 높아 자식들이 교육을 받았기에 농경사회에서 산업사회로 탈바꿈하는 데 매우 도움이 되었다.

내가 대학을 졸업하고 산업 현장에 갔을 때 현장의 작업 조건은 지금에 비하면 형편없었다. 냄새나고 공기도 탁하고 여름은 슬레이트 지붕 때문에 무척 덥고 겨울은 차디찬 쇳덩어리 기계 때문에 몹시 추웠다. 공기 정화 시설이나 냉난방기는 상상도 할 수 없었다. 냉난방기 자체가 없던 시절이었다.

공장 노동자로 어린 10대 청소년들도 있었고 보통은 20대 청년들이었다. 가난 때문에 더 이상 진학을 하지 못하고 중학교나 고등학교를 겨우 마치고 돈을 벌기 위해 직업 전선에 나온 것이다. 생산 공장에서 일하는 어린 공장 노동자들이 너무나 불쌍해서 마음속으로 많이 울었다. 힘들고 어렵지만, 시골에서 농사짓는 것보다는 훨씬 나았기 때문에 시골의 남녀 젊은이들이 도시로 나와서 공장의 열악한 환경을 감수하면서 일했다. 타향살이의 애환이 담긴 트로트 풍의 대중가요가 향수를 달래주고 있었다.

1980년에 내가 일본에 처음 갔을 때 한국은 고도성장 시기였다. 그 당시 한국과 일본 경제를 비교하면 한국이 일본을 따라잡으려면 아무리 뛰어도 20년은 걸릴 것 같다고 출장 갔다 온 후 사장님께 보고했다.

일본의 산업 구조와 시스템이 한국과는 너무나 차이가 났다. 월등히 앞서 있었다. 신문명의 장점을 빨리 받아들이고 국제 경쟁력을 키워야 한다는 절실함을 느꼈다.

그 후 2000년에 중국에 가보았을 때 느낌은 중국 산업 구조가 한국의 1970년대 수준과 비슷한 것 같이 보였다. 한국과 중국의 산업 구조는 30년 정도의 차이가 느껴졌다. 중국의 여러 지방 도시에서 경제 사절단이 한국을 방문하여 어떤 공장이든 지어달라는 초청 간담회에 초대되어 간 일도 있었다.

그러나 중국은 한국보다 훨씬 더 빠른 속도로 산업 발전을 하고 있다고 느꼈으며 발전 속도가 한국보다 빠른 것이 차이점이었다. 출발은 한국이 30년 앞서 있지만, 10년이 지나면 한국이 추월당할 것 같아 보였다. 그 시기가 2010년쯤이 될 것 같았다.

고등학교 2학년 때 상업 경제 시간에 민주주의와 공산주의의 장단점을 비교하여 배운 것이 오랫동안 기억에 남아 있다. 자본주의의 자율 시장 경제로 인한 부의 편중과 공산주의의 비효율적인 노동 생산성으로 인한 빈곤이 조화를 이루어야 한다, 민주주의와 공산주의의 장단점을 상호 보완하여 발전시켜야 한다는 등의 학습 이야기가 생각난다.

수천 수백 년 동안 지켜오던 농경사회의 질서가 붕괴되기 시작하고 자본주의 산업사회가 다가오고 있었다. 1970년대에 미국에 갔다 온 사람의 이야기가 기억난다. 미국은 여자들의 세상이고 남자들이 여자들한테 엄청 잘해주어야 되는 세상이라고 했다.

미국에서는 시장에 장 보러 갈 때 자가용 차를 가지고 시장에 가서 장을 보고 차에 싣고 온다는 것이다. 처음 들었을 때는 거짓말이라고 생각했고, 두 번째 들었을 때는 "그 사람들 미친놈이다"라고 표현했다. 시장 갈 때는 망태기나 광주리 혹은 함지를 가지고 가서 물건을 사면 거기에 담아오거나, 손으로 들고 오거나, 머리에 이고 오는 것이지 자가용 차를 가지고 시장에 장 보러 간다는 것은 상상이 되지 않았다. 만약 한국에서 시장 갈 때 자가용 차를 가

내 삶을 여기에 담아본다

지고 간 사람이 있었다면 그 사람은 확실히 미친 사람이다. 모두가 미친놈이라고 했을 것이다. 그 당시 한국에서는 중견 기업이나 대기업 사장만이 자가용 차를 가지고 있었으며 운전기사는 필수적이었다.

자원이 없는 나라의 살길은 수출밖에 없다.

진리와 같은 말이다. 수출을 해야 달러를 벌고 그 달러로 외국으로부터 양식을 사 오고 기계를 사 올 수 있기 때문이다.

잘사는 나라, 강한 나라가 되려면 달러가 많이 들어오고 보유하고 있어야 한다. 수출에 국력을 모아 목표를 달성하는 것은 쉽지 않았다. 해외 시장에서 품질과 가격 경쟁을 해야 하고 생산을 납기에 맞추기 위해서는 밤새워 일해야 한다. 모두가 힘든 시절이었다.

야근하고 늦은 퇴근길이라 택시 합승을 하고 집으로 가는데 일선 장병들에게 보내는 학생들의 위문편지가 라디오 방송으로 낭송되고 있었다. 추운 날씨에 목숨을 걸고 수고하시는 국군 아저씨 덕택에 우리는 편안히 지내고 있다는 내용이었다. 방송을 듣다 혼잣말로 "군인들보다 산업 현장에서 밤새워 일하는 사람들이 군인들보다 수고가 많은데"라고 했더니 내 말소리를 앞에 앉아 있던 군인 아저씨가 들었던 모양이다. 뒤를 돌아보면서 "군인들이 목숨 바쳐 나라를 지키고 있는데 당신 지금 무슨 소리를 하는 거요?"라고 시비조로 말했다. 그 군인은 용산에 있는 국방부 앞에서 합승했기에 육군본부나 국방부에 근무하는 소령이었다. 그때는 모든 국가의 중요 권력은 군인 또는 군 출신들이 잡고 있을 때인지라 잘못 보이면 잡혀가는 시기였다. 그러나 나는 당당하게 맞섰다. "국가와 민족을 위해 수고하는 사람은 군인보다는 산업 현장에서 일하는 사람들이다"라고 열을 올리며 격렬한 토론과 말다툼을 하는 동안 그 군인이 중요한 약속 때문에 하는 수 없이 여기서 내려야 한다며 강남 신사동에서 내렸다.

그 군인은 몹시 화를 내며 힘을 과시했고, 난 냉철하게 근로자들을 대변했다. 나도 3년 동안의 군대 생활을 하고 왔다. 월남전에 한국군이 참전하고 있었고 북한의 124부대 특수부대원들이 대통령 관저인 청와대 앞까지 무장으로 습격하였기에 나도 군대 생활을 36개월 동안 했다.

생산 공장에서 매일 밤을 꼬박 새우면서 기계 앞에서 노동을 해야 하는 것이 군대 생활보다 더 힘들고 고달픈 일이었다. 군대는 야간에 한두 시간 보초나 불침번을 서면 되지만, 생산 현장은 밤을 꼬박 새워 돌아가는 기계에 보조를 맞추어 일해야만 했다. 군대는 일생에 한 번 일어날지도 모르는 전쟁을 대비하기 위하여 소비하는 곳이며, 준비하며 기다리는 곳이다. 반면 공장은 매일 쉴 새 없이 돌아가는 기계와 함께 생산하는 곳이며, 세계의 무역 전쟁에서 싸우고 있는 곳이다. 수출이 계속 잘되어서 군수 장비도 신무기로 교체되고 미사일과 팬텀기도 보유하게 되었다.

배고픈 시대는 지나가고 따뜻한 옷을 입기 시작했다. 허허벌판 한복판에 잠실 주공 13평 아파트 공사가 시작되었다. 결혼 후 강북에서 1년 동안 전세로 살다가 잠실 주공 13평으로 이사했다. 120만 원에 분양받은 연탄보일러 아파트가 2년 만에 380만 원으로 올랐고, 또 2년 후에는 500만 원으로 산 17평 아파트가 1,500만 원으로 올랐다. 그리고 2년 후에는 대치동 은마 아파트를 1,600만 원에 분양받아 아이들은 그곳에서 초등학교부터 대학까지 다녔다. 열심히 일하면 집도 사고 아이들 교육도 시킬 수 있었다.

지금이 단군 이래로 가장 풍성한 삶을 누리는 시대라고 생각한다. 동남아 각국과 동유럽 소련 연방국들이 모두 한국의 풍요로움에 놀라고 있다. 대한민국은 국토 면적은 세계 107위, 인구수는 5,100만 명으로 세계 28위이고, 수출 규모는 이탈리아와 프랑스, 캐나다를 제치고 세계 6위, 무역 규모는 8위, GDP는 러시아와 브라질을 제치고 10위의 나라가 되었다. 기적 같은 일이다. 삼성의 반도체 생산과 판매 수량은 세계 1위이다. 현대차는 세계 5위의 판매량으로 세계를 누비고 있으며 LG는 가전제품 시장에서 미국의 유명 제품을 밀어내고 세계 최고의 제품을 생산하고 있다. 내가 모스크바를 방문했을 때 대형 공공건물 전체에 수백 개의 LG 에어컨이 설치되어 있는 것을 보았다.

세계 130여 개 국가 중 12위 경제 대국이 되었다니 기적이다. 폐허가 된 땅에서 50년 만에 일구어 낸 성과다. 월남의 전쟁터에서,

일본의 멸시 속에서, 중동의 사막에서, 독일의 광산에서, 미국의 식당에서 눈물을 먹으며 정말 열심히 밤새워 일한 덕분에 오늘의 한(韓)민족은 부를 누리고 즐기고 있는 것이다.

잔칫집같이 마시고 놀다가 IMF를 당하게 되었고 지금은 중국의 농산물과 공산품 때문에 모두 어렵다고 한다. 주말마다 도로가 꽉꽉 차게 놀러 다니고 겨울에 팬티만 입고 집에 있을 정도로 보일러를 펑펑 때고, 유행 지났다고 멀쩡한 옷을 쓰레기로 갖다 버리고 있으니 앞날이 걱정된다.

생각과 방법, 행동을 바꾸지 않으면 성장 동력을 잃게 되고 부를 계속 누리지 못한다. 좀 살만하니 힘든 일을 마다하고 일터를 외국인 근로자에게 내어주어 기술을 가르쳐 돌려보내고 있으니… 어찌 된 일인지.

1930년에서 1960년 사이에 태어난 세대가 주축으로 이루어 낸 성과를 그다음 세대가 풍요를 누리고 있다. 다음다음 세대는 중국의 경제에 눌려서 고통받는 세대가 될 것 같다.

경제 발전은 나 스스로, 우리 스스로 만들고 이루어야지 타인과 타국에 의존하면 추락한다. 중국의 경제 성장 속도는 가속도가 붙어 있다. 우리와 격차가 심했던 첨단 기술까지 우리를 앞지르고 있다. 특허도 몇 배로 우리를 추월했으며 거의 전 분야에서 우리와

내 삶을 여기에 담아본다

대등하거나 우리를 능가하는 수준까지 와 있다.

양자 컴퓨터는 우리는 초기 단계인데 중국은 최고 수준이다. 자원이 풍부한 동남아 국가들도 빠른 속도로 우리를 추격하고 있다. 우리의 현재 상황을 똑바로 인식하고 전진하지 않으면 안 된다. 모두 정신을 똑바로 차려야 한다. 나의 손자 세대가 중심 세대가 되는 시기가 무척 걱정된다.

또다시 IMF 시대가 찾아와서는 안 될 것이다.

오랫동안 평화스럽고 부강한 나라로 잘 먹고 잘살아 왔지만, 이제는 주변 환경이 많이 달라졌다. 정신을 바짝 차리고 신발 끈을 다시 묶고 힘차게 달려야 한다. 안전하고 부강한 나라를 후손들에게 물려주고 싶은 마음이 간절하다.

사랑,
살아가는 힘이 되는

등산

산길을 걷다 보면 유치원 꼬마들이나 초등학생들이 부모님 따라 산에 오르는 모습을 자주 볼 수 있다. 내가 어릴 때는 부모님과 산에 가는 일이 없었다. 동네 또래들이 모여서 놀이 삼아 앞동산에 가기도 하고 난방용 솔방울을 따러 가기도 했다. 가을이면 밤 따 먹으러 가서 산 주인한테 들켜 도망을 가서 먼 산을 둘러서 집에 오기도 했다. 초봄이면 좀 더 높은 산으로 칡을 캐러 갔다. 재수가 좋은 날은 전분이 많은 암칡을 캐고, 어떤 때는 굵기는 한데 속살이 없는 질긴 수칡을 캘 때도 있었다. 그 시절 산은 놀이동산이었다.

고등학교 때는 산악부에 호기심이 있었는데 키가 크다는 이유

내 삶을 여기에 담아본다

로 송구(handball)부에 차출되었다. 부산에서 하숙할 때는 아침마다 구덕산에 올라갔다. 중턱쯤까지 가서 체조 한번 하고 내려와서 일과를 시작하기도 하고, 주말이면 구덕산 꼭대기까지 가서 부산 시내의 전경을 바라보기도 했다. 가야, 사상, 구포까지 내려다보인다. 친구와 함께 양산 통도사 계곡에서 아침 일찍 밥을 지어 먹고 통도사 뒷산인 영축산과 신불산을 거쳐 표충사로 가는 길로 등산했다. 유난히 등산을 좋아하신 형님께서 알려주신 코스다. 양산 통도사에서 사명대사의 유적이 많은 밀양 표충사로 왕래하는 길인데, 일반인은 잘 다니지 않고 스님들이 다니는 길이라고 하셨다.

배낭과 모포, 수통, 등산용 나이프, 코펠, 버너로 여장을 꾸리고 군용 워커를 신었다. 혁대는 탄창을 꼽는 군용 혁대였다. 그 시절에는 일반용 등산 장비가 없었다. 모두 야전용 군수품이었다. 단단히 각오하고 1km가 넘는 통도사 뒷산을 오르기 시작했다. 해가 지기 전에 표충사까지 가야 한다는 생각에 열심히 걸었다. 한나절이 되어서야 통도사 뒷산인 영축산 정상에 올랐다. 늦지 않았다는 여유도 생겨서 쉬면서 산 아래 경치를 구경하고 바위에 올라가서 시원하게 오줌도 누었다. 그 광경이 지금까지 눈에 선하다.

통도사에서 출발하여 뒷산인 영축산 정상을 거쳐 고개를 넘고 내려가서 다시 신불산으로 올라가야 하는 코스다. 겨우 길을 찾아 좁은 산길을 걷노라면 야생초들이 얼굴을 스치기도 한다. 지금은 영남 알프스라고 알려진 코스다. 그때는 길인지 아닌지도 분간하기 어려울 정도의 산길이었다. 지금은 등산로가 만들어지고 이정표도 세워져 경치 좋은 산길을 편안하게 걸을 수 있게 되어 있다. 밀양 표충사 사찰이 보일 때 안도의 한숨이 나왔다. 이정표도 없는 초행길이라 은근히 걱정되었는데, 10시간 만에 큰 고개를 두 개나 넘어 무사히 산행을 마칠 수 있어서 다행이었다.

서울에서 대학 생활을 할 때는 북한산이나 도봉산에 주로 다녔다. 결혼 후 신혼집이 종암동이었다. 아내가 아침 준비를 하는 사이 나는 뛰어서 종암동 뒷산을 갔다 오기도 했다. 아이들이 초등학교 때는 대치동과 도곡동에 살아서 대모산에 다녔다. 아이들에게 산을 보여주고 싶었다. 사계절을 보내면서 변화하는 자연을 느끼게 해주고 싶어서 주말이면 가기 싫어하는 아이들을 억지로 끌고 아침 산행을 다녔다.

10월 초 연휴를 맞아 직원들과 설악산 산행을 하러 갔다. 가기 전부터 야산을 오르내리면서 다리 근육을 단련시켰다. 오리털 파카와 랜턴, 실, 바늘, 약간의 구급약을 배낭에 넣었다. 오리털 파카와 랜턴을 보고 모두 웃었다. 오색에서 아침 일찍 출발했다. 짐이 많아 좀 무겁기는 했지만 뒤처지지 않고 걸었다.

10월 3일 개천절날이었다. 적당한 가을 날씨여서 등산하기 좋았다. 정오쯤 중청봉에서 대천봉(1,708m)으로 가는데 갑자기 눈보라가 치고 날씨가 추워졌다. 대피 휴게소에는 사람들이 가득 차 있어 들어갈 수가 없었다. 바깥에서 버너로 억지로 라면을 끓여 먹었다.

내 삶을 여기에 담아본다

남방 차림의 친구가 눈보라를 맞으며 추위에 떨고 있기에 내가 가지고 간 오리털 파카를 주었다. 나도 추웠지만 내의도 준비했기에 견딜 만은 했다.

연휴의 가을 단풍을 구경하느라 등산객들이 무척 많았다. 신흥사 쪽으로 내려오는데 바위틈 좁은 길에서 병목현상이 일어나기 시작했다. 어둠이 시작되는데 갈 길은 멀었다. 그믐에 가까워 달빛도 없었고 구름 낀 날이라 별빛도 없었다. 칠흑 같은 어두운 밤이 시작되었다. 좁은 돌밭 길을 내려오는데 시간은 더욱 지체되었다. 내가 가지고 간 랜턴을 앞뒤로 흔들면서 길을 밝혀주면서 내려왔다. 캄캄한 밤길을 사람들이 걸어 내려오고 있었다. 사람이 영특하다는 것을 처음 느꼈다. 발길이 놓이는 자리도 보이지 않는 험한 길을 따라 걸을 수 있다는 것이 믿기지 않는데도 비탈길을 내려오고 있었다. 거의 다 내려와 비선대에 도착한 시간이 새벽 1시였다. 비선대 바위 위에 드러누워 허리를 펴면서 잠깐의 휴식을 취한 뒤 다시 내려와 설악산 등산을 마무리했다.

60대 중반에는 오대산 상원사 적멸보궁을 거쳐 비로봉(1,565m)을 다녀왔다. 덕유산에 올라갈 때는 곤돌라를 이용하여 향적봉(1,614m)에 올라갔고, 내려올 때는 무주 구천동 계곡을 따라 걸어 내려왔다. 그 후로는 관악산에 가끔가다가 체력이 달려 청계산으로 바꾸어 매봉과 이수봉을 오르내렸는데, 지금은 고관절에 탈이 나서 청계산도 중턱까지 밖에 가지 못한다.

〈손자녀들이 그린 그림 12〉

산에 가면 내려올 때는 웬만한 길은 뛰어 내려오는 것이 나의 습관이었다. 뛰어 내려올 때는 반드시 보폭을 아주 좁게 해야 한다. 올라갈 때도 평탄한 길이면 뛰어 올라간다. 뛰어야 기분이 한결 더 좋아지고 산에 왔다는 느낌을 강하게 받는다. 관절에 탈이 난 것이 산을 뛰어 오르내린 것 때문일까 하는 생각도 든다.

어릴 때부터 산과 더불어 살아왔기 때문에 산을 좋아한다. 거기에 가면 새소리, 물소리, 바람 소리가 들린다. 나는 일행과 같이 산에 갈 때는 같이 대화를 나눌 때가 많지만, 간간이 일행을 앞서든지 뒤처져서 걷는다. 산을 느끼고 싶어서다. 수백 년 된 나무와 대화를 나누며 어디에선가 들리는 새소리에 귀 기울인다. 물소리는 장소마다 다 다르다. 자그마하게 핀 야생화는 청초하고도 아름답

내 삶을 여기에 담아본다

다. 복잡한 장미꽃보다 꽃잎 몇 개로 나를 반기는 산꽃, 들꽃들이 걸음을 멈추게 하기도 한다.

 내가 산을 좋아하는 것은 산이 나에게 많은 것을 가르쳐 주기 때문이다. 자연의 섭리와 이치를 깨닫게 한다. 계절이 바뀌고 세월이 흐름에 따라 나에게 많은 것을 알려준다. 산은 나의 훌륭한 스승이다. 항상 감사하는 마음으로 산을 찾아간다.

와인

와인은 인류 역사와 함께한다.

산골에 가면 야생 머루와 야생 포도나무가 자라고 있으며 간혹 그 열매를 볼 수가 있다. 1960년대에 시골집에 포도 농장이 있어서 포도를 수확하여 화물로 부산 청과시장에 보내어 팔기도 했다. 당도가 높고 향기도 좋아 고객들에게 인기가 좋아서, 상인들은 다음 해에도 꼭 보내달라고 미리 당부하기도 했다.

그 당시에는 과실주의 대명사가 포도주였다. 50년이 지난 요즘에는 매실이나 오미자, 구기자 등 한약재 열매를 발효시켜 마시고, 포도주는 와인 숍이나 마트에서 구입할 수 있기 때문에 집에서 포도주를 담는 일이 별로 없는 것 같다.

한국의 포도 품종은 거의 다 식용 품종이다. 와인용 품종으로 만드는 프랑스나 이탈리아의 와인보다는 집에서 담근 포도주는 그 풍미가 떨어지므로 사람들은 수입 와인을 선호하는 것 같다. 한국에서도 영동이나 무주 지방에서 와인을 생산하고 있으니 좋은 와인이 나오기를 기대해 본다.

와인용 포도 종류는 500여 품종이 있다. 청포도로는 샤르도네, 소비뇽 블랑, 리슬링, 세미용 등이 있으며 적포도로는 카베르네 소비뇽, 메를로, 시라, 피노 누아가 대표적이다. 내가 좋아하는 화이트 와인의 품종은 샤르도네로 상큼한 신맛과 신선한 향이 나의 취향에 맞다. 그리고 레드 와인의 포도 품종은 카베르네 소비뇽으로 맛의 범위가 넓고 강렬하면서도 깊은 풍미가 있어 좋아한다.

와인을 잘 모르는 사람도 '포도주' 하면 프랑스를 떠올리는 것은 프랑스 와인이 세계 와인의 기준이기 때문이다. 프랑스는 북부 샹파뉴 지방에서부터 남부의 프로방스 지방까지 포도 재배를 위한 다양한 기후와 지형, 토질 등의 좋은 환경을 갖추고 있어서 다양한 와인을 생산할 수가 있다. 좋은 와인을 생산하기 위하여 서로 경쟁하면서 정성을 다하고 있기에 프랑스 와인은 세계적으로 인기가 있다. 또한 국가에서도 엄격한 품질 관리법을 만들어 다양하고 질 좋은 와인을 생산하게 하고 있기 때문에 세계 와인의 기준이 된다.

이탈리아는 전 국토가 좋은 환경을 가지고 있어서 한국의 시골 화단이나 정원에 꽃을 심듯이 집집마다 포도나무를 심는다. 이렇게 집에서 가꾼 포도로 와인을 만들어 일상의 음료수처럼 마신다. 이탈리아는 세계 와인 소비 1위 국가이기도 했다. 근래에 와서 상품으로서의 와인을 생산하여 판매함으로써 프랑스 다음으로 알려진 좋은 와인 생산국이 되었다.

나는 좋은 친구들 덕분에 와인 동우회(명칭: 르꼬뱅) 회원이 되어 20년 넘도록 매월 2회 이상 와인을 마시고 있다. 와인을 좀 더 많이 알고 더 가까워지고 싶어서 다양한 형태의 세미나를 정기적으로 해오고 있다. 전문가를 초빙하여 강의를 듣기도 하고 우리끼리 발표회를 갖기도 한다. 칠순을 넘긴 나이에 친구들과 함께 담소하면서 맛있는 음식과 함께 와인을 마시며 즐거운 시간을 가질 수 있는 좋은 모임이다. 노년을 즐겁고 건강하게 보내기 위한 모임이다. 기업체를 창업하여 지금까지 회사에 다니고 있는 친구가 대부분이고 정년 퇴임 한 기업체 임원과 교수들이다. 모두 경남고등학교 동기생들이다. 지금은 웬만한 음식점에서도 와인을 판매하지만, 1990년대에는 와인을 취급하지 않는 음식점이 대부분이었다.

식당을 예약할 때 와인이 없으면 주인과 상의하여 우리가 좋아하는 와인과 각자가 준비한 와인잔 세트를 가지고 간다. 식당의 음식 메뉴에 따라 어울리는 와인이 있다. 회장을 맡고 있는 친구가 와

내 삶을 여기에 담아본다

인 전문가여서 먹을 음식과 궁합이 맞는 와인을 선택해 가지고 온다. 오랫동안 수고를 해오고 있어 모두가 감사하게 여긴다.

와인에 더 많은 관심을 가지기 위해 와인 공부를 하면서 순서를 정해 논문 작성하듯이 준비하여 설명 겸 발표를 한다. 지역별로는 프랑스 보르도 와인, 부르고뉴 와인, 론 와인 등으로 구분하고, 이탈리아는 베네토, 피에몬테, 토스카나 지역으로 구분하고, 국가별로는 스페인, 미국, 칠레, 아르헨티나 등으로 구분하여 발표회를 갖는다. 내과 전공인 의사 회원은 와인이 인체에 미치는 영향을 주제로 발표하기도 했다. 나는 스페인 와인에 대하여 기후와 풍토, 재배하는 품종, 유명 제조회사 등에 관한 자료를 수집하여 설명회를 했다.

좋아하는 와인을 와인 냉장고(wine cellar)에 보관하고 있다가 가족들과 함께 집에서도 같이 음미하면서 마시기도 한다. 며느리들도 이제 맛과 등급을 알 수 있을 정도로 와인 애호가가 된 것 같다.

일상생활에서 와인에 관해 알고 있어야 하는 기본 지식과 상식에 대하여 간략하게 기술해 보겠다.

먼저 와인 양조 과정을 알아보자.

1. 발효(fermentation)

와인은 포도 열매 속에 들어있는 단맛의 포도당을 미생물인 효모로 분해해 에틸알코올과 탄산가스를 만든다. 이때 생성된 알코올이 포도주이며 이 과정이 발효 과정이다. 효모는 그 속에 효소를 간직하고 있으며 그 효소가 당분(포도당)을 알코올로 변화시킨다. 효모는 공기 중에 있는 천연 효모와 인공으로 배양한 인공 효모가 있다. 효모는 와인의 맛과 향을 좌우하는 중요한 물질이다.

와인 양조장에서는 인공 배양 효모를 주로 사용하며 그 종류도 수백 가지다. 화이트 와인은 저온인 15℃ 전후에서 2주일 정도 서서히 발효시키고, 레드 와인은 미생물인 효소가 죽지 않도록 32℃를 넘지 않게 일주일 정도 발효시킨다.

2. 숙성(aging)

발효가 끝난 와인은 숙성에 들어간다. 숙성 과정은 어린아이가 어른이 되듯이 멋있는 와인을 만드는 과정이다. 산화 환원 반응을 거치고 불순물을 제거하여 오크통 속에서 맛과 향이 더해지도록 하여 원하는 와인을 만드는 과정이다. 오크통을 만드는 데 사용하는 나무는 떡갈나무나 참나무(도토리나무 일종)이며 대체로 수령이 200년 이상 된 것을 사용한다. 와인의 향기 물질은 주로 포도 껍질에 많이 있으며 숙성되는 과정에서 포도 향과 오크통의 향이 함께

내 삶을 여기에 담아본다

점점 짙어진다.

와인의 숙성은 병에 담기 전 상태까지를 말하며, 크게 구분하여 오크통에서의 숙성과 병에 담은 뒤의 숙성으로 구분된다. 대량생산을 위해 오크통 대신 스테인리스 스틸이나 콘크리트 등의 탱크에서 숙성시키기도 한다. 숙성 기간은 포도의 품종과 원하는 풍미의 와인을 만들기 위해 짧게는 몇 개월 길게는 10년 이상 숙성하기도 한다. 숙성 온도는 8℃, 습도는 60~80%를 연중 꾸준히 유지하는 것이 좋다.

3. 병입(bottling)

와인을 병에 담는 공정이며 병에 담자마자 즉시 코르크 마개로 뚜껑을 닫는다. 고급 와인일수록 좋은 품질의 코르크를 사용한다. 최근에는 사용상 편리를 위하여 소주병 뚜껑같이 돌려서 병입하기도 하며, 병입이 끝나면 바로 상표를 붙이는 와인도 점점 늘어나고 있다. 상표에는 제조회사 이름을 가장 크게 하고 제조 연도, 제조 국가, 포도 품종, 알코올 농도, 용량, 품질 표시, 등급 등 이력을 알 수 있게 만든 상표를 붙이고 난 후 저장이나 판매한다. 보관 온도는 화이트 와인은 12℃, 레드 와인은 16℃ 정도가 적당하다.

이상의 3단계를 거쳐 와인 생산이 완료된다.

와인은 다른 술과 달리 알칼리성 식품이기에 곡물이나 육류 같은 산성 식품과 함께 먹으면 좋다. 각종 영양소가 풍부하며 특히 폴리페놀이 많아 심장병, 뇌 질환, 암의 예방에 도움이 된다. 또한 몸에 좋은 HDL 콜레스테롤을 증가시키고 몸에 해로운 LDL은 감소시키며 항산화 물질이 있어 노화를 방지하기도 한다.

레스토랑에서 식사할 때 와인을 마시기 위하여 와인 리스트를 보고 종업원에게 와인을 주문하게 된다. 그러면 종업원은 병만 들고 오는 경우도 있고, 좀 격식을 갖춘 곳에서는 얼음이 담긴 통에 담아서 가져온다. 얼음 통에 담아오는 이유는 와인을 마시는 최적의 온도를 맞추기 위해서이다. 화이트 와인은 적당히 차가울 때 (5~7℃) 마셔야 산도가 두드러지고 신선한 느낌을 준다. 그래서 화이트 와인은 얼음 통에 담아서 차게 해온다. 레드 와인은 대체로 18℃가 마시는 최적의 온도이다. 와인은 온도에 따라 느껴지는 맛과 풍미가 다르다.

종업원은 마개를 열고 주빈에게 한 모금 정도 시음해 보게 한다. 생각했던 맛이 나는지 상태가 양호한지를 체크해 보라는 의미다.

와인잔은 와인의 종류와 특성에 따라 모양이 다른 잔을 사용한다. 화이트 와인은 길쭉한 모양의 잔을, 레드 와인은 오목한 잔을 주로 사용한다. 와인을 잔에 따를 때는 되도록 잔의 3분의 1 정도가 되도록 한다. 3분의 2 공간을 비워두는 이유는 와인의 향기가 머물도록 하여 마실 때 그 향을 듬뿍 느끼게 하기 위함이다. 잔을 흔드는 이유도 향이 많이 증발하도록 하기 위해서이다.

내 삶을 여기에 담아본다

와인을 마실 때 술을 받는 사람은 잔을 들지 말고 잔을 테이블 위에 놓은 상태에서 한 손을 잔의 밑 부분 널찍한 유리 받침대 위에 올려놓고 감사의 예의를 표하면 된다. 맥주잔 같이 들고 받으면 에티켓에 어긋난다. 잔을 받으면 꽃의 색깔을 보듯이 와인의 색깔을 시각적으로 감상한다. 때로는 잔을 기울여 술잔에 타고 내리는 모양도 관찰한다. 흘러내리는 모양을 스페인에서는 눈물(tears), 영국·미국에서는 다리(leg), 독일에서는 교회의 창(church window)이라고 부르기도 한다.

와인을 마실 때는 맥주나 막걸리를 마시듯이 꿀꺽꿀꺽 마시지 않는다. 한 모금씩 마시되 마실 때 와인이 혀 위로 흘러 들어가게 마셔야 맛을 좀 더 풍부하게 느낄 수 있다. 입 안에 잠깐 머물면서 맛을 충분히 음미하고, 입 안의 온도에 의해 증발되는 향도 동시에 느껴야 한다. 오묘한 맛과 향을 느끼면서 천천히 여유 있게 음식과의 조화도 함께 느끼며 즐겁게 마셔야 한다.

와인을 상대방에게 더 권하고 싶을 때는 상대방의 잔에 한두 모금의 양이 남아 있을 때 권하는 것이 좋다. 잔에 와인을 받을 때 그만 받고 싶으면 잔에서 손을 떼는 것으로 신호를 보내면 된다.

와인을 구매할 때는 집 가까운 곳의 와인 숍을 한 군데 정하여 가끔 들러서 새로운 와인이 있는지 보고 좋아하는 와인을 구해놓아도 되고, 1년에 한두 번씩 백화점이나 대형마트에서 할인 행사를 할 때 가서 20~80%까지 싸게 살 수도 있다. 평소에 와인 숍의 매니저를 알아두면 값싸고 좋은 와인을 문자로 통보받기도 한다.

와인을 구입할 때는 신경이 많이 쓰인다. 품질과 가격이 합당한지는 전문가가 아니면 알기가 어렵다. 관심을 가지고 많이 마셔본 사람은 라벨을 보고 어느 정도 구별할 수가 있다. 포도도 농산물이기 때문에 그 해의 일조량과 강수량, 기후 변화에 따라 맛과 향이 다르다. 유명한 제조회사는 가능한 같은 상표의 와인을 매년 같은 품질로 만들기 위해 큰 노력을 하므로 일정한 맛을 유지하고 있다.

맛을 결정하는 가장 중요한 것은 포도의 품종이다. 와인 가게에 갔을 때 종업원이 어떤 와인을 찾느냐고 물으면 레드(red), 화이트(white), 로즈(rose), 스파클링(sparkling) 와인으로 구별해서 말하고 그 다음에는 포도 품종도 이야기해 주어야 추천을 받을 수가 있다. 가격은 품질과 생산 국가, 제조회사별로 많은 차이가 있을 수 있다. 각자 자기가 좋아하는 포도 품종 몇 가지는 익히고 있어야 하며, 가끔 다른 품종의 와인도 음식에 따라서 선택할 필요가 있다.

그리고 바디(body) 등급도 이야기해 주면 좋다. 와인은 당도, 산도, 탄닌 성분의 함량 및 알코올 농도에 따라서도 입 안에서 느껴지는 감도가 달라진다. 그 느낌의 강도가 바디감이다. 가벼운 느낌의 라이트(light)에서부터 미디엄(medium), 묵직하게 느껴지는 풀 보디(full body)까지 다양하게 느낄 수 있다.

위의 선택 방법으로 본인이 좋아하는 타입의 조건을 갖춘 와인을 구입하면 잘 선택하였다고 볼 수가 있다.

2002년 월드컵 축구 코치인 히딩크가 즐겨 마셨다는 샤또딸보(Chateau Talbot)가 국내에서 유명해지기도 했다. 와인에 대하여 하고 싶은 이야깃거리가 많지만, 다음에 기회가 된다면 더 많은 이야기를 하고 싶다.

〈손자녀들이 그린 그림 13〉

웨이브 클럽

고등학교 때 만든 wave club 멤버들이 다시 만나게 되었다.

대학 시절에는 법대, 상대, 공대 등으로 각자가 원하는 대로 흩어져 학교에 다니느라 만나기도 힘들었다. 직장 생활을 하면서 각자의 회사가 다르고 지방에 근무하는 친구도 있어서 그 멤버들이 같이 만나기가 쉽지 않았다. 개인적으로는 연락을 하고 지냈으나 전체 모임은 없었다.

세월이 흘러 다시 모이게 되었다.
고등학교 교장, 중앙 부서의 공무원, 대기업의 임원 출신들은 정년퇴직하고 난 후였다. 나는 창업하게 되어 회사를 경영하고 있었

내 삶을 여기에 담아본다

다. 고등학교 시절의 그 멤버들이 모임의 장소로 정한 곳이 인천이다. 퇴임 교장 선생이 아파트로 이사한 후 팔지 않고 그대로 둔 주택을 매월 모이는 장소로 정하고 그 주택을 우리들의 별장같이 사용하고 있다.

공직을 퇴임한 친구는 바리스타 자격증을 따서 직접 커피를 볶아서 카페에 공급했다. 그래서 우리가 한 달에 한 번 만날 때마다 볶은 커피를 가져와 그라인딩까지 직접 해가면서 다양한 커피의 향과 맛을 즐기게 해준다.

점심시간에 만나서 점심 먹고 놀다가 저녁까지 먹는 모임이다. 매월 만날 때 순서대로 돌아가면서 창작시를 발표한다. 처음에는 시를 쓰는 것이 힘들고 부담스러웠으나 차츰 익숙해졌다. 시 낭송이 끝나면 시를 쓰게 된 배경을 설명한다. 작품에 쓰인 낱말의 의미와 시가 나타내고자 하는 의미 등을 이야기하고, 낭송을 듣고 난 후 소감도 서로 주고받는다.

그 후로 나는 가끔 시를 쓴다. 시적 감정이 일어날 때 시를 써야 한다. 시를 쓰면 시인이 된다. 시인은 사물을 보는 관점이 남다르다. 보통 사람들은 그냥 보고 듣고 스쳐 가는 일들도 시를 쓰는 사람들은 깊이 있게 생각하게 된다. 내가 고등학교 때 읽은 T.S.Eliot의 시 '황무지' 중에 나오는 말과 뜻을 좀 더 이해하게 되었다.

사월은 가장 잔인한 달
죽은 땅에서 라일락을 키워내고
기억과 욕망을 뒤섞고
봄비로 잠든 뿌리를 뒤흔든다.
겨울은 따뜻했었다.
 -중략-

우리의 삶과 역사가 잔인했는지 따뜻했는지 다시 한번 생각해 보게끔 하는 시인 것 같다.

차를 마시면서 시를 낭송하는 시간이 지나면 음악을 감상하는 시간이다. 스피커가 8개나 되는 완벽한 오디오 시스템으로 음악 감상을 한다. 베토벤의 교향곡 5번 '운명'과 9번 '합창'은 연주회에 가서 보는 것 이상으로 잘 보이고 스테레오로 잘 들을 수 있다. 오 페라도 여러 편 감상했다. 베르디의 '라 트라비아타'와 '아이다' 등 많은 오페라를 감상했지만 푸치니의 '라 보엠'에 특히 감명받았다.
나는 파바로티와 안드레아 보첼리의 성악을 좋아한다. 예술의 전당 회원 자격으로 '맘마미아', '명성황후' 등을 오페라 하우스에 가서 관람하기도 했지만, 친구들과 집에서 TV로 감상하는 것도 괜 찮았다. 오래된 명화나 최신 영화도 다운받거나 CD로 많이 감상 한다.

내 삶을 여기에 담아본다

음악을 듣거나 영화 감상의 시간이 끝나면 국악을 배운다. 국악은 장구를 중심으로 하여 배운다. 모두 장구를 구매하여 개인 소유의 장구가 있다. 장구는 강사를 집으로 초청하여 배운다. 장구 가락도 여러 가지가 있다. 이채, 삼채, 굿거리장단 등 곡의 형식에 따라 반주가 다르다.

많이 듣고 보아온 악기지만 쉽지 않았다. 한 사람이라도 잘못 치면 지적받고 화음이 맞을 때까지 연습한다. 궁체를 좌우로 넘기면서 치고 열채는 이에 따라 보조를 맞춘다. 덩덩 쿵더쿵의 반주를 기본으로 하여 여러 가지 변형된 가락이 많다. 가끔은 강사가 꽹과리와 북을 가지고 와서 사물놀이도 한다. 조금 숙달이 된 후에는 장단에 율동과 춤을 가미하여 신명 나게 국악 연주를 한다.

국악은 흥과 가락을 느낄 수 있다. 민속 악기라 친밀감도 높다. 연주나 공연을 보게 되면 그 가락에 좀 더 관심을 가지게 되고 은은하게 들리는 국악 소리에 귀를 기울이게 된다. 국악은 우리 민족이 수백 년 동안 익혀온 가락이라, 외국의 음악이나 트로트보다는 몸속 깊은 곳에서 느껴지는 흥이 있다.

인천 모임에 갈 때 가끔 송도에 가게 되면 옛날 생각이 난다. 1960년대에 인천 송도는 해수욕을 할 수 있는 한적한 해변이었다. 바닷가 백사장이 길게 뻗어 있고 그 뒤쪽에는 소나무 오솔길로 연결되어 데이트 코스로 좋은 곳이었다.

대학 시절 인천에 처음 갔을 때 인천을 구경시켜 준다고 송도 해수욕장으로 안내해 준 여대생이 생각나기도 한다. 지금은 70대의 할머니가 되어 있겠지.

　석양이 비치는 바다를 바라보며 소나무 오솔길을 같이 걸었던 추억이 생각나는 곳이기도 하다.

　조금은 멀지만 매달 한 번씩 만나는 인천 모임은 보통의 모임보다는 조금 색다른 모임이다. 골프, 당구, 등산, 바둑, 식사 등의 모임과는 분위기가 다르다. 고등학교 때 모였다가 흩어져 살다 직장에서 은퇴한 후 그 멤버가 다시 모이게 되었다. 8시간 동안 다양한 주제로 이야기하고 보고 듣고 서로 배우면서 즐거운 하루를 보내는 좋은 모임이다.

내 삶을 여기에 담아본다

자
작
시

밤하늘

깊은 산속에
초생달이 떴다 지고
고요한 밤하늘에
맑고 밝은 별들의 세계가 생기네

별이 빛나는 밤하늘에
은하수와 오리온
삼태성과 북두칠성
수많은 너의 별과 나의 별이
꽃보다 아름답게
반짝반짝 영롱하게 빛나네

어디서 왔다가 어디로 가는지
그기에 가고파 그 길을 가고파
여섯 살 꼬마가 칠순이 되도록
아름다운 그 길을 찾아다녔네

– 2016년 10월 8일 정읍 양 떼 목장에서

내 삶을 여기에 담아본다

꽃마음

꽃이 피어 있습니다
꽃으로 가보세요
좀 더 가까이 가서 만나 보세요

꽃 속에는 꽃마음이 있습니다
그 속에는 아름다운 마음이 있습니다
꽃마음에는 향기가 가득합니다
그 마음을 느껴 보세요

꽃이 크든 작든 당신은 아름답습니다
꽃잎이 많든 적든 당신은 향기롭습니다
당신도 꽃이 됩니다
꽃마음은 당신의 마음입니다

- 꽃동네에서

소풍

김밥 말고
계란 두 개 삶고
사이다 한 병 들고
소풍 가고 싶다

들꽃도 있고 나비도 있다
개구리와 물고기도 있다
송아지도 농부도 있다

따사한 햇살
바람소리 새소리
시냇물 소리가 들리는 곳
그곳에 소풍 가고 싶다

– 2011년 4월 13일

wave club 자작시 발표회에서

내 삶을 여기에 담아본다

봄비 나리는 시냇물에 별 빛나고
아지랑이 아롱대니 온 세상이 나긋나긋
어릴 적 가슴 설레며 기다리던 소풍
우리 수상이 따라 봄소풍 가자

– club member 견승의 교장의 화답시

꽃친구

꽃이 말합니다
나에게 무슨 말을 하는지
귀 기울여 들어 봅니다

꽃에게 이야기해 봅니다
내 마음이 꽃 마음이 되고
꽃 마음이 내 마음이 되어 친구가 됩니다

나에게 향기로운 이야기를 합니다
아름다운 이야기도 들려줍니다
피는 꽃을 반갑게 맞이하니
지는 꽃은 다시 만나자고 약속합니다

황혼

어느덧 나를 노인이라 부른다
가족들도 할아버지로 부른다

산골짜기에서 흐르던 물이
힘없이 한강 하구에서
바다로 향하듯이 세월이 흐른다

옹달샘 흐르는 바윗돌 사이로 다시 가고 싶다
푸른 숲과 나비가 있는 그곳으로

풋사랑 짝사랑 첫사랑
해보지 못한 정열적인 사랑
그립고 아쉬운 사랑의 흔적들
가을의 낙엽에 실어 보낸다

– 칠순을 보내며

골프

　내가 골프를 시작한 것은 1983년이었다. 시간적으로나 경제적으로 골프를 칠 형편이 아니었다. 처음 입사한 회사에서 이사로 승진한 후 상무 이사님께서 골프를 배우라고 연습장에 억지로 끌고 가서 등록시켜 주는 바람에 중고 채 하나를 구해서 골프를 시작했다.

　그 당시에 골프를 치는 사람들은 대부분 대기업의 임원급 정도 되어야 칠 수 있었을 때이다. 그때 내 나이는 38이었다. 골프는 사치스러운 운동으로 사람들의 눈총을 받을 때였으니 내가 골프를 배우게 된 것은 순전히 접대용이었다. 금융 계통의 간부들과 중요 거래선과의 소통을 위한 업무의 일종이었다. 접대 관계로 골프를

　　내 삶을 여기에 담아본다

쳐야 하는 때가 있으니 배워두라는 것이었다.

연습장에는 열심히 다녔다. 스윙 연습할 때는 여직원이 앞에 앉아서 고무 티에 공을 하나씩 올려주면 치고 또 올려주면 치고 할 때였다. 골프는 귀족 운동이었고 사치스러운 스포츠였다. 개인적으로는 골프를 칠 형편이 아니었지만, 공적인 업무를 위해서 배운 것이었다. 내가 처음 연습장에 가서 배울 때는 강남에 골프 연습장이 서너 군데밖에 없었다. 실내 연습장이나 스크린 골프장은 전국에 한 군데도 없었고 스크린 골프는 상상도 하지 못할 시기였다.

어느 정도 연습장에서 기본 폼과 룰을 익히고 나서는 실전에 나가보기로 했다. 성수동에 뚝섬 경마장이 있을 때 경마 트랙 안쪽에 골프장이 있었다. 새벽 2시에 가서 골프백을 세워서 대기하고 있다가 치기도 하고, 서대문구 불광동에 있는 원투쓰리 퍼블릭 식스홀에 가서 줄을 서서 기다리다가 공을 치기도 했다.

그 후 연습장도 많아지고 요금도 경쟁이 되니까 치는 사람 본인이 고무 티 위에 볼을 올려놓고 치기 시작하더니, 연습 공 한 박스를 넣을 수 있는 반자동 연습기가 출현했다. 박스당 요금제에서 시간당 요금제가 되면서 요즘같이 공이 밑에서 올라오는 자동 방식의 시스템이 갖추어져 편리하게 연습하게 되었다.

처음 골프를 배울 때 나는 다른 사람과 비교해서 빨리 익숙해졌다. 키가 178cm인 데다 왼손잡이라 신체적 조건이 좋다. 키가 크면 원심력이 커지기 때문에 파워가 좋아진다. 샤프트의 헤드를 큰 원으로 회전시켜야 공을 치는 순간 큰 힘이 작용하기 때문이다. 긴 팔에서 나오는 힘은 자루가 긴 망치로 못을 박을 때 더 큰 힘이 못에 작용하는 것과 같은 이치이다.

더욱 빨리 익숙해진 또 다른 이유는 시골에서 자랐기 때문이다. 나무 장작을 패기도 하고, 여름이면 보리타작부터 시작하여 가을의 콩 타작까지 도리깨질을 많이 했기 때문이다. 장작을 팰 때나 도리깨질은 모두 자루(shaft)를 원형으로 휘두르는 운동으로 골프 스윙과 원리가 같다. 왼쪽 팔을 오른쪽 어깨 위로 들어 올리면서 오른쪽 팔을 겨드랑이 쪽에 붙여서 같이 들어 올리면서 몸을 회전시켜 땅 쪽으로 내리치는 원심력 운동이다. 골프를 치는 모습과 동일한 몸동작이므로 쉽게 적응할 수 있었다. 어릴 때부터 수없이 반복했기에 스윙 동작을 금방 몸에 익힐 수 있었고 파워도 대단히 좋았다.

스코어는 좋은 편이 아니었지만, 롱 게스트를 하지 못하면 섭섭할 정도였다. 공과 대학 골프 대회 때 40명 넘게 참가한 대회에서 선후배를 물리치고 롱 게스트를 했을 때가 가장 기분이 좋았다.

40년 넘게 골프를 했지만, 아직 보기 플레이 정도다. 80대 초반의 기록은 있지만 70대는 쳐보지 못했다. 처음 배울 때 기본에 충실해야 하고 정확한 동작으로 집중적으로 배우고 익혀놓아야 오랜 세월이 지나도 80대를 넘지 않게 칠 수 있다는 생각이 든다.

내 삶을 여기에 담아본다

힘을 빼고 천천히 큰 원을 그리면서 백스윙하고, 올릴 때나 내릴 때나 항상 헤드의 무게를 느끼며 끝까지 공을 보면서 스윙하면 80세가 되어도 보기 플레이는 할 수 있다고 자신해 본다.

골프에 관한 교과서와 연습 방법이 무수히 많지만 내가 경험한 것을 간추려 몇 가지 포인트로 적어본다.

첫 번째가 어드레스(address)다. 어드레스를 보면 그 사람의 골프 수준을 안다. 어깨와 발을 목표 방향과 나란히 해야 공이 목표 방향으로 간다. 이때 공과 클럽 헤드 면과는 직각이어야 한다.

두 번째는 백스윙이다. 클럽 헤드를 뒤로 직선으로 끝까지 빼고 들어 올린 후 양어깨를 회전시키면서 코킹을 한다. 이때 백스윙 시 왼 팔꿈치를 접느냐 안 접느냐가 아마추어와 프로의 차이다. 팔꿈치를 접으면 원심력이 적어 절대로 공이 멀리 가지 않는다.

세 번째는 다운스윙이다. 다운스윙의 시작은 몸의 균형을 확실히 잡고 천천히 출발하여 점점 가속도를 붙여서 임팩트 순간에 최대의 속도가 되도록 한다. 다운스윙 시작 때 멀리 보내려고 욕심을 부리고 힘이 들어가면 자세가 흐트러져서 임팩트 순간에 공이 보이지 않는다.

네 번째는 임팩트다. 이때는 첫 번째 어드레스 자세로 균형을 잡고 다시 돌아와야 한다. 공이 맞는 순간 공이 보이지 않으면 실수이고 잘못된 스윙이다. 특히 머리의 위치가 상하로나 좌우로 변하지 않고 고정되어 있어야 한다. 헤드업이면 쪼루를 내고 헤드다운이면 뒤땅을 치게 된다. 머리가 흔들리면 중심축이 흔들리게 된다. 중심축이 흔들리면 방향도 엉망이고 거리도 나지 않는 스윙이 된다.

다섯 번째는 폴로스루(follow through)이다. 이 동작은 임팩트 때 양팔을 쭉 뻗어주라는 것이다. 첫 번째부터 네 번째까지 정확한 동작을 하게 되면 저절로 이루어지는 몸동작이지만, 공을 보내고 싶은 방향으로 양팔을 쭉 뻗어서 공을 치고 헤드를 목표 방향으로 30cm 정도 팔로우해 준다. 골프는 몸과 팔의 회전으로 클럽 헤드를 빠르고 정확하게 공에 맞추어 그 힘을 공에 전달하여 공을 목표 지점으로 멀리 보내는 운동이다.

2011년 가을에 나의 동작을 동영상으로 촬영해 문제점을 지적해 보았다. 그 내용은 다음과 같다.

1) 백스윙, 다운스윙이 너무 빠르다.

2) 백스윙 톱에서 왼팔이 구부러져 있다.

3) 백스윙을 충분히 하지 않는다.

4) 다운스윙 시 머리가 상하좌우로 흔들린다.

그리고 세밀한 문제점에 대한 지적과 조언을 받았다.

　　　　　　　　　　　　　　　　　내 삶을 여기에 담아본다

나이가 많아지니까 몸이 예전 같지 않은데 마음만 예전 같아서 마음먹은 대로 공이 가지를 않는다. 몸의 변화에 맞는 스윙이 필요하다. 골프장에 갈 때는 기쁜 마음으로 잘할 수 있다고 자신하면서 가는데, 막상 치기 시작하면 욕심을 부리고 서두르게 되고 힘이 들어가서 빨리 치게 된다. 매홀 파플레이(par-play)를 하려고 하였으나, 대부분 뜻대로 되지를 않는 것이 골프인 것 같다.

중국, 일본, 동남아 등지로 친구들과 여행하면서 골프 치러 다니기도 했다. 해외 골프는 친구들과 휴식하면서 색다른 음식을 먹고 우정을 나누는 즐거운 시간이었다. 1년에 한 번쯤 친구들과 추운 겨울에 따뜻한 남쪽 나라에 가서 며칠간 머물며 지내는 골프 여행을 계속할 수 있으면 좋겠다.

지금은 드라이브 200 야드 정도의 거리를 내면서 한 달에 세 번 정도 골프를 치고 있지만, 언제까지 건강이 유지될지 걱정스럽다.

나이가 드니까 여러 면에서 많이 달라지고 있다. 70대 중반을 넘긴 지금은 건강을 위하여 골프를 한다. 좋은 분위기 속에서 친구들과 즐거운 시간을 보내는 것이 우선이다. 스코어는 별 관심도 없고 중요하지도 않다. 그런데도 2021년 3월 고등학교 동기회 골프 대회 모임에서 버디를 2개나 하면서 우승을 했다. 또 2022년 10월, 78세의 나이로 롱홀에서 이글을 했다. 골프장으로부터 이글증서도 받고 회원들의 축하도 받았다.

골프는 야외에서 하는 운동이고 자연환경 속에서 하므로 공을 한 타 한 타 칠 때마다 똑같은 조건은 하나도 없다. 자연 속에서 주어진 상황에 따라 판단하여 하는 운동이다. 그날의 컨디션이나 동행하는 사람들과의 분위기나 골프장의 상태에 따라서 스코어 차이가 크게 나기도 한다.

그리고 골프는 자기 자신과의 싸움이다. 정해진 규칙을 잘 지키고 예절을 지키면서 운동하는 것이 스코어보다 더 중요하다. 한 점을 줄이기 위해 양심을 속이고 반칙을 하면 안 된다.

SBS 골프 해설가였던 박 교수와 동호회를 만들어 국내외로 골프 여행을 여러 번 다니기도 했다. 그때마다 회원들에게 강조하는 말씀이 골프는 자기와의 싸움이니 나쁜 유혹에 빠지지 않도록 강조하셨다. 볼의 위치가 나쁘더라도 규칙대로 할 것이며, 다른 사람이 알지 못한다고 해서 자기 양심을 속이지 않는 젠틀맨십을 말씀하셨다. 그분한테 받은 코치 중 하나는 퍼팅할 때 퍼트를 홀 방향으로 직선으로 밀라는 것이었다.

골프 모임 중에 르 꼬뺑(le co pain, 친구)이라는 모임이 있다. 처음에는 와인을 즐겨 마시는 고등학교 동기생들의 저녁 모임이었다. 회원이 조금씩 많아져서 12명이나 되었기에 정원을 12명으로 규정했다. 낮에 골프 치는 것을 만장일치로 동의해서 낮에는 운동하고 저녁에는 와인을 마시며 식사를 한다.

1년에 한 번쯤 해외에 나가고 추울 때는 동해나 통영으로 간다.

내 삶을 여기에 담아본다

멤버 중 통영이 고향인 친구가 있어서 통영에는 자주 간다. 통영에서 소문난 명문 집안이라 가는 곳마다 귀한 손님 대접을 받는다. 겨울에도 춥지 않고 먹거리가 좋은 곳이다.

코로나로 인해 전 세계가 출입을 통제해 해외에 나갈 수가 없으니 국내 골프가 전성기를 맞고 있다. 실내 모임 통제에 젊은이들도 운동하면서 마음 놓고 놀 수 있는 곳이 골프장이다. 그러니 골프장으로 사람들이 모여 북새통을 이룬다. 부킹(booking)하기도 힘들뿐더러 모든 비용이 많이 올라서 골프장들이 대호황이다. 조명등까지 설치해 야간 경기를 저녁 10시가 넘도록 하는 골프장이 대부분이다.

나이가 들어가니까 체력도 달리고 18홀을 도는 데도 힘겨울 때가 있다. 가능한 한 오래도록 골프를 칠 수 있기를 희망해 보지만, 언제까지 건강이 허락할지 궁금하다.

동남아 여행

　직장 생활하느라 해외여행은 꿈도 꿀 수가 없었다. 30대 때 업무 상 일본으로 출장을 여러 번 갔다 왔고, 가끔 연휴에 친구들과 일본 골프 여행을 갔다 왔지만, 동남아 여행은 창업한 회사가 안정화 되고 난 뒤 50대 중반이 되어서야 처음으로 다녀왔다.

　친구들과 어울려 겨울철 추울 때 일주일 정도 열대 지방에 여행 하는 즐거움도 있었지만, 나에게 더 큰 기쁨을 주는 것은 거기에 사는 사람들의 표정과 심성을 느끼는 것이다. 피부 색깔은 약간 까 무잡잡하여 우리와 다르지만, 평화롭고 순수함이 담긴 표정은 천 사 같기도 했다.

　내가 동남아를 여행하는 이유는 거기에 사는 사람들의 순진하

내 삶을 여기에 담아본다

고 순수한 모습을 느끼고 싶었기 때문이다. 서울에서는 찾아볼 수 없는 표정들이다. 항상 바쁘고 찌푸리고 지치고 피곤한 인상의 서울 사람들과는 너무나 대조적이다. 눈을 마주치면 항상 미소 지으며 인사한다. 여행을 떠날 때 여기서 조금 여유 있게 준비한 인삼젤리나 초콜릿을 나누어 먹으면 천사 같은 얼굴로 감사함을 표현하고. 그들이 가지고 있는 오렌지나 바나나, 망고 등을 답례로 주기도 한다.

베트남, 캄보디아, 필리핀, 태국 등을 여행하면 내 마음이 정화되고 순화되는 것을 느낀다. 6·25 사변 후 아시아의 극빈국에서 세계 무역 순위 6위의 나라로 경제를 일으키는 동안 빨리 빨리로 서두르고, 경쟁하고, 부를 축적하느라고 찌든 삶을 살아가는 것이 우리의 생활 방식이었다.

반면 동남아는 풍부한 태양에너지로 인해 과일과 야채가 풍성하고 벼농사도 1년에 두 번씩이나 수확할 수 있어 먹고사는 데 불편함이 없는 것 같고, 먹거리에 여유가 있으니까 나누어 먹는 것이 생활 습관화되어 있는 것 같았다. 한마디로 나눔의 문화가 발달되어 있는 곳이다.

〈손자녀들이 그린 그림 14〉

생수 한 병을 사고 돈을 지불할 때도 동남아의 가게 주인은 공손하고 정중하게 감사하다고 표현한다. 계산대에서 카드를 무표정하게 주고받으면 끝인 한국의 가게와는 다르다. 아주 조그마한 도움과 성의에도 미안할 정도로 감사한 마음을 전한다. 참 아름다운 마음이다.

동남아 여행을 오랫동안 못 가면 그 사람들을 만나고 싶어서 가고 싶어진다. 2년에 한 번쯤 가는 것 같다.

20년의 세월이 흐르는 동안 동남아에서도 많은 변화가 진행되고 있지만, 그곳의 시골은 지금까지 내가 느끼고 싶어 하는 시골의 풍경과 정서가 남아 있다. 내가 어릴 때 느꼈던 것을 거기에서 찾아 느끼곤 하는 것이다. 방문객이 많은 곳이나 도심에서는 자본주

내 삶을 여기에 담아본다

의의 냄새가 조금씩 풍긴다. 돈이 인정을 앞서는 것 같은 변화도 보인다. 옛날보다 길이 넓어지고 도로포장이 잘되어 가고 있다. 우리나라의 1970년대 풍경과 비슷하다.

갈 때마다 경제 성장의 속도가 빨라지는 것을 느낀다. 50년 후에는 GDP가 한국을 능가할 수도 있겠다는 생각이 든다.

영토가 우리보다 2~5배 넓으며 인구도 많다. 태양에너지가 풍부하여 난방비 등 에너지 비용이 적게 든다.

산업 발전에 좋은 영향을 받을 수 있는 환경적 혜택을 받은 나라들이다. 자원도 풍부하고 개발되지 않은 광활한 평야가 있어 너무 부러웠다. 한반도의 산골짜기에서 살아온 우리 민족과는 달리 기후, 풍토, 환경이 미래의 큰 가치로 보였다.

경제가 발전하고 나라가 부강해지더라도 그들의 순수성과 평화로움은 그대로 유지되기를 진정으로 바란다.

우리와 비교해 보면 상대적 빈곤은 10배 정도 가난하지만, 절대적 빈곤은 우리보다 부자다. 마음은 우리보다 더 부자다. 월간 또는 연간 수입은 우리보다 비교가 안 될 정도로 가난하다. 그러나 그 사람들은 스스로를 가난하다고 생각하지 않는 것 같다.

우리는 높이 올라가야 하고, 많이 모아야 하고, 많이 가져야 하는 사고와 생활양식에 젖어 있다. 우리는 그들보다 가진 것이 많으나 가난하다고 생각하며 살고 있다. 평화롭게 살며 필요한 것만 가지고 나눔의 행복을 느끼는 그들의 삶의 방식이 더 돋보인다. 배우고 본받고 싶은 것이 참 많은 나라들이다.

2018년 1월 초에 태국 골프 투어로 치앙마이에 일주일 동안 있다가 왔다. 맑은 공기도 듬뿍 마시고 밤하늘에 반짝이는 아름다운 별들도 많이 보았다. 평온한 그들과 그곳의 삶을 공유하면서 행복한 시간을 보냈다.

그들의 유적과 문화유산은 우리보다 훨씬 많은 것 같았다. 크메르 제국의 앙코르 와트는 감탄사가 절로 나왔고, 기타 여러 나라의 불교 문화와 사찰은 우리 것보다 웅장하고 오래된 것이 많았다.

동남아에서 따뜻한 마음의 인정(人情)을 느낄 수 있음에 감사했다.

향후 열 번쯤 더 계속 가고 싶은데 건강이 허락해 주었으면 좋겠다.

내 삶을 여기에 담아본다

화투놀이

내가 어릴 때도 여러 가지 놀이가 있었다. 구슬치기, 자치기, 제기차기, 팽이 돌리기, 딱지치기, 물놀이, 연날리기, 썰매 타기, 눈싸움, 공차기 등 요즘 아이들이 하지 않는 놀이가 많았다. 그중에서도 화투놀이는 2세대가 지난 지금도 즐기고 있다. 짝맞추기부터 배워서 민화투, 육백 짓고 땡, 섰다, 고스톱 등으로 변천하면서 다양한 방법의 놀이로써 즐겨왔다.

어릴 때는 형과 동생들과도 치고 사촌들과도 치고, 명절 때면 윷놀이도 하지만 가끔은 삼촌들과 화투도 친다. 어른들과 치면 항상 이긴다. 일부러 져주시는 것 같았다. 우리를 즐겁게 해주려고 하시는 것 같았다. 어떤 때는 돈 내기를 하면 우리는 처음에는 항상 잃다가 나중에는 항상 딴다. 게임의 승패에 대한 희비(喜悲)를 가르쳐 주신 것 같다. "공부는 안 하고 화투만 쳤나. 이러다간 노름꾼 되겠네" 등 재미있는 유머와 함께 우리를 즐겁게 해주시곤 했다.

세월이 흐르면서 어릴 때 놀이하던 것들은 차츰차츰 멀어지고 화투만은 70년이 지난 지금도 즐겁게 치고 있다. 학생 때까지는 건빵이나 사 먹는 정도의 내기를 하든지, 서로가 하기 싫은 일이 있으면 화투를 쳐서 진 사람이 벌칙으로 맡아서 하게 하는 재미 삼아 하는 놀이가 화투였다.

일부 어른들은 도박으로 하는 사람도 있었다. 빚내서 하고 땅문서 잡히면서까지 노름을 하여 패가망신했다는 소문들이 간간이 나돌기도 했다.

직장 생활을 하면서는 동료들 집에 초대받아 가면 식사를 하고 특별히 할 일이 없으면 시간 보내기 위해 포커판이나 화투판을 벌인다. 포커는 도박성이 있어 어울리지 않으려고 했지만, 고스톱은 심심풀이로 재미로 가끔 하게 된다.

돈 내기에는 항상 잃은 사람과 딴 사람의 금액이 맞지 않는다. 허풍 뜨는 것을 귀엽게 봐줄 수도 있지만, 이러한 부정확한 계산이 자주 발생하기도 한다. 잃었다고 달라는 것도 아니고 땄다고 주는 것도 아닌데 왜 그리 계산이 안 맞는지, 도무지 이해할 수가 없었다. 심하게 부풀려 말하는 사람은 거짓말을 한다고 생각했다.

내 삶을 여기에 담아본다

대체로 그런 사람은 상습적이다. 동료나 친구들끼리 놀이 삼아 하는 것이지만 특히 심한 사람이 있다. 황당하게 말하는 사람을 보면, 왜 저럴까 동정심이 생길 때도 있지만 화가 날 때도 있다.

운구기일(運九技一)인지 운수가 좋아 잘되는 날은 엄청나게 잘되어 돈도 많이 따는 사람도 있다. 인정사정없이 다 가져가는 특수한 경우도 있지만, 대부분 일부를 돌려주는 경우가 많다. 서로 많이 잃었다고 주장하는 것을 보면 끝나고 나서도 기분이 좋지 않고 찜찜하기만 하다. 상습적으로 옆 사람 패를 본다든지 꼼수를 써서 이기려고 하는 사람도 있다. 그러나 이 모든 것을 애교로 받아들이고 다시 만나면 반갑기만 하다.

공장이 있는 시골의 유지되는 분들과도 가끔 어울리기도 한다. 그분들이 화투놀이를 하는 것을 보면서 느끼는 것은 화투에도 예의가 있다는 것이다.

놀이의 목적은 즐거워야 한다. 친선 게임은 밸런스(ballance)다. 모두가 즐거울수록 좋다. 승자일 때는 나눔으로써 기쁘고, 패자일 때는 배려를 받아 기쁘고, 그렇게 서로 윈윈으로 마무리되는 것이 모양새가 좋다. 한때는 주말에 친구들과 밤새워 가며 고스톱을 하기도 했지만, 요즘은 치매 예방을 핑계 삼아 식사비 조달용으로만 즐기고 있다.

가끔 손자 손녀와도 마주 앉아 같은 그림 맞추기도 했다. 아내는 손녀들의 성화에 못 이겨 화투놀이를 하더니만 손녀들이 초등학교에 입학하면서부터는 흥미가 없어진 것 같다. 모두 컴퓨터 게임에 빠져서 시간 가는 줄을 모른다. 더불어 노는 것이 아니고 각자가 혼자 즐기고 있다.

명절에 친척들과 모이면 성묘를 하고, 식사 때까지나 서울 가는 기차 시간에 맞추어 사촌들과 고스톱을 친다. 실력의 차이가 확실히 났다. 서울 형님은 왜 그리 못하느냐, 형님 돈은 먼저 보는 사람이 임자다, 친구들과 고스톱 안 치시느냐, 일부러 그러느냐 등 핀잔을 많이 받기도 했다.

국악을 교습받는 인천 모임과 등산 모임에 가면 가끔 고스톱을 해서 나의 실력도 점점 향상되었다. 다른 모임에 가서 비교해 보면 잘 치는 축에 속한다. 세월이 흘러 사촌들과 만나 고스톱을 치면 대등하든지 이길 때도 가끔 있다. 모두가 놀란다. 옛날 실력이 아니다, 이제는 못 이기겠다는 등 내 실력을 인정해 주었다.

잘되어 딸 때가 있으면 옛날에 삼촌들께서 하시던 대로 더 보태어 조카들에게 용돈으로 나누어 준다.

그날 운이 좋아 잘되는 사람은 잘 안되는 사람에게 잘되게 조금씩 밀어주기도 한다. 시간이 되어 끝이 나면 딴 돈을 균등하게 나누어 준다. 모두가 그렇게 하는 모습들이 좋아 보였다.

〈손자녀들이 그린 그림 15〉

　최근에는 친구들 대부분이 정년 퇴임을 하고 각자 생활을 하고 있다. 고향 친구들끼리 매주 가는 등산 모임을 지금까지 하고 있다. 오전 산행을 하고 점심을 먹고는 고스톱도 친다.

　등산 모임이니 산행이 중요하지만, 마무리 놀이인 고스톱도 즐거운 일 중의 하나이다. 그래서 결과가 더욱 공평해지면서 우열을 다투는 방법을 모색했다.

　최근의 방법은 5만 원을 내놓고 시작한다. 점심값이든 저녁값이든 메뉴판의 금액을 계산해 합산하여 1등과 꼴찌의 금액 차이를 등수에 따라 1,000원 내지 2,000원으로 정하여 분담금을 정해놓는다. 그리고 나서 게임을 시작한다. 귀가 시간이 되어 끝나게 되면 우승자는 우승으로 기분이 좋고 꼴찌는 많이 잃었지만, 마무리 정산할 때 환급받아 기분이 좋다. 결국은 N분의 1 식사값에서 2·3천원 적게 내든지 많이 내는 것으로 식사를 하고 즐거운 하루의 등산을 마무리한다. 모두가 부담 없어서 즐거워한다.

화투놀이는 어린 시절이나 할아버지가 된 지금도 여유가 있을 때 사람들과 함께 부담 없이 심심풀이 겸 즐거운 시간을 보낼 수 있는 좋은 놀이인 것 같다.

역사,
누군가가 남긴
발자취

6·25 사변

1950년 6월 25일 일요일 새벽에 전쟁이 일어났다. 어떤 사람은 동족 간 전쟁이라 동란이라고도 하고, 6·25 사변, 6·25 전쟁, 한국 전쟁이라고 하기도 한다. 어쨌든 제2차 세계 대전 이후 가장 많은 사람이 죽은 큰 전쟁이었다. 내가 다섯 살 때였다. 그때는 전쟁이 어떤 것인지도, 왜 일어나는지도 모르던 시기였다.

세월이 한참 흐른 뒤에서야 군사 전문가와 역사학자들이 여러 가지 설을 제시하면서 갑론을박하는 것을 보았다. 여러 의견을 종합해 결론을 내려보면, 6·25 전쟁은 일본이 제2차 세계 대전에서 패망하면서 미국을 중심으로 한 연합국과 소련을 중심으로 한 공산국가 간의 냉전 시대의 다툼으로 인한 정치·군사적인 산물(産物)이다.

내 삶을 여기에 담아본다

2차 대전 후 38선 이북은 소련이, 이남은 미국이 신탁 통치하기로 하였는데, 남과 북이 서로 신탁이니 반탁이니 하면서 의견의 일치를 보지 못하고 싸움박질만 하고 있었다. 이때 남북이 갈라지게 되었고 이북은 김일성 정권이, 이남은 이승만 정권이 들어서게 되었다.

 38선을 경계로 남북 간의 군사 충돌이 빈번히 이루어지고 있었다. 국지전이 계속되던 중 김일성은 소련의 허가와 중국의 협조로 무력을 증강하여 대공세를 시작한 것이 6·25 사변이다. 이것을 외국에서는 한국 전쟁이라고 부른다.

 남침이냐 북침이냐로 왈가왈부하지만, 역사적 팩트는 북쪽이 막강한 화력을 사전에 준비하여 전쟁을 일으키고 3일 만에 서울을 함락시켰다. 미국의 트루먼 대통령은 UN 회의를 소집하여 연합군(UN군)을 창설했다. 한국 전쟁에 참가국이 16개국, 의료 지원이 5개국, 기타 물자 지원을 한 나라가 38개국이나 되었다.

 맥아더의 인천 상륙 작전과 중공군의 인해전술로 1·4 후퇴를 겪으면서 1953년 7월에 휴전협정을 맺고 현재까지 휴전 상태로 남북이 서로 군사적 대결을 하고 있다.

 낙동강과 조금 떨어진 곳인 밀양은 북한군이 직접 쳐들어오지는 않았지만, 전쟁의 모습을 간접적으로 경험할 수 있었다. 전쟁터로 나가는 청년들을 마을 사람들이 모두 모여 환송해 주었다. 청년들의 부모님이나 친척들은 언제 돌아올지 모르는 자식을 보내는 심정에 북받쳐 대성통곡하기도 했다. 군용 트럭으로 소총을 든 군인들이 이동하였고 정찰 비행기와 전투기가 시도 때도 없이 날아다녔다.

먼 하늘에 제법 큰 비행기가 날아가면 하늘에는 하얀 줄이 생긴다. 어른들은 그 비행기를 B-29라 불렀다. 어마어마하게 많은 폭탄을 싣고 다니는 폭격기라 했다. 2차 대전 때 일본군에 끌려간 사람이나 강제 노역을 갔던 어른들은 그 비행기의 위력에 공포를 느꼈고, 비행기만 보면 겁에 질려 벌벌 떠는 사람도 있었다.

일본 히로시마와 나가사키에 원자 폭탄을 투하한 비행기가 그 유명한 B-29 폭격기였다. 일본 사람들은 이 비행기가 저주스러울 것이다. 일본 사람들의 전쟁 이야기나 기타 서적 자료들을 보면 B-29를 저주와 공포의 상징물로 표현하기도 한다. 우리에게 B-29는 8·15 광복을 앞당겨 준 것이기도 하다.

공포는 순간이 아니고 과정이다. 총알이든 원자 폭탄이든 맞고 터질 때는 오히려 담담하다. 그러나 그것이 우리 곁에 다가오는 그 시간이 더 무섭다. 어릴 때 잘못을 저질러 놓고 부모님께 야단맞을 걱정을 할 때나 높은 언덕에서 뛰어내릴 때 떨어지기 직전이 무섭다. 떨어지고 나면 아무렇지도 않게 순순히 그 결과에 순응하는 것과 같은 것이다.

내 삶을 여기에 담아본다

영남 지방에 사는 나의 주변 사람들은 전쟁이 났다고, 난리가 났다고 우왕좌왕하면서 마음이 들뜨고 있었고 두려워했다. 나는 어렸기에 어리둥절하기만 했다. 전쟁이 무엇인지 왜 전쟁이 일어나는지를 그때는 알 수가 없었다. 백인과 흑인들이 지프차와 군용 트럭을 타고 마을 앞 신작로에서 창녕 낙동강 방면으로 쉴 새 없이 줄을 잇고 있었다. 국도인데도 도로포장이 안 되어 있어서 차가 지날 때마다 도로에는 먼지가 뽀얗게 날렸다.

도롯가에서 친구들과 놀고 있을 때 군용차들이 지나가면 아이들은 헬로와 오케이를 외쳐댄다. 헬로와 오케이가 무슨 말인지, 무슨 뜻인지 모르며 어디서 주워들었는지도 모르면서 외쳐댄다. 그러면 군인들이 무엇을 던져준다. 추잉 껌이면 행운이고 일회용 커피의 빈 껍질이면 재수 없는 날이다. 나도 친구들을 따라 헬로, 오케이를 외쳐본 기억이 있다. 어른들은 난리가 났다고 긴장하고 있는데, 철없는 꼬마들은 환영이라도 하듯이 손을 흔들면서 헬로와 오케이를 외쳐대던 기억이 선명하다.

우리 마을 뒷산인 화악산을 넘어 청도면을 지나면 창녕군이고 거기에서는 낙동강 방위 전선을 만들어 최고로 치열한 전투가 벌어지고 있었다. 대포 쏘는 소리가 들리기도 하고 밤이면 폭탄이 터지는 불빛이 먼 산 너머에서 번쩍이기도 했다. 대포 쏘는 소리의 진동으로 창문이 드러렁드러렁 떨리기도 했다.

그때 헬로, 오케이를 외쳐대면서 껌을 얻어먹었던 일들이 어른이 된 뒤에 자꾸 마음에 께름칙하게 걸리고 자존심이 상했다.

몇 년 전에 캄보디아 앙코르 와트에 여행 갔을 때 거기에 사는 꼬마들이 우르르 몰려와 돈을 달라고 손을 내미는 일이 있었다. 내 어린 시절이 떠올랐다. 주고 싶으나 모두에게 다 줄 수는 없는 형편이었다. 옛날의 유엔군들처럼 던져주고 싶지 않았다. 그래서 모두 모이게 했다. 토너먼트 경기같이 가위, 바위, 보로 승자를 뽑아 가다가 최종적으로 남은 몇 명에게 용돈을 주었다. 나도 기분이 좋았고 꼬마들도 수긍하면서 좋아했다.

전쟁이 어떻게 진행되는지는 알 수 없는 나이였다. 멀리 놀러 다니지 말고 밤에 사이렌 소리가 나면 불을 끄는 등 어른들이 시키는 대로 할 뿐이었다. 피난을 가기 위해 어머니께서 재봉틀로 니꾸사꾸(일본어, rucksack, 배낭)를 만들어 형과 나의 등에 메어보라고 하시던 장면도 눈에 선하다. 폭격을 피하고자 개천의 터널식 수로 안에서 피신 연습을 해보기도 했다. 비상식량으로 미숫가루를 너무 많이 만들어 놓아서 피난을 가지 않았기에 질리도록 많이 먹었다.

낙동강 방위 전선도 조용해졌다. 한참 후에 안 일이지만 인천 상륙 작전의 성공으로 국군이 북진하게 되어 전세가 역전되었다고 했다. 하늘에는 전투기가 여전히 많이 날아다니고 있었다.

내 고장 밀양에는 전투가 없었다. 임진왜란 때 일본군은 밀양을 경유해서 한양으로 쳐들어갔는데 6·25 사변 때 밀양은 전쟁의 화를 입지 않았다. 동네 어른들 말씀으로는 우리 마을의 아랫동네에서 자랐던 사람이 김일성의 측근 참모여서 밀양으로는 진격하지 말고 창녕, 마산으로 해서 부산으로 가라고 하여, 고향인 밀양에는 피해를 보지 않도록 했다는 이야기도 있었다.

마을 사람 중에는 전쟁에 끌려가서 사망한 사람도 많았다. 우리 집에 머슴으로 일하던 아저씨도 전쟁터에 나간 후 전사 편지가 왔다. 그의 모친은 실성한 듯 우리 집에 와서 자주 울부짖었다. 그런데 얼마 후 살아서 집으로 돌아왔다. 포로로 잡혀갔다가 기적적으로 도망쳐서 구사일생으로 살아왔다고 했다.

할아버지 댁과 우리 집은 살림이 좀 넉넉해서인지 피난민들이 집 앞마당에 많이 모여 있었다. 좁은 방이나 마당에서 며칠씩 쉬어 가는 사람들도 있었고, 지나가면서 한 끼 식사를 얻어먹고 가는 사람들도 있었다. 말이 피난민이지 거지와 다를 바 없었다. 전쟁 폭격으로 폐허가 된 것을 그 당시에는 본 일이 없지만 피난민들의 모습은 많이 보았다. 보따리 짐 한 개 매고 혼자이거나 가족이 고향을 떠나 남쪽으로 며칠씩 걸으면서 시골의 우리 마을까지 왔으니 그 모양새가 정말 처량해 보였다.

전쟁이 소강상태로 접어들고 지리산 등 산골에서 소규모 국지전이 벌어지기도 했다. 유엔군의 이름으로 전투 지원 16개국과 의료 지원 참전 5개국이 있어서 한국 전쟁을 치르는 동안은 원조 물자와 구호품이 엄청 많았다. 초등학교에서는 드럼통에 담긴 분유를 전교생에게 나누어 주었고 전투 식량인 씨레이션도 집집마다 배급해 주었다.

전쟁으로 인해 변한 것이 많다. 그때는 어린 나이여서 세상을 보는 눈이 생활 주변에 국한되어 있었다. 6·25전에는 치즈나 분유, 커피, 껌, 젤리, 햄 등은 듣도 보도 못한 물품들이었다.

나는 마을에 있는 지서(지금의 경찰 파출소) 순경 아저씨와 친해져서 M-1 소총 탄알을 많이 얻었다. 탄두를 기술적으로 잘 빼고 나면 까만 탄약을 제법 많이 얻을 수 있다. 탄약에 불을 붙이면 픽 하고 소리를 내면서 폭발하기도 하고, 고무줄같이 길게 늘어놓고 불을 붙이면 도화선같이 빠른 속도로 불길이 타는 장난도 많이 했다.

기독교 등 해외의 민간 구호 단체나 외국인들이 가난하고 폐허가 된 한국과 한국인을 많이 도와주었다. 그때가 생각나서 굿네이버스 등 국제 구호 단체에 매년 기부금을 낸다. 아프리카 에티오피아의 결식아동을 위한 기금으로 써달라고 용도를 명시하여 지정 용도 기부를 하기도 했다.

3년 동안의 전쟁이 끝난 후 사회는 어수선했다. 미친 사람과 정신병자가 많이 생겨났다. 벌거벗고 다니는 사람은 부끄러운 줄을 모르고 돌아다녔다. 고통과 인내의 한계를 넘어버린 불쌍한 사람들이 너무도 많았다.

내 삶을 여기에 담아본다

그때 그 많던 피난민들이 어디서 무엇을 하고 먹고 자고 했는지 지금까지 그때의 걱정과 궁금증이 풀리지 않고 있다. 이슬과 서리를 맞지 않은 장소면 어디든지 잘 수 있다고 하면서 처마 밑도 괜찮다고 잠을 청하던 사람들, 따뜻한 숭늉 한 그릇이라도 좋으니 달라고 하던 사람들, 부산 마산 남해 등 남쪽으로 내려간 사람들이 걱정되었다. 그때의 어른들은 거의 다 저세상으로 갔을 거고 꼬마들은 할아버지가 되어 있을 것이다.

피난민들이 타향에 와서 정착하기는 무척 힘들었을 것이다. 거칠고 억세고 강하지 않으면 살기 어려웠고 무척 힘들었을 것이다.

거지들이 하루에도 열 번 이상 대문 앞에서 밥 달라고 하고 곡식을 달라고 하기도 했다. 거지인지 피난민인지도 구별되지 않았다. 전쟁으로 파괴된 일들이 너무도 많았다.

지금도 종교 문제 등으로 전쟁을 치르고 있는 중동 지방의 피난민과 난민 수용소 사람들과 비교해 보면, 6·25 전쟁 당시가 더 힘들고 어려운 상황이었다고 판단된다.

전쟁은 없어야 한다.

남북이 휴전 상태에 있어서 조금은 불안하지만, 수백만 명의 목숨을 앗아가는 전쟁은 어떠한 정치적 목적으로도 일으켜서는 안 되는 일이며 일어나서도 안 된다. 핵무기의 시대에서는 더욱더 전쟁을 해서는 안 된다. 핵전쟁이 일어나면 한반도는 사람이 살 수 없는 땅이 되고 한민족도 지구상에서 사라질 것이다. 전쟁은 인간만이 일으키는 것이고 최고의 악이다. 자연의 순리에 어긋나는 행동이다. 대자연의 순리에 역행하면 멸망이 있을 뿐이다.

전쟁의 참상은 이루 말할 수 없이 잔인하므로 전쟁은 인류 사회에서 영원히 사라져야 한다.

내 삶을 여기에 담아본다

한반도 역사

인류는 약 700만 년 전에 아프리카에서 기원한 것으로 추정한다. 유럽, 아시아로 서서히 이동하던 중 200만 년 전에 빙하기를 거치면서 거의 멸종되다시피 사라졌다가 5만 년 전쯤에 생물학적으로 현재의 인류와 거의 비슷하게 직립 보행하고 두뇌 용적도 1,300mL로 커지고 간단한 언어도 사용할 줄 아는 호모 사피엔스가 지구 곳곳으로 퍼져나가기 시작했다.

중국은 200만 년 전이고 시베리아는 100만 년 전이고 충북 단양의 동굴에서 발굴된 유적과 유물은 70만 년 전이라고 주장하는 학자들도 있다.

지구는 10억 년 전에도 빙하기가 있었고 조금 따뜻해져서 얼음이 녹기 시작하는 간빙기가 왔다가 또 빙하기가 되었다. 또다시 간빙기가 되는 일이 반복되다가 약 200만 년 전에 빙하기가 찾아와 거의 모든 생물은 멸종되었고, 또다시 진화를 거듭하면서 생존한 생물들이 현재에 살아가고 있다. 지금도 멸종하는 동식물이 있으며 새로 탄생하거나 진화하는 생명체들이 많이 있다.

사람의 유전자도 서서히 변화가 일어나고 있다. 환경 변화에 따른 생존을 위한 것이 변화이고 진화이다.

우리의 조상은 언제부터 한반도에 정착하여 살아왔을까? 구석기 말에서 신석기 초기로 짐작된다. 석기를 갈고 다듬어서 쓰게 된 신석기 시대는 기원전 5000여 년 전쯤 되는 것 같고 그 시기에는 석기는 물론 토기도 만들어 썼다.

구석기 시대에는 주로 수렵과 채집 생활을 하였으며 사회 구조는 씨족 사회였다. 신석기 시대로 접어들면서 구석기 시대의 생활은 쇠퇴하고 농업 기술이 발달하면서 정착 생활을 하기 시작했다. 토기를 만들어 씨앗을 보관하고 먹거리도 저장하게 되면서 사회는 씨족 사회에서 부족 사회로 바뀌어 가고 있었다. 부족 사회는 씨족 사회보다는 생산적이고 여러 씨족이 함께하는 부족 사회 단위가 생존하기에도 유리하기 때문이었다.

이 시기에 한반도에 사람들이 살았던 흔적들이 유물로 나타나고 있다. 한반도 남쪽보다는 북쪽의 사회가 좀 더 빨리 발전하여 부족 사회를 이루어 살았다. 압록강 유역에서 강력한 부족이 나타나기 시작했다. 부족 간의 세력 다툼으로 더 큰 부족이 생기고 집단화된 부족들은 종족을 탄생시키게 된다. 이들 부족을 모아 건국한 것이 고조선이다.

고조선의 종족들은 더욱더 세력을 확장하여 기원전 2000년경에는 요동반도와 지금 중국에서 말하는 동북 3성인 요령성, 길림성, 흑룡강성 등을 포함하는 광활한 지역을 차지했다. 한반도 주변에는 거란족, 말갈족, 선비족, 여진족, 몽골족, 만주족 등이 삶의 터전을 이루고 그 뿌리를 잃지 않고 유지하면서 크게 성장하기도 하고 서서히 소멸해 갔다.

고조선은 "삼국유사(1201년 고려 일연 스님이 씀)"에 처음으로 기록되어 전해져 내려오고 있다. 단군왕검이 기원전 2333년에 고조선을 건국하여 8조법으로 나라를 다스렸으며 유물로는 고인돌과 비파형 동검 등이 있다. 고조선은 신석기를 거쳐 청동기 시대까지 이어오다가 기원전 108년에 중국의 고대 국가인 한나라에 의해 멸망했다. 고조선을 멸망시킨 한나라는 그 자리에 한사군을 설치했다.

그 후 부여족의 주몽이 압록강 유역에서 기원전 37년에 고구려를 건국하여 영토를 확장했다. 서기 31년 고구려의 15대 미천왕 때에는 중국 세력인 한사군을 완전히 몰아내고 옛 고조선의 땅을 회복했다. 19대 광개토대왕(374~412년) 때에는 가장 광활한 땅을 차지하는 동북아시아의 최강국이 되었다. 광개토왕 비문에도 있듯이 바다를 건너가 왜를 쳐부쉈다고 기록하고 있다. 고대 시대부터 일본 민족은 이웃 나라를 괴롭히고 있었다.

고구려 26대 영양왕(590~618년) 때 중국은 한나라가 멸망한 후 서진, 동진, 남조, 북조를 거치면서 오랫동안 분열되어 오던 중 수나라의 문제가 중국을 통일한다. 수나라는 고구려를 침공하였으나 30만 대군이 전멸되었다. 그 후 수문제의 아들 수양제가 대군을 이끌고 요동성을 공격하였으나 을지문덕 장군에게 살수에서 또 전멸당했다. 중국을 통일한 수나라는 고구려 침공 때문에 국력이 쇠하여 3대 38년간 존속하다가 당나라에 망하고 역사 속으로 사라졌다. 고구려도 국력이 쇠하여 28대 보장왕(642~668년) 때 당 태종의 침공과 떠오르는 당나라의 세력을 감당하지 못하고 신라와 당나라 연합군에게 멸망했다.

백제는 고구려를 건국한 주몽의 아들인 비류와 온조가 세운 나라이다. 이복형인 유리가 멀리서 찾아와 주몽의 뒤를 이어 고구려 2대 왕이 됨으로써 비류와 온조는 왕세자 자리를 빼앗기고 고구려를 떠나 남으로 내려오다 한강 유역에서 자리를 잡고 건국한 나라가 백제이다. 백제도 세력을 확장하여 한강 이남의 토속 부족 국가인 마한과 변한을 흡수하고 한강 이북 고구려의 영토까지도 차지하게 되었다.

삼한 중의 하나인 진한에서 시작한 신라가 팽창함으로써 백제는 한강 유역인 위례성에서 공주와 부여로 천도하게 된다. 이로써

내 삶을 여기에 담아본다

고구려, 백제, 신라의 삼국시대가 시작되었다.

고구려 신라, 백제 세 나라는 삼각관계였다. 신라와 백제가 100여 년 동안 동맹하여 고구려에 대항하기도 하고, 백제와 고구려, 고구려와 신라도 필요에 따라 서로 연합하는 관계였다. 영원한 적도 영원한 우방도 없는 것이다.

호남 지방의 풍부한 물자로 인해 여유 있는 삶을 누린 백제는 예술 문화면에서 특히 발달했다. 그 유전자가 지금까지도 전해지는 것 같다. 백제는 중국과의 교류도 활발하였고 일본에도 다양한 지식을 전수해 주었다. 일본은 백제로부터 많은 문명을 배워갔다. 백제의 마지막 의자왕은 초기에는 선정을 베풀어 백성들의 추앙을 받았지만, 중기 이후 궁녀와 더불어 향락에 빠져 국사를 소홀히 했다. 이때를 틈타 신라의 김춘추는 당나라와 외교전을 펼쳐 나당 연합군을 만들어 백제를 침공했다. 김유신의 신라군 5만 명과 계백 장군의 5,000명은 황산벌에서 결전을 벌인 후 계백의 백제군은 전멸당했다. 소정방이 이끄는 당나라군은 백마강을 거슬러 올라오고 신라군은 육지로 와서 소부산성을 공략함으로 궁녀들은 낙화암에서 백마강으로 몸을 날린다.

수십만 명이 목숨을 잃은 백제의 옛 땅인 백마강을 두 번이나 찾아가 그때의 일들을 회상해 보았지만, 백마강은 아무 말 없이 유유히 흐르고만 있었다.

신라는 기원전 57년 한반도 남부 지방에 있었던 삼한 중의 하나인 진한에 해당되는 지역으로, 경주 지역의 6개 부족 촌장들이 박혁거세를 왕으로 추대하여 국가 형태를 갖추어 세워진 나라이다.

신라는 고구려와 백제의 힘에 밀려 꼼짝 못 하고 있다가 22대 지증왕 때부터 왕으로 부르기 시작했다. 이때부터 국운이 성하기 시작했으며 진흥왕을 거쳐 문무왕 시대까지가 전성기였다. 금관가야의 마지막 왕의 증손자인 김유신과 29대 무열왕 김춘수는 처남과 매부 사이로, 김유신의 둘째 여동생이 김춘추의 부인이 되었다. 두 사람은 서로 협력하여 무열왕은 재위 7년 만에 당나라의 힘을 빌려 백제를 멸망시키고(660년), 그의 아들 문무왕도 당나라의 힘을 빌려 고구려를 멸망시킴으로써(668년) 변방의 신라가 삼국을 통일했다. 삼국을 통일한 신라는 서서히 당나라의 세력을 한반도에서 몰아내기 시작하였으며 강력한 국력을 자랑했다.

신라는 차츰 당의 제도와 문화를 받아들여 불교 문화를 번창시켰다. 불국사와 석굴암은 35대 경덕왕(756년) 때에 만들었다.

삼국시대 초기에는 대동강 이북 중국까지가 고구려 땅이고 전라북도, 충청도, 경기도, 남부지방이 백제 땅이며 전라남도는 마한 땅으로 남아 있다가 백제 근초고왕 때 흡수되었다. 그리고 경상북도와 강원도 일부가 신라 땅이고 경상남도는 가야국이었다.

지금의 대한민국(大韓民國), 한국(韓國)의 이름에 한(韓)이라는 이름을 사용하는 이유는 한반도에 오래전부터 살아온 토속 민족을

내 삶을 여기에 담아본다

한(韓)족이라 불렀기 때문이다. 고조선이 망한 후 남쪽으로 내려온 민족이 한반도로 내려와 토속 민족과 어울려 살았으리라 추정한다. 중국의 한(漢)족과는 발음상 같으나 연관성이 전혀 없으며, 한반도의 우리 민족을 인류학적으로 분류하면 한(韓)족이기 때문에 한(韓)이라는 글자를 쓴다고 생각한다.

신라가 삼국을 통일한 뒤 멸망하기 전 후삼국시대가 50년쯤 지속된 후 고려의 왕건이 한반도를 통일했다.

신라의 마지막 왕인 경순왕은 군사들을 모아놓고 신라의 전 국토를 왕건에게 바쳐 항복하는 것이 어떠냐고 물었으나 군신들은 묵묵부답이었다. 태자가 천년사직을 경솔하게 남에게 넘길 수 없다고 호소하였으나 왕은 항복 문서를 쓰도록 했다. 그 후 태자는 삼베옷을 입고 승려가 되어 해인사와 용문사를 전전했다.

신라는 56대 992년간 존속하다가 서기 935년에 국가를 고려의 왕건에게 넘긴다. 신라는 삼국을 통일한 후 270년 만에 자멸하게 되었다.

발해는 신라가 삼국을 통일하였을 때 고구려의 장수인 대조영이 고구려 유민들과 말갈족을 모아 세운 나라이다. 10대 선왕 (818~830년) 때는 해동성국이라 부를 정도로 문화적, 군사적으로도 융성했다. 이 시기에는 동쪽으로는 흑룡강, 송화강에 이르고 서쪽으로는 압록강 하구의 거란과 요동에 접하고 남으로는 대동강 원

산만까지 뻗쳐 신라와 접해 있었다.

발해는 거란의 침공을 받아 14대 228년 만에 망했다. 발해의 모든 생활 풍습은 고구려의 전통을 이어받았다. 중국은 고구려와 발해를 중국 변방에 있었던 중국 민족이라고 주장하고 있으며, 2002년 동북공정이라는 역사 프로젝트를 만들고 막대한 예산을 투입하여 동북 3성인 지린성, 요령성, 흑룡강성의 역사를 중국 역사로 편입하려고 하고 있다. 한반도가 통일되고 국력이 강해졌을 때 영토 분쟁이 일어날 가능성을 미연에 방지하고자 하는 술책이다.

대한민국은 2006년 동북아 역사 재단을 만들어 이에 대응하고 있다. 역사는 강한 자가 만들어 가는데 예산과 역사 자료가 너무나 부족하여 싸움에서 이길지 궁금하다.

고려 태조 왕건(877~943년, 재위 918~943년)은 개성에서 덕망 높은 지방 호족의 아들로 태어났다.

삼국을 통일한 신라가 무너지기 시작할 때 옛 고구려 땅에 생겨난 후고구려의 궁예 부하로 들어갔다. 왕건은 여러 전투에서 승리를 거둔 훌륭한 장군이었다. 궁예가 실정을 되풀이하자 민심이 왕건에게 향하게 되었다. 왕건은 여러 호족의 추대를 받아 42세에 왕위에 오르게 된다. 관제를 개혁하고 국가의 토대를 굳건히 하였고 발해의 유민들도 받아들였다. 고구려의 후손임을 상징하느라 국호를 고려라 정했다. 30여 개의 지방 호족 세력들을 규합하여 국가 통치의 기반을 잡았다. 호족과의 친분과 관계를 위하여 왕후를 6명이나 거느리게 되었고 후궁도 24명이나 두었다.

　단군 이래 여느 때와 마찬가지로 고려 때도 외침이 많았다. 고려 초기 6대 성종 12년(992년) 왕건이 고려를 세운 지 50년 만에 1차 거란의 침입이 있었고, 서희는 탁월한 외교 능력으로 대군을 물리치고 고구려 땅이었던 압록강 동쪽 6주를 돌려받기도 하고, 낙타와 말, 염소 1,000마리, 비단 500필까지 받아왔다. 거란의 2차 침입 때는 수도 개경까지 함락되었으나 강감찬 장군이 거란의 40만 대군을 섬멸시켰다. 그 후 거란은 무력으로 고려를 굴복시키려는 야망을 버렸다.

　고려는 11대 문종(1046~1083년, 재위 36년) 때가 전성기였고 의천 등 승려들은 불교 문화를 꽃 피웠고, 나라는 태평성대였다. 송나라 등 외국과의 교역도 활발하였으며 서방세계에까지 고려가 널리 알려졌다. 지금까지도 대한민국을 꼬레, 코리아 등 그때 그 이름으로 부르고 있다.

　고려의 개국 공신인 윤신달(파평 윤씨 시조)의 고손자인 윤관(파평 윤씨 5대손) 장군은 고려 문종 때 문과에 급제하여 벼슬을 하다가 병마도통사가 되어 여진 정벌에 나서서 함경도 지방에 9성을 쌓아 여진을 평정하고, 예종 때는 문하시중(지금의 국무총리)이 되어 국사를 담당했다. 이 시기에는 국방이 튼튼하였고 백성들은 태평성대를 누렸다.

17대 인종 이후 이자겸의 난, 묘청의 난, 무신정변 등이 일어나 나라는 쇠퇴의 징조가 나타나기 시작했다.

왕권이 무너지고 문벌들이 정치를 하게 되어 싸움박질만 했다. 23대 고종 때에는 칭기즈칸 군대의 침입을 받아 왕실이 강화도로 옮겨지고 30년간이나 항쟁하다가 왕자를 볼모로 보내고 화친하게 되었다. 그 이후 고려는 몽골족의 속국과 마찬가지 신세가 되어 몽골(이후 원으로 개칭)이 시키는 대로 할 수밖에 없었다.

정치가 당파로 나누어져 사리사욕을 취하게 되면 국력이 약해지고 이웃 나라들은 호시탐탐 기회를 노리고 있다가 침공하는 것이 역사의 진리인데, 백성과 국민을 위한다고 떠들면서 권모술수를 행하는 일들이 한반도에서는 왜 그리 많이 일어나고 있는지. 가슴이 답답하다.

원나라가 6차례나 침략하였기에 고려의 피해는 너무나 컸다. 잡혀간 사람만 20만 명이 넘고 처녀와 아낙네까지도 끌려갔다. 국고가 텅 빌 정도로 조공도 많이 바쳤다. 원의 두 차례에 걸친 일본 원정길의 길잡이가 되었고, 군선과 군량미를 조달하느라 백성들은 굶어 죽을 지경이었다. 부처님의 힘으로 원나라의 행패를 막아달라는 소망으로 팔만대장경을 만들기 시작했다.

23대 고종 이후 역대 왕의 세자를 원나라에 인질로 보냈으며 몽골족의 공주와 강제 결혼까지 하게 되었다. 그 후 25대부터 원나라에 충성하겠다는 의미로 임금의 이름에 충성 '충' 자가 들어간

내 삶을 여기에 담아본다

다. 충렬, 충선, 충숙, 충혜, 충목, 충정왕 등이다.

31대 공민왕도 어린 시절 원나라에서 자랐으며 원의 노국 공주와 결혼했다. 왕은 원나라의 시종 노릇을 하기에 바빴다. 고려 중기 이후부터는 외척과 문벌의 세력 다툼으로 국정이 더욱더 혼란에 빠져 국운이 극도로 쇠약해졌다. 나라가 나라 꼴이 아니었다.

정도전과 이성계는 새로운 국가를 만들 계획을 세우고 있었다. 원의 국력이 쇠약하여 비어 있다시피 한 요동 땅 정벌에 나선 이성계는 위화도에서 회군하여 권력을 장악한다. 이때 중원에서는 북방 세력인 원나라가 약해지고 남방에서는 주원장이 1368년에 명나라를 건국하고 북방으로 세력을 넓히고 있었다.

최영 장군과 이성계 장군과의 권력 다툼으로 최영은 처형당하고 충신 정몽주마저 선죽교에서 철퇴를 맞게 되니, 고려는 망할 수밖에 없었다. 고려는 34대 475년 만에 망하고 이성계가 1392년에 조선을 건국했다.

태조 이성계는 고려 말의 장군으로서 요동 정벌을 위해 위화도까지 갔다가 회군하여 쿠데타를 일으켜 정권을 잡고 새로운 나라를 세운다. 고조선의 후계자임을 강조하는 의미로 국호를 조선이라 정했다. 고려와 조선은 한반도 역사의 뿌리를 알고 국호를 잘 정한 것 같다.

이성계의 고조부인 이안사는 전주에서 향리로 지내다가 원나라가 지배하고 있던 지금의 함흥 부근에 있는 쌍성총관부로 이주하게 되고 아버지 이자춘은 원나라의 지방관리를 했다. 고려가 쌍성총관부를 탈환하는 데 도움을 준 이자춘은 고려의 벼슬을 하게 되고 아들인 이성계도 아버지를 따라 무술을 연마했다. 이성계는 기골이 장대하고 특히 활을 잘 쏘기로 유명했다. 무학대사를 찾아가 꿈 이야기를 했더니 왕이 될 꿈이라 했다. 이성계는 고려 조정에서 벼슬을 하면서 홍건적의 난을 진압하고 원나라의 침입을 막았으며 잦은 왜국의 침입도 격퇴해 이름을 널리 알렸다.

고려 말 왕실에 충성하는 자와 새로운 신진 개혁 세력에 가담하는 자와의 갈등이 심화되고 있었다. 이성계에게 정도전 등 개혁 세력의 인재들이 많이 몰려들었다. 정몽주, 이색, 최영 장군 등 고려의 충신들은 처단되고 조선이 건국하게 된다.

이성계(1335~1408년)는 부인 3명에 8남 5녀를 두었다. 태종 이방원은 5남으로서 조선 건국의 일등 공신이었다.

조선의 통치 3대 원칙은 숭유억불, 농본주의, 사대주의(以小事大)였다. 태조 이성계는 수도를 개경에서 한양으로 옮겨 민심을 수습하고 새 왕조의 새 터전을 마련하고자 했다. 태조 3년에 궁궐 공사를 시작하여 경복궁을 완성하고 태조 6년에는 성곽까지 완성하여 동서남북으로 남대문 등 4대문과 서소문, 광화문 등 8개의 소문도 만들었다.

재위 6년(1392~1398년) 후 왕권 다툼으로 자식들이 왕자의 난을

　　　　　　　　내 삶을 여기에 담아본다

일으킨 것에 분노를 느껴 모두 버리고 함흥으로 떠났다.

　태종의 셋째 아들 4대 왕 세종은 학문을 좋아하는 덕망 높은 성군이다. 전제정치(왕권정치)에서 임금의 지위는 절대적인 것으로 임금이 총명하면 그 밑에 있는 신하들도 충성을 아끼지 않는 것이 고금의 역사다. 세종은 재위 32년(1418~1450년) 동안 많은 업적을 남겼다. 정치, 사회, 경제, 문화, 과학, 음악 등 전 분야를 발전시켰다.
　집현전을 만들어 많은 인재를 양성하였으며 한글을 만들었다. 천문 관측기인 혼천의와 시간 측정기인 해시계와 물시계, 농업을 위한 측우기를 만들었으며, 박연 등을 통해 아악을 크게 발전시켰다. 또 철탄환을 사용하는 화포를 전면 개량하고, 김종서를 시켜 6진을 개척하고 압록강과 두만강 이남을 조선의 영토로 만들었으며, 이종무를 시켜 대마도를 정벌했다. 이때 정해진 국경이 오늘날까지 이어져 오고 있다.
　황희, 맹사성 등 원로 정치인과 성삼문, 박팽년 등 수많은 젊은 학자들이 배출되어 우리나라 역대 군주 중 가장 찬란한 업적을 남겼다.

　세종의 첫째 아들 문종은 병약한 데다가 밤일을 좋아하는 왕비를 감당하지 못하고 즉위 2년 만에 병사하고 열두 살의 단종이 후계로 왕위에 오른다. 권력이 조정 대신들로 옮겨가는 것을 본 세종의 둘째 아들 수양대군이 조카의 왕위를 찬탈하고 왕권을 더욱 강화해 간다. 한명회 일당이 만든 살생부로 사육신과 생육신 등의 반대파를 처형했다.

9대 성종(1469~1494년) 때 "동국통감", "동국여지승람" 등을 편찬하였고, 특히 나라의 기강이 되는 "경국대전"을 완성했다. 사림 학파의 원조 밀양 출신의 김종직은 영남의 선비들을 중앙에 대거 진출시켜 기성세력인 훈구파와 대립하게 되었다. 이때부터 당파 싸움의 징조가 나타났다.

14대 선조는(1567~1608년) 16세에 임금이 된다. 외척들의 싸움도 심하였고, 당시 동대문 근처의 김효원 집에 모여드는 사람을 동인이라 하고 서대문 심의겸 집에 모이는 사람들을 서인이라 하여 당파 싸움이 극심했다. 이율곡의 탕평책도 10만 양병책도 이루지 못했다.

선조 25년 1592년 임진년에 일본을 통일한 도요토미 히데요시가 유럽의 기술로 만든 조총을 주 무기로 조선을 침공했다. 조선 건국 후 꼭 200년이 되는 해이다. 콜럼버스가 아메리카 대륙을 발견(1492년)한 지 100년 후이다.

일본 왜군이 부산 앞바다에 도착한 지 한 달여 만에 조선 국토는 무참히 짓밟히고 선조는 압록강 부근의 의주로 도망간다. 도성은 아수라장이 되었고 경복궁과 창덕궁은 왜병이 쳐들어오기도 전에 이미 불바다로 잿더미가 되어버렸다.

내 삶을 여기에 담아본다

명나라의 도움으로 1년 만에 선조는 한양으로 다시 돌아오고 임진왜란은 소강상태였다. 권율의 행주대첩, 이순신의 한산대첩, 김시민의 진주대첩 등 3대첩 이외에도 곽재우, 김천일, 사명대사 등 지방 곳곳에서 의병이 일어나 왜의 침략을 막기도 했다.

명나라와 왜군과의 휴전협정에는 명나라 황녀를 일본의 후비로 삼을 것, 조선 8도 중 4도를 일본에 넘겨줄 것, 조선 왕자 및 대신 12명을 인질로 일본으로 보낼 것 등이 있었다. 이 협상이 결렬되자 정유년(1597년)에 왜군은 조선을 재침략한다. 정유년에 일어난 정유재란 때가 조선은 더욱 큰 피해를 보았다.

도요토미가 병으로 죽자 1598년 말에 6년 동안의 일본 침략이 끝이 났다. 전란으로 잠시 멈추었던 당파 싸움이 다시 격렬히 시작되고, 왕권은 쇠하였고 백성들은 임금과 조정을 믿지 않았다.

16대 인조(1623~1649년) 때 일본에서는 도쿠가와 이에야스가 도요토미의 뒤를 이어 권력을 잡고 에도 막부 정치를 하고 있었고, 중국에서는 명나라가 망해가고 있었다. 만주에서는 여진족을 통합한 누르하치가 후금국(청나라)을 세워 세력 다툼이 일어났다. 조선은 후금을 오랑캐 국가라 하여 교류하지 않았다.

인조 5년(정묘년) 누르하치의 아들 홍타이지가 뒤를 이어 세력을 더욱 확장하면서 조선을 침공했다. 대항하는 군사가 없어 파죽지세로 조선을 공격했다. 인조는 강화도로 피신하고자 했지만, 강화도 길도 점령당하여 남한산성으로 도망갔다. 12월 16일 청군은 남한산성을 포위했다. 화친을 시도했으나 실패하고 청의 뜻대로 항복하게 된다. 성문을 열고 세자와 함께 나와 지금의 잠실 삼전도 수향단 아래에서 무릎을 꿇고, 오랑캐라고 업신여긴 청나라에 신하의 예를 올리겠다고 머리를 땅에 부딪치면서 조선 국왕 인조는 항복했다.

임진왜란과 병자호란을 겪으면서도 조정은 대책을 세우지 못한다. 당파 싸움은 계속되고 국왕의 노력으로 싸움을 말릴 수가 없었다. 통치체계를 잃어버린 나라는 나라가 아니다. 국권이 무너지고 민심이 지도자를 따르지 않는 세상이 되었다. 조선왕조가 무너지는 징조가 나타나기 시작한 것이다.

토론과 화합으로 국력을 키우지 못하고 파벌 싸움이 계속되면 인재가 자랄 수 없다. 시기와 질투, 파벌 싸움 때문에 훌륭한 인재는 국정에 참여하지 않았고 참여했다가도 참변을 당하게 되었다.
서방의 문명은 빨리 발전하였고 일본은 서양의 문명을 받아들여 메이지유신으로 개혁 개방 정책을 실행했다. 일본의 국력은 날로 번창해 가고 있었다. 국제 정세를 알지 못하고 당파 싸움만 하는 조선은 한심하기도 했다.

조선은 숙종을 거쳐 영·정조 시대에는 왜의 침략 없이 안정을 취하는 것 같았으나 뿌리 깊은 당쟁은 그칠 줄을 몰랐다.

내 삶을 여기에 담아본다

영조 때 정약용의 부친은 과거에 합격한 관리였다. 계속 관직에 머물다가는 당쟁에 휩싸여 자식들마저 화를 입어 멸문될 것을 염려하여 영조의 부름에도 불구하고 고향인 마제(지금의 경기도 남양주 조안면 능내리)로 낙향했다. 뛰어난 재주를 가진 정약용의 형제들은 파란만장한 삶을 살았다. 정조의 총애를 받은 정약용은 귀양살이를 하면서도 세계문화유산인 수원화성을 설계하였고, "목민심서" 등 500권이 넘는 서책을 남겼다.

고종은 조선을 대한제국이라 칭하고 황제의 자리에 앉았지만, 기울어진 조선을 구하지 못하고 일본에 나라를 빼앗겼다.

일본은 청일 전쟁, 러일 전쟁에서 승리하고 동남아 국가들을 침략한다. 일본이 독일과 함께 제2차 세계 대전을 일으켰으나, 연합국에 패망하면서 대한제국은 36년 만에 해방이 되었다. 내가 태어난 해이다.

좌우익으로 정치는 혼란에 빠졌다. 전승국인 미국과 소련은 38선을 경계로 북은 소련, 남은 미국의 통치를 받게 되고 1950년 처참한 6·25 동란을 겪게 되면서 분단국가가 된다. 분단 이후에도 공산주의와 민주주의의 군사 대립이 심각해지고 남한에서는 당파의 주장만 내세우면서 정쟁이 심화되고 있었다.

혼란한 정국이 계속되던 중 1961년 박정희 장군이 군사 쿠데타를 일으켜 정권을 잡게 된다. 인권과 자유가 부분적으로 억압되기도 하였지만 대다수 국민은 지도자를 따랐다. 박정희는 "잘살아 보세 우리도 잘살아 보세"라고 외치면서 국민을 통합시켜 경제 발전에 매진했다. 아프리카보다 못한 세계 최빈국에서 세계 10대 경제 강국을 만드는 기초를 닦게 되었다. 지금은 대한민국의 국민 소득이 4만 불 시대로 접근하고 있어, 경제 대국으로 인정받으며 풍요로운 사회를 만들어 가고 있다.

국가란 무엇인가.

고조선 이후 현재의 대한민국에 이르기까지의 한국 역사를 중요한 부분만 간략하게 요약해 보았다.

국가는 영토와 그 영토에서 사는 백성들로 이루어진다. 영토가 없어도 안 되고 영토가 있어도 그 영토 안에 사람이 살지 않으면 국가가 되지 못한다. 왕이든 대통령이든 국가가 없으면 존재할 수 없다. 영토와 백성을 잘 관리하는 자만이 통치자가 될 수 있다.

한반도와 만주 지방까지 차지했던 고조선 이래에 많은 국가가 흥망성쇠를 거듭하면서 오늘에 이르고 있다. 영토를 확장하고 백성들이 평온하게 잘 살도록 하는 통치자는 역사에 남는 훌륭한 통치자가 되고 영토를 빼앗기고 백성들을 고통당하게 하는 통치자는 비판받는다.

전쟁은 수천 년 전이나 지금이나 인류 역사에 항상 있었다. 앞으로도 있을 것이다. 유럽, 아시아, 아프리카도 전쟁 준비를 하고 전

내 삶을 여기에 담아본다

쟁을 해오고 있다. 평화는 일시적이다. 전쟁의 멈춤이나 소강상태 또는 전쟁 준비 중일 때가 평화 시기이다. 개인이나 집단, 국가 심지어 근대 사회의 기업 간에도 전쟁을 하고 있다. 전쟁은 강한 자만이 승리할 수 있다.

영토를 빼앗기면 주권도 빼앗기게 된다. 백성들은 노예나 다름없는 취급을 받게 되고 착취당한다. 지도자는 사욕을 버리고 국가와 민족을 위하여 일해야 한다.

소집단이나 대집단 또는 국가의 지도자는 그 집단을 잘 이끌어갈 능력이 갖추어져 있어야 한다. 어릴 때부터 교육을 하고 경험을 쌓게 하여 지도자로 양성시켜야 한다. 입학시험과 경쟁에서 자란 청년들은 지도자의 자질이 부족하다. 역사와 지리를 알고 현 세계의 동향도 알고 민생도 통찰하여 단결된 힘으로 미래를 향해 전진할 수 있도록 끌어나갈 수 있는 지도자가 절실히 요구되는 시대이다. 현재의 정치인들도 정신을 차려야 한다.

수천 년 동안의 역사 흐름으로 보면 한반도에 살아온 우리는 시련과 고난을 많이 겪으면서 살아왔다.

광활한 평야 없이 태백, 소백, 노령, 차령 등 산맥들의 골짜기에서 살아오다 보니 소집단 생활이 몸에 밴 것 같다. 지연, 혈연, 학연 등의 관계를 맺으면서 생활하여 왔기에 다른 민족에 비하여 통합정신이 부족하다. 파벌 싸움의 DNA가 몸에 밴 것 같다.

개인이나 소수 집단의 이익만 추구하고 국가를 위하는 사고가 부족하다. 사색당파 싸움이 그 표본이다. 동인과 서인, 남인과 북인, 노론과 소론, 대북과 소북 등 파벌 싸움이 그치지 않았고, 지금도 여러 정당은 소인배적인 당쟁과 정쟁을 계속하고 있다.

2018년 영국의 여론조사 기관에서 세계 30개국에 대한 여론조사를 한 바에 의하면 대한민국은 정치 갈등이 세계 1위, 빈부 갈등도 중국과 러시아에 이어 세계 3위의 국가다.

한반도 역사에서 중국의 역사는 떼어놓을 수 없다. 황하, 양자강 유역에 뿌리를 둔 중국의 역사와 압록강, 한강 유역에 뿌리를 둔 한국의 역사는 항상 충돌했다. 중국의 한족(漢族)과 한반도의 한족(韓族)은 영토와 국력의 차이 때문에 한반도는 오랫동안 수많은 침략과 지배와 간섭을 받아왔다. 최근에는 중국이 무례하고 거친 말을 자주하고 있다. 중국과 대등한 관계를 유지하려면 중국보다 과학기술이 앞서야 하고, 문화예술도 K-POP과 같이 선도해 나가야 하고 군사적으로도 대등하여야 한다. 한반도에 살고 있는 우리 민족은 각 시대마다 책임과 역할을 다하기를 간곡히 바란다.

지도자는 사리사욕을 버리고 화합과 통합으로 국민들을 이끌어가야 한다. 국가 통치자는 국토방위에 최우선으로 국력을 집중해야 하고 생업에 충실한 국민들이 평안한 삶을 영위할 수 있도록 해야 한다.

국민의 국가에 대한 권리와 의무도 헌법에 명기되어 있다. 의무

내 삶을 여기에 담아본다

를 소홀히 하고 권리만 내세우는 자가 많다. 국가와 이웃을 위한 책임과 의무는 민족을 부흥시킬 수 있다. 이 땅에서 태어나 영원히 살아갈 후손을 위해 목숨을 바쳐서라도 조국을 보전할 각오가 되어 있어야 한다.

역사는 과거를 거울삼아 미래를 설계하기 위한 것이다.

한반도에서 태어나서 살아가야 하는 우리의 후손들에게 물려줄 우리의 조국을 위해 값지고 뜻있는 삶을 살아가야겠다고 다짐해본다.

중국 역사

　현재 세계 인구의 4분의 1을 차지하고 있는 중국의 역사는 우리 한(韓) 민족의 단군 신화보다 훨씬 이전의 사실을 기록으로 남기고 있다.

　중국은 한족(漢族)의 역사인 것 같지만 몽골족, 티베트족, 만주족, 위구르족 등 50여 개의 민족이 중국에 살면서 정치, 경제, 사회, 문화적으로 복잡하게 뒤섞여 중국이라는 울타리 안에서 살고 있다.

　중국은 방대한 토지와 인구를 이끌면서 유교 문화권이라는 정신적 가치를 형성하여, 흥망성쇠를 거듭하면서도 아시아의 종주국 역할을 하고 있다. 중국을 알기 위해 여러 책을 읽고 현지답사도 해보면서 중국 역사의 흐름과 기억에 남는 일들을 모아본다.

　　내 삶을 여기에 담아본다

원시 인간들은 문자가 없어 역사에 남을 일들을 기록으로 남길 수가 없었다. 씨족 부족 사회를 거치면서 생존을 위한 싸움을 수십만 년 동안 하면서 세력을 키워 통치하고 문화와 문명을 창조하여 왔으나, 입으로 전해진 소문일 뿐 기록으로는 없다.

1929년 북경 근처에서 발견된 유골은 50만 년 전의 인류이고 그 뒤 산시성에서 발굴된 것은 100만 년 전 인류이며, 1964년 운남성에서 발견된 치아 2개는 감정 결과 170만 년 전의 선사 시대 인간의 것임이 판명되었다. 이렇게 역사가 시작되어 5~6천 년 전 중국 대지에는 동쪽에 이족(夷族), 서쪽에는 강족(羌族), 남쪽에는 묘족(苗族), 북쪽에는 적족(狄族)이 살고 있었다. 중국 역사는 황하 유역을 중심으로 동족 간 또는 이민족 간의 황화 유역의 쟁탈전이었다.

중국 최초의 역사 기록서인 사마천의 "사기"에서는 삼황 시대는 인정하지 않고, 오제 시대부터 역사로 인정하고 있다. 오제 중 요순시대가 가장 태평 시대로 전해지고 있다. 요임금 시대에 불렀다는 '격앙가'는 나에게 감명을 주었다.

해 뜨면 들에 나가 일하고
해지면 집에 돌아와 쉰다
우물을 파서 물 마시고
밭을 갈아 배를 채우니
내 살아가는 데 임금의 힘 있으나 마나일세

훌륭한 지도자와 그를 따르는 구성원들의 모습이 참 평화롭고 아름답다. 주위를 평화롭고 행복하게 만들고 나도 그렇게 살아가야겠다고 어릴 때부터 생각했다.

중국 역사학자들도 각자가 주장하는 학설이 다르고 유적과 유물을 다르게 평가하고 있기 때문에 역사의 사실 여부는 아직도 논란의 여지가 많다. 최근에 학자들의 의견을 모아 고대 중국의 흥망에 대한 연대기를 공식 발표했다.

BC 2070~1600년까지를 하 왕조라 하며 청동기 문화가 성행하였고, 중국 역사상 최초로 세습 왕조가 시작되었으며 노예 제도가 생겼다고 한다.

BC 1600~1046년까지를 은 왕조 또는 상 왕조라 하며 철기문화 시대이고, 갑골문자를 사용하며 철제 농기구를 대량 생산하여 농업이 크게 발달했다.

BC 1046~770년까지를 주 왕조라 하며 한자가 많이 만들어지고 문자가 널리 알려져 확실한 기록 역사가 시작되었다. 주나라 무왕이 건국한 주 왕조가 번성하다가 후반에는 제후들에 의해 쇠퇴하고 춘추전국시대(동주 시대)가 된다. 주나라는 허수아비와 같이 상징적으로 명맥을 유지하다가 진시황제가 혼란한 전국 시대를 통일하면서 멸망하게 된다. 진시황제가 천하를 통일함으로써 중국 최초로 통일국가가 탄생하게 되었다.

춘추전국시대(춘추시대 BC 770~403년, 전국시대 BC 407~221년)에는 국

내 삶을 여기에 담아본다

가 간 군사적으로는 불안정했지만, 많은 철학자와 사상가들이 탄생했다. 공자, 맹자 그 외 장자, 순자, 묵자 등 많은 인물이 탄생하였으며 이들은 학문을 연구하여 동양사상의 기틀을 잡았다.

공자 왈 맹자 왈 하면서 어릴 때부터 나는 공자의 사상과 그 가르침에 많은 영향을 받고 숭배하면서 살아왔다. 논어의 첫 장을 보면,

학이시습지 불역열호(學而時習之, 不亦說乎)
– 배우고 때때로 익히면 또한 기쁘지 아니한가?
유붕자원방래 불역락호(有朋自遠方來, 不亦樂乎)
– 벗이 멀리서 찾아주니 또한 즐겁지 아니한가?

배우고 익혀서 자연의 이치와 세상의 이치를 깨닫는 것과 멀리 있는 친구도 찾아와 함께 흉금을 털어놓을 수 있는 친구의 중요성을 말함이다.

진시황제는 13세에 왕위에 올라 22세에 관례를 치르고 친히 국정을 도모하여 17년 후 39세에 천하를 통일하여 중국 최초로 군현 중앙 집권제를 실시했다. 그 후 현재까지 2,000년이 넘도록 중국은 중앙 집권제도를 실시하고 있다. 진시황제는 모든 책을 불 싸지르는 분서갱유를 단행했고, 북방 민족의 침공을 막기 위해 옛 국가들이 부분적으로 쌓아 놓았던 성곽들을 보수 및 확장하여 연결하

고 만리장성을 완성했다.

진시황제의 무덤인 여산릉 공사를 30년 동안 하고 아방궁 공사를 하는 노역과 세금 부담으로 인해 민란이 일어나 나라가 혼란에 빠진다. 진시황제는 역사상 길이 남을 인물이지만, 그 당시의 백성들은 폭군의 폭정에 시달리고 억압당했다. 천하를 통일하고도 3대 15년 만에 진나라는 망했다. 오래 살기 위해 불로초를 구하려 동방으로 젊은이들을 보냈지만, 황제는 50세에 사망하고 진시황릉에 묻혔다.

진나라 말기에 각처에서 민란이 일어나고 군사를 일으키게 되면서 그 중 한의 유방과 초의 항우가 최후의 결전을 치르고 유방이 승리한다. BC 206년에 유방은 한 왕조를 건국했다.

중국 고유의 민족이라 자칭하는 한(漢)족의 한 왕조는 전한(수도 장안) 200여 년과 후한(수도 낙양) 200여 년을 합하여 400여 년 존속하다 망하고 삼국시대(위, 촉, 오)가 열린다.

유 씨의 한 왕조는 오랜 세월 동안 통치하면서 경제, 사회, 문화 등을 다방면으로 획기적으로 크게 발전시켰다. 이때부터 양쯔강과 황하를 중심으로 한 중원의 문화가 정착되어 오늘날까지 중국인들이 한족에 대한 자부심을 갖게 된 것이다.

전한의 7대 왕 무제는 경제적 문화적으로 융성한 황금시대를 만들고 실크로드를 개척했다. 한 무제는 고조선을 침공하여 BC 108

내 삶을 여기에 담아본다

년에 고조선을 멸망시키고 그곳에 한사군을 설치하여 통치한다. 한반도가 단군 이래 처음으로 외침을 받아 중국의 지배를 받게 되었다.

그로부터 70년 후 전한 말기 BC 37년에 압록강 일대의 부여국에 용감한 장수 고주몽이 주변의 동예와 옥저를 멸망시키고 영토를 확장한다. 또 한사군을 정벌하고 고조선의 옛 땅을 회복하여 고구려를 건국한다. 고구려의 광개토대왕 때에는 만주와 몽골 일부까지 지배하는 동북아시아의 최강국을 만들었으나, 660년 백제의 멸망과 함께 신라와 당나라의 연합군에게 668년 고구려도 패망하게 된다.

한나라 무제 때 사마천은 아버지 사마담의 "내가 죽으면 너는 반드시 태사가 될 것이다. 태사가 되거든 내가 저술하려 했던 것을 잊지 말라. 효도란 아버지를 섬김으로 시작하여 나라에 충성하고 몸을 세워 그 이름을 후세에 남기는 것으로 끝나는 것이다"라는 유언에 따라 사마담이 죽은 3년 후 그의 아들 사마천은 태사령이 되고, 아버지의 뜻에 따라 세계 역사에 길이 남을 그 유명한 "사기"를 저술했다.

"사기"는 삼황오제 시대부터 한나라 무제 때까지의 약 2,000년에 걸친 중국과 그 주변 국가에 대한 역사를 문헌과 고증으로 깊이 있게 체계적으로 기록하였으며, 방대하고 상세하게 기록되어 있어 세계 최고의 역사서가 되었다. 제왕의 연대기인 본기 12권, 열전 70권 등 모두 130권이나 되는 방대한 책이다. 저술하던 중 왕의 미움을 받아 28세의 나이에 거세를 당하는 궁형을 받고 감옥에 갇힌다. 견디기 어려운 정신적 치욕과 육체적 상처를 곱씹으면서 붓을 움직였다. 기원전 108~91년 동안 약 20년간의 긴 세월 동안 집필하였으며, 중국과 그 주변 민족의 역사를 포괄적으로 기술했다. 사실을 연대순으로 기록하였기에 역사서로써 더욱 가치가 있는 책이다.

사기는 일본의 최초 역사서인 일본서기(720년)보다 800년 이상, 한국의 최초 역사서인 삼국사기(1145년)보다 1200년이나 앞선 정통 대역사서라 감탄하지 않을 수 없다. 우리나라는 고구려나 신라 때 편찬된 역사서가 없어 역사 고증에 아쉬움과 어려움이 많다.

후한 시대에는 혼천의, 자동의 발명 등 과학기술의 발전과 한방 의학도 크게 발전하였으며, 특히 세계 최초로 종이 제조 기술을 개발했다.

꽃도 피어나 시간이 지나면 지듯이, 한나라도 황건적의 난으로 인해 쇠퇴하기 시작했다. 말기에는 나라가 혼란해져서 북쪽에는 조조의 위나라, 남쪽에는 손권의 오나라, 서쪽에는 유비의 촉나라로 중국이 3등분 되었다. 현재 우리가 즐겁게 읽는 그 유명한 소설 "삼국지"의 삼국시대가 시작되어 반세기 동안의 전투가 벌어진다. 비슷한 시기 동방에서는 고구려, 신라, 백제 및 가야가 한반도를 지키고 있었다.

중국 역사책 "삼국지"의 3국(오, 촉, 위)과 한반도의 3국(고구려, 신라, 백제) 시대와는 겹치는 시기이므로 동시대로 봐도 될 것 같다.

"사기", "한서", "후한서", "삼국지"는 중국 4대 역사서로, 그중 "삼국지"는 오나라가 망한 후 그 뒤를 이은 진나라의 학자 진수가 편찬했다. '위서' 30권, '촉서' 15권, '오서' 20권 모두 합하여 65권으로 되어 있는 역사책인 "삼국지"이다. 우리가 재미있게 읽었던 "삼국지"는 진수가 편찬한 "삼국지"를 바탕으로 1,100년이 지난 후 명나라 초기에 소설가 나관중이 흥미롭게 쓴 소설로써 그 소설책의 본래 이름은 "삼국지연의"이다.

삼국은 통일되지 못하고 위나라로부터 천자의 자리를 물려받은 진나라의 사마염이 15년 만에 오나라를 멸망시키고 분열된 중국을 재통일한다. 그 후 서진 시대, 동진 시대(280~420년), 남북조 시대(420~589년)를 거쳐 300여 년 동안 이어져 오던 분열의 시대에 수나라의 문제는 또다시 천하를 통일한다.

수나라는 3차에 걸쳐 고구려를 침략하였으나 을지문덕 장군에게 살수에서 전멸되었다. 대운하를 건설하고 국력을 일으키려고 노력했지만, 왕실의 무능으로 지방에서는 민란이 일어나기 시작했다. 수나라는 3대 39년 만에 당 고조 이연에게 618년에 멸망했다.

당고조의 둘째 아들 당태종 이세민은 당의 국력을 강하게 만들었다. 이세민은 1, 2차로 고구려를 침공하였으나 실패하고 51세에 병사한다. 당나라 시대에는 불교가 융성했으며 예술 문화가 번창한 시기였다. 당나라 말기 헌종 때 양귀비는 왕이 좋아했던 이태백을 미워하여 권력에서 쫓아낸다. 이태백은 두보와 같이 떠돌이 생활을 하며 임금의 소식을 기다리면서 가난한 풍류 생활을 했다.

당이 907년 멸망하기까지 290년 동안은 중국 역사상 한나라에 이어 최전성기를 이루었다. 제도와 문화는 아시아 여러 나라에 많은 영향을 주었으며 돌궐, 위구르, 고구려, 백제를 침공하였으며 이웃 국가들을 간접적으로 통치했다. 서방세계, 특히 이슬람국가와의 교역과 문화교류가 활발했다.

당나라 이후의 왕조를 간략하게 요약하면 당이 멸망 후 50년 동안 15개국으로 쪼개졌다가 조광윤의 송나라(960~1279년)에 멸망하고, 송은 원(1279~1368년)의 몽골족 테무친 칭기즈칸에게 멸망한다. 그리고 원은 명(1368~1616년)의 주원장에게 멸망하고, 명은 청(1616~1912년)의 만주족 누르하치에게 멸망한다.

청은 아편 전쟁, 청일 전쟁 등으로 제국주의 열강의 반식민지화가 진행되었다. 반식민지 하에서도 혼란을 거듭하면서 장개석의 국민당과 모택동의 공산당과의 싸움이 일어난다. 모택동에게 밀려난 장개석은 고대 중국의 많은 국보급 보물을 가지고 타이완섬으로 쫓겨났다.

모택동은 제2차 세계 대전이 끝난 후 1949년 10월 1일 지금의

내 삶을 여기에 담아본다

천안문 광장에서 중화인민공화국(현재의 중국)을 탄생시켜 현재까지 중국의 역사가 이어져 오고 있다.

최근에는 세계 2대 강국이 되어 국제무대에서 힘을 과시하고 있다. 중국은 흥망을 거듭하면서도 와해하거나 쪼개지지 않고 분열되었다가도 합쳐지고 타민족의 침략으로 패배하였지만, 또다시 대륙이 통합되었다. 나는 중국이 통합되는 원인이 무엇인지 궁금했다. 아무리 생각해 봐도 수천 년 동안 대륙의 형태를 유지하면서 통합 통치되고 유지되는 것의 바탕이 무엇인지 해답을 알 수 없다.

하지만 나름대로 생각하고 정리해 보면 중국의 중심 지역인 황하와 양쯔강 유역의 한민족들은 북방 민족과 동방 민족의 수많은 침공을 받아오면서도 중화 문화의 중심축을 유지하고 있기 때문으로 보인다.

50여 소수민족과 방대한 대륙을 지배하고 이끄는 그 바탕이 무엇일까? 수천 년 동안 축적되어 온 것이라 한마디로 정의하기는 어려울 것 같다. 중심 지역인 양쯔강과 황하 유역은 비옥한 토지에서 생산되는 풍부한 물자를 바탕으로 새로운 문명을 창조하는 중심지가 되었다. 먹거리가 풍부하니 정신문화도 앞서 나갔다. 공자, 맹자 등 지식인들은 백성들을 선도하는 여러 가지 학문과 학설을 창안하고 통치자들은 이를 기반으로 백성들을 지배하며 이끌고 나가는 수단으로 삼았다. 새로운 문명의 창조로 삶의 질이 계속 좋아지니 백성들은 지배자를 따랐다.

그 문명이 사방으로 퍼져나가니 주변 민족과 국가들도 존경하게 되고 숭배하며 따르게 되었고, 그 습관이 수천 년 동안 지속되다 보니 의식 구조가 중화 중심 세력에 고착화되면서 그 세력권에서 벗어날 수 없어졌다고 보인다.

광활한 평야의 수많은 백성을 통치하다 보니 통치자들은 백성들을 통치하는 수단과 방법을 익히게 되었다. 황하, 양쯔강 유역의 중심 민족인 한족은 중화 문화로 주변 민족을 융화시키고, 진시황제 이후로 강력한 중앙 집권제로 계속 주변을 이끌어 왔기에 통합된 중국이 존재한다고 봐야 할 것이다.

한족이 새로운 문명의 전파와 강력한 중앙 집권제도라는 두 바퀴의 수레로 현재까지의 중국을 이끌어 왔다고 생각한다. 공산주의의 종주국인 소련이 붕괴했음에도 불구하고 중국의 공산주의는 모택동, 덩샤오핑, 시진핑으로 이어지면서 기울어진 중국을 일으켜 세우고 경제 대국 군사 대국을 만들었다.

인류 역사가 고대로부터 현대까지 이어지는 동안 어떤 집단이나 국가가 주변보다 힘이 강해지면 반드시 싸움을 걸게 되고 침공했다. 단군 이래로 한반도는 중국으로부터 계속 침공을 받아왔다. 지배당하기도 하고 쫓아내기도 하는 일이 반복되어 왔다.

최근의 중국은 경제적으로 군사적으로 세계 제2위의 강국이 되어 세계 최강국인 미국도 두려워하지 않는다. 세계 2인자의 힘을

내 삶을 여기에 담아본다

과시하고 있다.

중국은 티베트족, 위구르족, 만주족, 조선족 등 많은 다민족이
살고 있다. 국가 통치 기반이 무너지지 않는 한, 과거 어느 시대 같
이 분열되어 무너지지는 않을 것 같다.

지금 중국은 성장기이다. 최소한 50년은 더 성장하고 통합되어
갈 것 같다. 중국은 주변국들을 다방면으로 압박하고 있다. 경제를
필두로 하여 문화 기술 방면으로 확대할 것이며 최후에는 군사력
으로 공격할 것이다. 이것은 어느 시대에서나 있어 온 역사적 사실
이다.

중국은 과거에 누렸던 한나라 시대나 당나라 시대를 생각할 것
이고 원나라의 칭기즈칸의 업적도 생각날 것이다.

주변 국가 지식인들은 중국이 언제 어떤 방법으로 힘을 과시하
면서 지배하려고 할 것인지 고민을 많이 하고 있다. 한국도 눈치를
많이 보고 있다.

중국은 한반도에 경제와 군사 양방향으로 간섭과 지배를 하려
고 시도하고 있다. 경제적으로는 무역을 통해서 힘들게 하여 지배
내지 복종하게 하고, 군사적으로는 북한을 통하여 위협하고 있다.
정치적으로도 압박하면서 위정자들을 조종하고 있다.

중국의 주변 국가들은 현재 진행되고 있는 상황을 슬기롭게 대
처하여 국가와 민족에 오점을 남기지 않으려고, 많은 대책을 세우

고 있겠지만, 힘의 논리에 대항할 수 있을지 걱정스럽다. 우리도 언어와 풍습이 같은 옛 고구려의 땅을 되찾아서 같은 민족끼리의 통일된 나라를 세워 세계가 인정하는 강대한 국가가 되기를 기대한다.

한국은 중국과 대등한 관계를 유지하여야 한다. 경제와 군사 및 문화에서도 힘에 밀리지 않아야 한다. 그렇게 되기 위해서는 국민들이 단결하여야 하며 첨단 과학기술을 발전시켜 세계를 무대로 경제 대국을 만들어, 중국의 영향을 무시해도 될 정도가 되어야 한다. 군사적으로도 감히 지배나 침략을 할 수 없게끔 강한 전력을 구축하고 있어야 한다. 중국과는 언제나 대등한 위치에서 당당할 수 있어야 하며, 또한 우리는 국제무대에서 세계평화와 질서를 유지하는 데에 앞장서는 국민과 국가가 되기를 바란다.

내 삶을 여기에 담아본다

일본 역사

일본도 여느 나라와 마찬가지로 민족 태초의 건국 신화가 있다.

일본은 천황을 정신적 지주로 받들고 있다. 천황족에 대한 전설과 1대 천황인 진무(神武) 천황에 대한 전설이 전해지고 있다. 일본의 최초 역사서인 고사기(712년 편찬)와 일본서기(720년)에 의하면 기원전 660년 야마토족(大和族)이 숭배하는 태양신의 아들이 하늘에서 내려와 천황족이 되었고 1대 천황으로 진무 천황이 되었다고 한다.

일본 열도에 흩어져 살던 씨 부족 사회에서 강력한 지배자가 나타나기 시작했다. 4~5세기경 야마토 정권이 일본 남쪽의 규슈 지방에서 강력해지면서 천황족을 받들어 1대 진무 천황이 되었다는 것이 역사적 전설로 전해오고 있다. 문헌상 확인할 수 있는 일본의 역사는 16대 닌토쿠(仁德) 천황(313~399년) 시대 이후부터다. 일본 천황족은 문명이 발달하고 신체적으로 장대한 고조선이나 백제의 왕족 후예가 일본으로 건너가 부족 사회를 통합함으로써 천황족이 되었다는 설도 있으나, 선사 시대의 일이라 알 수가 없다.

일본은 스스로 단일 민족이라 하지만, 고대에 외딴섬인 일본에는 사람이 없었고 대륙에서 건너가야 하는데 언제 어디서 어떤 민족이 얼마나 갔는지도 알 수가 없다.

우리는 일본을 가리켜 가깝고도 먼 나라라고 말한다. 지리적으로는 가깝지만 오랫동안 우리를 성가시게 하였고, 어떤 때는 괴롭히기도 하였으며 조선 말기에는 36년간 우리를 지배했다. "손자병법"에도 있지만 지피지기면 백전백승이라고 우리는 특히 일본에 대해 많이 알아야 한다.

섬나라인 일본은 중국 문화권에서도 소외된 국가였고, 서양 문물도 접할 기회가 없는 외톨이 섬나라였다가 19세기 이후 현대에 와서 세계의 주역이 되었다. 일본 역사의 흐름을 시대별로 간추려 봄으로써 그 민족성과 국민성을 알 수 있다. 우리의 선조들이 일본과 어떠한 관계를 유지하면서 살았고, 앞으로 우리 후손들이 어떻게 해야 할지를 생각하는 이정표가 바로 역사이다. 우리는 일본을 잘 알아야 한다.

중국이나 한국의 문헌에서는 일본을 왜(倭)라 부른다. 왜를 일본으로 부르기 시작한 것은 670년(신라 신문왕) 이후부터다. 조선 후기에서부터 대한민국 건국 이후에도 일부 한국인은 일본인을 왜놈이라고 부르고 있으며, 일본인은 한국인을 남북 통틀어 조센징(조선인)이라고 부르며 서로 비하하고 있다. 양국 모두가 시정해야 할 언어이다.

4세기 중엽 백제의 제13대 근초고왕은 일본에 문화를 전파하는 등 일본에 매우 우호적이었으며, 아직기는 일본 태자의 스승이 되었고 왕인 박사는 천자문과 논어 등 유교 문화를 전파했다. 조선족(한민족)은 화공, 도공, 철공, 장 담그는 법 등 생활 문화도 많이 전했다. 백제촌, 신라촌을 만들어 거기에 거주하기도 했다.

4세기 초부터 야마토 지방의 호족이 7세기 중엽까지 일본 영토의 대부분을 차지했다. 야마토족이 세운 야마토 정권부터 제도를 만들었고 통치가 시작되었다. 천황을 만들어 강력한 지배 조직을 갖춘 최초의 정권이며, 일본 최초의 고대 국가가 탄생하게 된 것이다.

일본은 태초부터 현재까지 왕조가 바뀐 일이 없다. 천황이 최고의 통치자이며 시대가 바뀌어 정권이 바뀌어도 모두 천황을 최고의 국부로 숭배한다. 현재까지 그렇게 하고 있기에 중국이나 한국같이 왕조가 바뀌어 나라 이름을 바꾼 일이 없다. 천황의 권력은 처음에는 막강하였으나, 12세기 말부터 무사들이 통치하는 막부 정치가 시작되면서 실권이 없는 상징적인 존재로 현재까지 이어져 오고 있다.

임나일본부설은 "일본서기(720년)"에 의하면 369년에 한반도에 정벌군을 보내어 임나일본부를 설치하였다가 562년 신라에 멸망하였다고 기록하고 있다. 이로 인해 일본은 과거에 200년간 한반도 일부를 지배하였다고 주장하면서 현재의 일본 교과서에 수록해 가르치고 있다.

일본이라는 용어 자체가 없었던 시기에 일본부를 설치하였다고 기록한 것은 잘못된 것이라고 학자들은 인증하고 있다. "일본서기"보다 8년 전에 편찬된 "고사기"에는 한반도 정벌과 같은 기록이 전혀 없다는 것으로도 증명되고 있다.

광개토대왕비는 광개토대왕의 아들 장수왕이 414년 아버지의 업적을 기리기 위해 중국 지린성에 세운 비석으로 비문에 "백제와 신라는 예로부터 고구려의 속민으로 조공을 바쳐왔다. 그 후 신묘년에 조공을 바치지 않으므로 백제와 왜구, 신라를 격파하고 신민으로 삼았다"고 기록하고 있다. 이 비문에 적힌 왜구가 한반도 남쪽을 지배한 임나일본부인지, 일본에서 건너온 도적 떼인지, 대마도인지는 다툼의 여지가 있다. 기록은 모두 사실이어야 한다. 진실이 아닌 기록은 후세에 많은 분란을 일으킨다. 너무 과장해서도 아니 되고 오직 사실 그대로 기록하여야 한다. 특히 국가 간의 역사

기록은 더욱 그러하다고 본다.

일본 역사는 간단하다.

4~5세기경 야마토족이 부족을 통합하게 되었고, 태양신의 아들이라고 전해오던 천황족을 천황으로 모시면서 천황국을 세우고 법률과 제도를 세워 최초로 국가 형태를 갖추었다. 41대 지토 천황(686~697년) 때에 야마토 산으로 둘러싸인 후지와라로 천도(694년)했다.

당나라 수도인 장안을 모방한 바둑 모양의 신도시를 3년 동안 건설한 후 후지와라에서 헤이조(지금의 나라 지방)로 710년에 다시 천도했다. 헤이조로 수도를 옮긴 후 귀족들이 호화주택을 건축하였고 불교를 숭상하여 많은 사찰을 건축했다.

이 시기에 일본 문자인 가타카나를 쓰기 시작하였고, 가타카나는 글자의 획이 많은 한자에서 그 일부의 획만 따와서 한자음대로 읽기 시작한 것으로 만들어졌다. 히라가나는 한자의 초서체에서 따와서 만든 것이다. 가타카나는 남자들이 히라가나는 여자들이 사용해 오다가 헤이안(지금의 교토) 시대를 거치면서 정리 정돈하여 지금까지 쓰고 있다. 현재의 일본어는 한자와 히라가나를 혼합하여 사용하고 있으며 외국어, 의성어, 동식물명, 전보문, 강조어 등에 한해서는 가타카나를 쓰고 있다. 평범한 문장은 히라가나를 쓰고 있다. 세종대왕이 한글을 창제한 것보다 약 500년 먼저 만들어졌다.

헤이안 시대(794~1185년)는 50대 간무 천황이 헤이조 시대(나라 시대)를 마감하고 교토로 천도함으로써 시작되어 400년간 통치의 중심지가 된 시대를 말한다. 도읍지의 이름을 헤이안쿄(平安京)로 정한 이유에는 모든 갈등과 혼란이 종식되고 국가가 평안하기를 염원하는 간무 천황의 의지가 들어 있다.

헤이조 시대와 헤이안 시대에는 문인과 승려들이 정치에 참여하였고 문화예술이 성행하던 시대였다. 권력 다툼은 있었으나 사회적으로는 당나라와 교역하였고, 신라와 백제의 문명을 받아들여 크게 발전한 시기였다. 일본의 고대 유적지가 나라와 교토에 많은 이유이다.

헤이조 시대(나라 시대)는 80년간 유지되었고 헤이안 시대(교토 시대)는 400년간 유지되었다. 양 시대는 천황과 제후들의 각축이 벌어진 시대로 한때는 천황이, 한때는 제후 조정 대신들이 권력의 중심이 되기도 했다. 이 시기에 무사들은 제후들의 신변을 보고해 주는 역할만 하였고 권력의 주역은 아니었다.

봉건 제후들끼리 권력 다툼이 점점 심해지자 무사들의 역할이 커지며 막부 시대가 시작된다. 막부는 전쟁 중에 천막으로 지은 야전 사령부를 뜻하지만, 일본의 막부는 천황을 무시하고 무사들이 또 다른 정부를 수립하여 통치하는 것을 말한다. 각 지역 제후 호족들의 영토 확장과 세력 다툼이 점점 심해지면서 호위병 역할을 하던 무사들의 힘이 강해지기 시작했다. 힘이 강한 무사들이 지방 권력을 잡게 되고 정치를 하게 되었다. 무사들의 세력 다툼이 계속 되면서 그중 가장 강한 무사가 나타나게 된다.

1185년 미나모토 요리토모가 정권을 잡고 가마쿠라 막부 체제를 수립하여 통치함으로써 막부 정치(무사 정치)가 시작된다. 그 이후부터는 천황은 권력이 없는 명목상의 존재로 전락하고 말았다. 1192년 요리토모는 대장군(다이쇼군)으로 칭해졌고 그 후 막부 최고 통치자를 쇼군으로 불렀다. 첫 번째 막부인 가마쿠라 막부는 1185년부터 1333년까지 지속되었다. 두 번째는 무로마치 막부로 1338~1573년까지이고, 오다 노부나가와 도요토미 히데요시 시대를 거쳐 세 번째는 도쿠가와 막부(에도 막부)로 1603~1867년까지 264년간 유지되었다. 이후 막부 타도 운동으로 메이지 정부가 수립되고, 천황이 정치 표면에 나서므로 에도(현재의 도쿄) 막부가 종식되면서 무사들의 3대의 막부 정치가 700년 만에 종지부를 찍었다.

가마쿠라 막부 시절에 교토에 있는 천황 궁전에는 감시 기관이 설치되어 조정을 감시하며 도교 남쪽 50km에 있는 가마쿠라에 막부를 설치했다. 당시 일본은 교토의 귀족 문화와 가마쿠라의 사무라이 문화로 구별된다. 가마쿠라 막부의 무사들은 단결을 가장 중요시하였으며 명령에 복종하고 자신을 희생하여 영지를 지키는 일을 가장 중요한 덕목으로 삼았다.

1274년 10월 몽골과 고려의 연합군이 대마도를 거쳐 일본 내륙을 공격하였으며, 특히 철포의 공격에 일본은 속수무책이었다. 그때 마침 강한 태풍이 불어와 군선이 파괴되고 몽골군은 전쟁에 패한다. 칭기즈칸의 손자 쿠빌라이는 2차 원정을 시도하여 1차 때보다 5배가 많은 15만의 병사와 4,400여 척의 군선으로 다시 일본을 침공한다. 2차 때도 태풍이 불어와 큰 피해를 보고 실패했다. 두 차례의 전쟁이 모두 태풍 덕분에 승리하게 됨으로써 이 태풍을 가미카제(神風)로 부르며, 일본은 스스로를 신이 돌보는 신의 나라로 여겼다.

무로마치 막부는 1336년에 시작하여 오다 노부나가에게 1573년에 멸망할 때까지 교토 지방에 있는 무로마치에서 240년간의 막부 정치를 말한다. 이 시대는 무사 계급이 스스로 세력을 길러 영주가 되었다. 그로 인해 나라는 크게 혼란에 빠지게 되고 이 기간을 전국 시대라 한다. 오다 노부나가는 대포를 만들어 통일의 기초를 닦았고 부하인 도요토미 히데요시가 일본 전역을 통일하게 되었다.

전쟁 연습만 열심히 한 일본은 군사력이 대단하였고 그 힘의 방향을 조선 침공에 두었다. 일본을 통일한 도요토미는 1차 1592년 15만 명의 군사로 임진왜란을 일으키고, 2차 1597년 14만 명의 군사로 정유재란을 일으켰다. 도요토미가 갑자기 죽자 군대를 철수하여 정유재란이 끝난다.

무로마치 시대의 권력자들은 매우 사치스러운 생활을 즐겼다.

차와 서예, 문학 등 문화적으로 많은 발전을 한 시기이다. 현존하는 교토의 대부분 유적과 유물이 이 시기에 만들어졌다.

세 번째 막부인 도쿠가와 막부(에도 막부)는 에도(지금의 도쿄)에 새로운 막부를 세워 에도 막부(1603~1867년) 정치를 한 시기를 말한다. 자본주의 국가를 건설하려는 유신 지지자들에 의해 천황의 유신 정권에게 넘겨주기까지의 막부 정치이다. 사농공상의 계급이 확실해졌으며 농업도 크게 발전하였고, 특히 상공업이 발달하여 태국, 필리핀, 베트남, 조선, 중국 등과의 교역은 물론 포르투갈과 네덜란드와의 교역도 활발했다. 기독교가 들어오면서 탄압과 순교가 이어졌다. 인구의 80%가 넘는 농민이나 상공인들은 무사 계급들이 지나가면 길에 엎드려 절하면서 사무라이들에게 충성을 다하며 살아왔다.

쇄국 정책을 써왔으나 1853년 미국의 페리 제독의 대포가 달린 군함 4척의 위협으로 1857년 일미 조약이 체결되어 2개의 항을 개항함으로써 서구 문명을 받아들이기 시작했다.

무인 정치(막부 정치)가 막을 내린다. 1185년부터 1867년까지 3대에 걸친 700년의 무사 막부 정치는 중앙 집권의 자본주의 국가를 건설하려는 유신 지지자들에 의해 1868년 메이지 천황의 유신 정권에 넘겨줌으로써 끝나게 된다. 메이지 천황(재위 기간 1867~1912년)의 메이지 시대가 열린다.

유럽 열강들은 산업혁명으로 문명이 크게 발전하였고 일본은 선진 사회를 추구하는 개혁·개방 정치가 시작된다. 메이지 천황을 구심점으로 '부국강병', '문명개화'에 역점을 두고 해외 제국에 문호를 개방했다. 또 무사들의 계급사회를 무너뜨리고 무사와 평민 간의 결혼도 허락했다. 계급이 높은 지배 세력만 성씨를 가졌으나, 1871년 호적법을 만들어 평민도 성씨를 갖게 했다. 지역과 자연의 형태에 따라 마구잡이로 성씨를 택하다 보니 성씨의 수가 20만 개에 가깝게 많아졌다.

일본은 아시아 지역에서 가장 먼저 문호를 개방하고 선진기술을 받아들여 사회가 급진적으로 발전하게 되었다. 특히 공업과 상업이 발달하여 국력이 날로 성장했다. 해군은 영국식으로 육군은 프랑스식으로 군대를 개편하기도 했다.

일본 정부는 세계화를 위해 국민들에게 널리 교육을 실시해야 한다는 것을 절실히 깨닫게 되었다. 서양 문명을 시찰하는 사절단도 보내고 학생들을 유학 보내기도 했다. 이토 히로부미도 영국에서 유학했다.

이토 히로부미는 초대 일본 총리대신을 하였으며 1905년 11월 을사조약(을사늑약)을 맺고 조선 통감부의 초대 통감을 지냈다. 1909년 중국의 하얼빈역에서 안중근 의사의 총탄에 맞고 죽음을 맞이한다.

일본은 외국인 교사들을 초빙하여 여러 가지 교육과 기술을 지도받기도 했다. 상투를 자르고 양복을 입고 구두를 신기 시작했다. 메이지 6년에는 선박 회사인 미쓰비시 상회가 설립되었고 선박 전문 회사가 되어 군함을 만들었다.

메이지 9년에는 사립 은행인 미쓰이 은행이 설립되어 금융과 무역을 활성화하여 일본 근대 산업을 지배하는 대재벌 회사가 되었다. 과학기술과 무역으로 일본은 점점 강력한 국가가 되어가고 있었다.

이 시기에 조선은 쇄국 정책과 당파 싸움으로 국론은 분열되고 국가 발전은 내동댕이쳐졌다. 1894년 전라도 고부 지방에서 전봉준은 불교, 유교, 도교의 3교를 종합한 동학교를 만들어 인내천(人乃天)의 사상으로 신분제도 철폐와 인간 평등주의를 내세운다.

동학교도들과 농민들의 봉기로 조선이 혼란에 빠지자 청국과 일본은 동학군의 진압을 위해 각각 조선에 병력을 파견하게 되고 조선 땅에서 서로 충돌하게 된다.

아편 전쟁 등으로 중국은 서양 열강에 비해 국력이 형편없이 약해져 있었던 시기여서 일본에도 밀리기 시작했다. 조선에서 벌어진 중국과 일본의 무력 충돌이 중국 내에서까지 벌어지게 되어 북경이 함락 직전까지 갔었다. 청국은 조선을 간섭하지 않을 것과 요동 반도와 대만을 할양한다는 시모노세키 조약으로 1년간의 청일 전쟁은 일본의 승리로 끝이 난다.

일본은 막강한 국력과 외교술, 군사력으로 1904년 러시아와 전쟁을 일으켜 러시아의 태평양 함대와 발트 함대를 전멸시킨다. 러시아는 일본에게 조선에 대한 정치, 경제, 군사상의 우선적 이익을 승인하고, 북위 50도 이남의 사할린 남부를 일본에 양도한다는 포츠머스 조약을 체결한다. 1905년 1년 6개월에 걸친 러일 전쟁도 일본의 승리로 끝난다. 이 시기에 청국은 일본과 서양의 군사력에 처참히 무너져 내정 간섭을 받게 되고 영국에게 홍콩까지 빼앗기게 된다.

조선은 임진왜란 이후에 당파 싸움으로 국론이 통일되지 못하였고, 세계의 시대 흐름과 문명의 발전을 알지 못한 채 300년의 허송세월을 보내고 있었다. 조선 말기에는 왕권의 통치 능력이 상실되어 있었다.

정조 이후 순조, 헌종, 철종 3대에 걸친 안동 김씨의 세도 정치로 나라는 온통 문벌 당파 싸움터가 되었다. 고종이 즉위한 후에도 대원군의 쇄국 정책으로 조선은 시대의 흐름에 역행하고 있었다.

러일 전쟁에 승리한 일본은 1905년 조선과 을사조약(을사늑약)을 맺어 조선의 외교권을 박탈하고 조선에 있는 외국 공관을 철수시켜 버린다. 이토 히로부미를 조선 통감부 초대 통감으로 앉히고 조선을 통치한다. 1910년 한일 합병 조약으로 조선이라는 국가는 없어지고 한반도는 일본의 땅이 되고 일본의 지배를 받게 된다.

내 삶을 여기에 담아본다

일본의 국력과 전력은 날로 증가하여 제1차 세계 대전(1914~1918년)에서 막강한 군사력을 과시했다. 유럽 열강 제국들의 식민지 쟁탈전을 둘러싼 대립 전쟁 와중에 일본은 조선, 청국 등 아시아 지역을 침략하여 만주국 등을 식민지로 만들었고 미국, 영국, 독일, 프랑스와 함께 세계열강 대국으로 성장하게 되었다.

1937년 일본군은 선전 포고도 없이 만주에 주둔해 있던 병력을 총동원하여 중국에 침략 전쟁을 일으킨다. 파죽지세로 남하하면서 북경과 상해를 거쳐 남경으로 쳐들어간다. 국민 정부의 수도 남경을 함락시키고 '남경대학살'로 30만 명의 중국인을 학살시킨다.

제2차 세계 대전(1939~1945년)은 독일이 항공기, 전차 등 최신 무기로 폴란드를 기습 공격함으로써 시작되었다. 1941년 연합 함대의 일본 전투기들이 하와이에 있는 미국 해군 기지를 기습 공격하면서 일본은 전쟁에 참여하게 된다. 이로써 세계는 미국, 영국, 프랑스, 소련의 연합국과 독일, 이탈리아, 일본과의 전면전이 시작되었다.

일본의 항공기 및 군수 산업은 유럽 제국과 비교할 때 기술적으로 뒤처져 있었으며 전쟁 물자도 부족한 상태였다. 전쟁 초기에는 싱가포르와 필리핀을 점령하고 남태평양까지 점령지를 확대해 나갔다.

1945년 5월 7일에 독일군은 연합군에 무조건 항복하고 1945년

8월 6일과 9일에 히로시마와 나가사키에 원자 폭탄의 실험 폭탄을 맞고 8월 15일에 무조건 항복함으로써 제2차 세계 대전이 끝이 난다.

이렇게 세계전쟁이 끝남으로써 대한민국은 어부지리로 해방되고 독립되었다. 또 한국, 대만 등의 식민지국들도 모두 해방되었다.

역사상 외국으로부터의 침략에 패하여 항복한 일이 없었던 일본이 항복하게 되었다. 천황 스스로 책임을 지고 항복했고 맥아더 연합군 사령관이 일본의 항복 문서에 서명함으로써 전쟁의 결말을 보게 되었다.

폐허가 된 일본은 평화주의 헌법을 만들어 새로운 도약을 시작한다. 잿더미 위에서 다시 소생하여 근면과 끈기로 열심히 일했다. 경제적 고도성장을 계속하면서 경제 대국으로 부상하게 되어 국제무대에서 일본은 다시 그 위력을 과시하고 있다.

일본은 기초 과학과 첨단 기술이 발전하고 국력이 강해져 국제사회의 외교 관계에서 능력을 발휘하고 있다. 일본은 섬나라이기 때문에 대륙에 교두보를 만들어서 대륙에서 일본 민족의 부흥을 꿈꾸고 있는 나라이다. 일본의 많은 지식인과 정치인 그리고 미래학자들은 주변국을 침략하는 것이 후손들을 위해 꼭 필요한 일이라고 생각하는 것 같다.

임진왜란과 정유재란 때는 전 국토가 쑥대밭이 되었고 조선 말기에는 나라까지 없어졌다. 일본은 주변국이 혼란에 빠지거나 분열되어 약해지면 언제든지 침공할 수 있는 민족성을 가지고 있는 나라이다.

　현재의 일본은 1,000년 전의 섬나라 일본이 아니다. 세계정세의 흐름을 잘 읽고 있으며 과학기술과 문화예술도 주변국보다 앞서가고 있다. 국민들도 근면하고 성실하며 지도자를 존경하며 잘 따르고 있다. 일본은 현재 세계 경제력 3위, 군사력 5위의 국가다. 모두 한국보다 우위이다.

　한국은 지리적으로 가까운 일본과 중국을 큰 관심을 가지고 지켜봐야 한다. 현재 한국의 정치인들은 과거 당파 싸움 하듯 분열되고 있다. 한심스럽다. 국론이 분열되면 국력이 약해진다. 힘의 균형을 유지하면서 평화의 시대를 만들어 가고 싶지만, 역사는 이를 허용하지 않는다.

이슬람교

이슬람교에 대해서는 생활하면서 접해본 일도 없고 이슬람 사원에 가본 적도 없다. 교과서에 나오는 정도의 상식과 중동 건설현장에서 일하고 온 친구에게 들은 정도로만 알고 있었다.

세월이 흐름에 따라 국제화가 되고 아랍권과의 교류도 활발해짐에 따라 이슬람교의 역사와 그 율법에 대해 궁금해졌다. 관심을 가지고 보고 들은 것 중에서 상식에 가까운 것만 기술해 보기로 한다.

마호메트는 사우디아라비아의 메카에서 태어났다. 태어난 달과 일자도 알려지지 않은 평범한 사람으로, 그의 아버지는 태어나기 전에 죽고 어머니도 여섯 살에 사망했다. 할아버지가 키우다가 할아버지도 사망하여 삼촌 집에서 자라게 되며 마호메트는 대상 무

내 삶을 여기에 담아본다

역을 하는 삼촌을 따라다녔다. 무역을 하면서 부유한 여성 하디스를 만나게 된다. 25세의 마호메트는 40세의 실업가 하디스와 결혼하여 15년 동안 같이 살면서 슬하에 3남 4녀를 두고 평범한 삶을 살고 있었다.

그즈음에 마호메트는 명상에 잠기기 시작하였고 신의 계시가 내려졌다고 하면서 신의 목소리를 인간에게 전하는 예언자가 되었다. 그의 부인은 마호메트에게 용기를 북돋아 주었고 자신도 마호메트의 말이 신의 계시임을 믿고 최초의 이슬람교 신자가 되었다. 그로부터 몇 년 사이에 그의 사촌 형제들과 친구들도 마호메트의 가르침을 따르는 신자가 되었다.

그 당시 마호메트가 태어난 메카는 다신교 신앙이 유행했으며, 무역의 중심지라서 빈부의 격차도 심한 지역이었다. 마호메트는 모든 사람은 평등하다고 가르치고 있었기에 권력자들로부터 많은 탄압을 받게 되었다. 그로 인해 숙부와 아내마저 잃고 박해를 견디기 어려워 400km나 떨어진 메디나로 향하게 되었다.

메디나에서는 여러 부족과 잘 어울리며 신앙을 토대로 사회 구조를 변혁시켜 나가면서 주변 세력들을 규합하여 반대 세력들과 전쟁을 벌여 승리하게 되었다. 각 부족을 이슬람교로 개종시키고 역사상 최초로 아라비아반도를 통일했다.

마호메트는 죽음을 예감하고 태어난 메카로 순례를 시작한다.

이때 함께한 신도가 10만 명이 넘었다. 마호메트는 40세에 신의 계시를 받고 22년간 신의 말씀을 전하다 서기 632년 62세의 나이에 그의 생을 마감했다.

성경과 불경이 그러했듯이 코란도 마호메트 생전에는 편찬되지 않았다. 마호메트가 죽은 후 신도들이 마호메트의 말을 정리하여 114장으로 된 코란을 만들었다.

코란의 내용은 천지창조, 종말, 천국과 지옥, 예언자에 관한 것 등 종교적인 부분과 예배법, 순례, 단식, 성전(지하드) 등 신도들이 지켜야 할 의무로 구분되어 있다. 코란의 근본은 평등주의 사상이다.

이슬람교에서는 성경도 인정하며 모세나 예수도 마호메트와 같이 예언자로 인정하고 있다. 그러나 마호메트가 최후의 예언자이며 그 이전의 예언자들은 잘못된 예언이고 코란이 최후의 예언을 기록한 것이라고 주장한다.

코란은 이슬람 국가들에게는 헌법에 가깝다. 마호메트가 직접 예언 및 언급한 기록인 '하디스'는 법률이나 판례집에 해당하는 것이다. 코란은 아랍어로 '독송되어야 할 것'이란 뜻이다. 기독교와 유대교의 신은 '여호와(야훼)'라 부르고 이슬람교의 신은 '알라'라 부른다.

마호메트는 예언자로서 존경받지만, 신앙의 대상은 아니다. 이슬람에서는 우상 숭배를 금지하며 절대적 유일신은 알라뿐이다.

이슬람은 아랍어로 '신에게 복종한다, 맡긴다'는 뜻이다. 마호메트가 알라신을 창조하였고 그 알라신을 믿게 하는 이슬람교가 탄생했다고 여겨진다.

알라는 자비와 자애가 넘치는 한편, 세상을 창조하고 멸망시킬 수 있는 공포의 신으로 여기고 있다.

위대한 알라신은 인간이 그림이나 조각 등으로 나타낼 수 없으며, 그 자체가 불가능하다고 생각하며 상상만 하는 신이다. 이슬람교도는 메카에 있는 카바 신전을 향하여 태양이 뜰 때, 태양이 질 때, 정오에, 그림자가 자기 키만 할 때, 어두운 밤에 총 다섯 번 예배를 한다. 이슬람교에서는 육신 오행(6개의 신앙과 5개의 행동)이 있어 인간사 모든 것은 신에게 맡기고 믿고 따르라는 것이다.

5행이 포교에 큰 역할을 하는 것 같다.

1) 매일 5회씩 예배할 때마다 '알라신을 숭배한다'고 한다.

2) 마호메트는 그의 사도로서 '예언자이다'라고 매일 신앙 고백을 한다.

3) 재산이 있는 자는 약자와 빈곤한 사람에게 분배와 기부를 해야 한다.

4) 1년에 한 번 한 달 동안 낮 시간에 음식을 금지하는 라마단 단식을 한다.

5) 평생에 한 번은 성지 메카로 성지 순례를 해야 한다.

매일 다섯 번씩이나 무엇을 위해 기도하는 것이 아니라 알라를 찬양하는 것이다. 하루에 다섯 번이나 알라를 찬양하니 신앙심이 두터워질 수밖에 없는 것 같다. 그래서 마호메트 사후 100년 만에 12억 명의 신도가 생겼다.

이슬람교도들은 자기가 어떤 행동을 하기 전에 알라신의 뜻이 어떠한지를 먼저 생각한 후에 선악을 판단하고 알라신의 뜻으로 행동하는 사람들이다.

마호메트가 사망한 후 그 후계자가 4대까지는 순조롭게 이어오다가 5대 때부터 후계자의 정통성 문제로 수니파와 시아파로 분열되어 사우디아라비아를 중심으로 하는 수니파(90%)와 이란을 중심으로 하는 시아파(10%)로 갈라졌다.

이슬람교의 사후 세계는 유대교와 기독교의 영향으로 천국과 지옥으로 구분되며 구세주가 재림하여 심판하듯이 종말 때 알라신이 사후 세계를 결정한다고 믿는다.

무슬림은 사람이 죽으면 먼저 죽은 자의 머리를 메카 쪽으로 향하게 한다. 몸을 향수로 씻고 흰 천으로 몸을 감싼다. 보통 24시간 이내에 장례를 치르며 매장을 한다. 장례 당일 고인의 집에서는 일절 음식을 만들지 않으며 이웃의 도움을 받는다.

아랍권에서 법률로 금주를 정한 국가가 이란을 비롯한 여러 나라가 있다. 음주에 대한 벌로 꽤 중벌을 내린다. 외국인은 호텔 등 한정된 장소에서 음주를 허용하는 국가도 있고 외국인의 음주를 금지하는 국가도 있다. 정치와 종교가 분리된 터키나 동남아의 이슬람 국가에서는 자유롭게 술을 마실 수 있다.

여성이 베일을 쓰지 않으면 안 된다는 말은 코란에는 없다. 외부에 나타나 있는 부분은 어쩔 수 없지만, 그 외의 아름다운 곳은 타인에게 보이지 말라는 말이 코란에 있어 베일을 쓰게 된 것이다. 성에 대한 엄격함에서 비롯된 것으로 보인다.

사회 전체적으로 남녀 분리 원칙이다. 교통기관도 남성용, 여성용으로 구분되어 있으며 불륜은 엄한 벌을 받는다. 그러나 일부다처 제도가 있다. 코란에는 마음에 드는 여성을 4명까지 맞이하라고 되어 있다. 단, 모든 부인을 모두 공평하게 대하지 않으면 안 된다고 되어 있다. 코란을 만들 당시는 전쟁으로 미망인과 고아가 많아 경제적으로 여유 있는 남자가 그들을 돌보게 한 것으로 여겨진다. 마호메트도 14명의 부인이 있었다고 한다.

이슬람 사원을 모스크라 한다. 교회나 불당처럼 그림과 조형물이 전혀 없는 텅 빈 곳으로 되어 있다. 예배 전에 몸을 정결하게 하는 샘물이 중앙 정원에 있으며 상주하는 성직자도 없다. 모스크는 오직 예배만 하는 장소일 뿐이다.

코란 제2장에는 상업에 의한 이윤은 허락하지만, 고리에 의한 이윤은 금한다고 되어 있다. 그래서 현재도 아랍권에서는 무이자로 대출하는 은행이 있다. 빌려준 돈만 받으면 공평하고 이자는 고리라고 판단한 것이다.

생활기준도 정해놓았다. 반드시 해야 하는 의무 행위, 권장하는 행위, 허용되는 행위, 혐오 행위, 금지 행위로 구별하여 행동의 지침으로 삼고 있다. 코란은 법률책이며 윤리책이고 도덕책이기도 하다.

이슬람교는 현재 세계에서 가장 급속도로 성장하고 있는 종교이다. 20세기 초에 세계 인구의 12%이던 것이 20세기 말에 21%가 넘었고 최근 50년간은 더욱더 성장세를 보이고 있다. 이러한 추세라면 세계 제1위인 기독교를 추월할 수도 있을 것 같다.

이슬람교는 전쟁을 치르면서 그 세력을 확장해 나갔다. 이슬람교를 위한 죽음이야말로 천국으로 가는 지름길이라고 믿는 '지하드' 정신을 가지고 있기 때문에 목숨을 아끼지 않고 용맹하게 싸운다.

이슬람이 지배한 영토의 백성들에게 이슬람교를 쉽게 침투시킬 수 있었던 것은 정복당한 나라의 대부분이 혼란 상태에 있었고, 구원자를 기다리고 있던 백성들이 이슬람교를 자신들의 구원자로 쉽게 받아들였기 때문이다. 스페인, 아프가니스탄, 중앙아시아 및 인도까지 정복할 정도로 그 세력이 막강하게 뻗어나갔다.

200년간 10차례의 십자군 원정과 몽골의 침략을 받아 정치세력은 약해졌지만 종교 세력은 계속 퍼져나갔다.

　튀르크족이 오스만 제국을 세우고 십자군을 격파해 다시 이슬람의 전성기를 맞이하게 되고, 600년간 오스만 제국을 이어나간다. 1922년 술탄 정부의 폐지를 선언함으로써 오스만 제국이 지배하고 있던 지역은 터키, 그리스, 알제리, 이집트, 불가리아, 시리아, 팔레스타인, 이라크, 레바논으로 나누어지게 된다. 오스만이 제국을 만들어 오랫동안 그곳을 통치하면서 이슬람교를 전파했다. 그곳에 사는 사람들 대부분은 지금까지 이슬람교를 믿고 있다.

　무굴 제국이 멸망하여 영국의 식민지가 된 인도가 영국으로부터 독립하면서 종교 때문에 이슬람교도는 파키스탄으로 힌두교도는 인도로 나누어지게 되었다.

　1917년 영국은 수백 년 동안 아랍인들이 살고 있던 팔레스타인 지역에 유대인들을 대거 이주시키면서 분쟁이 발생했다. 서기 70년 로마군에 의해 이스라엘 땅에서 쫓겨난 유대인들은 국가도 없이 떠돌이 생활을 하다가 제2차 세계 대전 때는 독일군에 의해 무참히 학살당하기도 했다. 1948년 옛 이스라엘 땅에 유대인들이 이스라엘이라는 국가를 만듦으로써 1,000년이 넘도록 팔레스타인에 살아왔던 아랍인들과 분쟁이 발생하여 아랍국가와 이스라엘 간의 전쟁이 현재까지 계속되고 있다. 기독교와 이슬람교와의 세력 다툼은 과거에도 현재에도 미래에도 계속될 것 같다.

아랍의 역사 기록에 9세기경의 통일신라를 '살기 좋은 나라'라는 기록이 있고 고려 때와 조선 시대에는 극소수의 터키계 무슬림들의 왕래가 있었으나, 불교와 유교 및 기독교에 밀려 이슬람교는 포교가 되지 못한 것 같다.

한국에는 박정희 대통령의 포교가 결정적 역할을 했다. 경제 개발을 한창 추진 중이던 시기에 석유 파동이 일어났다. 중동의 산유국과의 관계를 개선하는 차원에서 중동 6개국의 지원을 받아 1976년 한남동에 중앙 모스크를 설립함으로써 중동 붐과 함께 신도들이 4만 명 정도로 급격히 늘어났다. 유목 문화와 일부다처제도를 허용하는 이슬람교는 배울 것도 많지만 한국 사회에서 번성하기는 힘들어 보인다.

내 삶을 여기에 담아본다

불교

석가모니 부처가 태어난 것은 여러 가지 설이 있지만 기원전 560년경으로 보인다. 석가모니는 현재 네팔과 인도 국경 부근에 있었던 카펠라성을 중심으로 하는 소국의 왕자로 태어났다. 석가모니는 16세 때 사촌 자매와 결혼하여 아들을 낳았으며 가족과의 생활도 행복했었다. 하지만 마음속엔 항상 인간의 고뇌에 대해 생각하고 있었다.

그 당시에는 깨달음을 얻기 위해 출가하여 고행하는 사람들이 많았다. 석가모니가 출가한 것은 29세 때였다. 육체에 고통을 가하고 그 고통을 견딤으로써 초인적인 힘을 얻는다고 믿고 있었다. 수행자들은 단식이나 호흡을 멈추는 것 등으로 수행에 전념했다.

석가모니도 이런 심한 고행을 6년 동안이나 계속하였고, 결국 몸이 극도로 쇠약해졌다. 이렇게 하는 동안 그는 신체를 괴롭히는 것만으로는 깨달음을 얻을 수 없다는 결론을 내리고, 체력을 회복한 후 큰 나무 아래에 앉아 깨달음을 얻을 때까지 이곳을 떠나지 않겠다고 결심하고 명상에 들어갔다. 새벽 명왕성이 빛날 때쯤 드디어 우주와 인생의 진리에 대한 깨달음을 얻게 되었다. 그때 나이가 35세였다.

부처님은 80세에 세상을 떠났는데 그때까지 각지를 순회 다니면서 자신의 깨달음을 계속 전파했다. 부처님의 말씀은 생전에는 문자로 기록되지 않았다. 죽고 난 지 100년이 지난 후 500여 명의 제자들에게 전해진 부처의 가르침을 제자들이 기록으로 남기기 시작했다. 불교 경전 중 가장 오래된 경전으로 "수타니파타"가 있다. 문답식으로 된 설법문인데 경전 중 내가 가장 자주 읽고 좋아하는 책이다.

사람은 무지한 까닭에 혼란에 빠지고 혼란에 빠지기 때문에 애증을 품고 사물에 집착한다. 집착하기 때문에 고통스러워진다는 것이 부처님이 얻은 결론이었다. 불교의 기본 가르침은 모든 것은 항상 변하고 실체가 없는 것이 진리인데, 언제나 변하지 않는다고 착각하고 집착하기 때문에 고뇌가 생긴다고 했다. 그러므로 무지와 욕망이 고뇌의 원인임을 깨닫고 그 무지와 욕망을 끊어버려야 한다

내 삶을 여기에 담아본다

는 것이 경전의 주된 가르침이다. 불교는 항상 바르고 맑게 생활하면 삶의 고통으로부터 해방된다고 가르친다. 그렇게 수행하면 사바(현실)세계에서 열반(이상)세계로 갈 수 있다고 가르치고 있다.

불교가 전파되는 과정에서 중국 당나라와 삼국시대 그리고 일본으로 전파된 종파가 대승 불교이고, 태국, 라오스, 캄보디아, 미얀마 등 동남아 지역으로 전파된 것이 상좌 불교(소승 불교)이다.

대승 불교는 부처나 보살의 자비에 의해 민중이 구제될 수 있으며 누구라도 부처가 될 소질이 있고, 출가하지 않은 신자도 극락에 갈 수 있다고 가르친다.

상좌 불교는 승려가 되어 엄격한 수행과 금욕을 실천해야 부처의 경지에 이를 수 있으며, 일반 신도들은 선행을 쌓음으로써 내세에 더욱 혜택받는 인생으로 태어난다고 가르치고 있다. 상좌 불교 지역의 승려들은 일반 국민이나 불교 신도들에게 극진한 존경을 받는다.

불교의 사후 세계는 사람이 죽으면 황천길을 떠난다고 한다. 황천은 개천이 아니고 산길과 들길, 물길을 거쳐 심판받으러 가는 길이다. 별빛만 보고 향불의 연기를 먹으면서 7일간의 황천길을 걷고 나면 심판의 제1 법정에 서게 된다. 제7 법정까지 가면서 지은 죄와 덕행에 대한 심판을 받는다. 사후 7일 간격으로 일곱 번째 법정까지 심판을 받아서 7일 곱하기 칠법정은 49일이 되므로 마지막 심판까지 잘 받도록 비는 마음으로 49일째 되는 날 49재를 지낸다.

최후의 심판으로 천도, 인도, 수라도, 축생도, 아귀도, 지옥도 중 심판받은 대로의 사후 세계에서 살게 되는 것이다.

불교의 윤회와 전생에 대한 개념은 부처가 죽은 뒤 제자들의 활발한 논의를 거쳐 도입된 개념이다. 사후 세계는 크게 둘로 나뉜다. 윤회하는 세계와 윤회하지 않는 세계다.

윤회하지 않는 세계는 깨달음의 세계요, 열반의 세계이다. 부처님의 세계를 극락정토라 부른다. 정토에는 수명이 없기 때문에 영원히 즐겁고 편안하게 살 수 있는 곳으로 윤회하지 않는 세계이다.

윤회하는 세계는 부처님의 세계인 극락정토에 가지 못한 생명이 가는 곳이다. 윤회 세계는 크게 3개의 세계로 나누는데, 욕심도 물질도 없는 정신만 존재하는 '무색계'와 욕심과는 멀어졌지만 물질에 사로잡힌 존재가 사는 '색계'와 물질과 욕심에 사로잡힌 존재가 사는 '욕계'로 나누어진다. 욕계는 다시 천도, 인도, 수라도, 축생도, 아귀도, 지옥도로 나뉘지며, 윤회의 대부분을 차지하는 세계이다. 그중에서 천도나 인도는 좋은 곳이고, 아수라장(아귀도+수라도)은 험악하고 지옥도는 우리가 어릴 때 만화나 책에서 봤던 것처럼 불덩어리 솥에 끌려들어 가야 하는 지옥이다.

내 삶을 여기에 담아본다

〈손자녀들이 그린 그림 16〉

　미래의 사후 세계를 위해 욕심과 물질을 버리면서 극락세계를 상상하고, 현세에 살면서 극락세계로 가는 연습과 그곳에서 사는 연습을 가장 많이 하는 것이 불교 신자들의 마음이며 중생들의 마음이라고 생각한다.

　사후에 좋은 곳으로 가기 위해서는 불교 경전이 가르치는 대로 열심히 수행하여 스스로 깨달음을 얻어서 부처의 경지에 이르도록 하는 것이 불교가 가르치는 핵심의 교리인 것 같다.

　중국 불교는 실크로드를 통해 인도에서 중앙아시아를 거쳐 서기 60년경, 한나라 명제 때 중국으로 전해진 것으로 보이며 당나라 때 전성기를 맞이하게 된다. 송나라 때 북송판대장경이 만들어지고, 이에 영향을 받아 고려 때 목판으로 8만 1,258편의 팔만대장경(국보 제32호)이 만들어졌다.

우리나라에는 중국을 거쳐 4세기경 고구려 때 불교가 들어왔으며 일본에는 삼국시대인 약 6세기경에 삼국을 통해 전파되었다. 출가한 남자 스님을 비구라 하고 출가한 여자 스님을 비구니라 부른다.

한반도의 불교는 신라 시대에 원효대사와 의상대사에 의해 많은 사찰을 짓고 불교의 황금기를 맞이하게 된다. 조선 시대에는 억불 정책으로 쇠퇴기를 맞았으나, 의병 등으로 불교는 구국, 호국의 종교로 국가를 지키는 원동력이 되기도 했다.

불교에도 여러 종파가 있었으나 1962년에 비구 측의 종헌이 확정되었고 종단 이름을 대한 불교 조계종으로 부르게 되었다. 대처 측에서도 종무원을 두고 태고종이라 했다. 조계종은 결혼을 불인정하고 4년마다 종단에서 주지 스님을 임명한다. 반면에 태고종은 결혼을 인정하고 스승으로부터 주지를 올려 받으며 개인의 사찰 소유도 인정하고 있다.

천태종은 중국 수나라 시대에 천태산에서 만들어졌다고 하여 천태종이라는 이름이 유래되었다.

조계종은 참선을 통하여 해탈의 경지에 오를 수 있는 것에 중점을 두며, 천태종은 불교를 학문적으로 연구하여 해탈을 이루는 데 중점을 두고 있다.

한국, 중국, 일본 3국에 같은 이름의 종단이 있는 것은 천태종뿐이다. 한국은 크게 조계종. 태고종, 천태종으로 3개의 종파가 공존하면서 포교 활동을 하고 있다.

60대 중반에 친구들과 강원도 오대산 비로봉으로 등산을 갔다. 상원사를 거쳐 적멸보궁에 도착하니 스님께서 법문 강의를 하고 계셨다. 신도가 가지고 온 것으로 보이는 찰떡을 테이블 위에 놓아 두고 필요한 사람들에게 공양하고 있었다. 떡을 두세 개 먹고 난후 비로봉으로 산행했다. 경사도가 높은 곳에서는 숨이 턱턱 막혔다. 해발 1,565m의 비로봉 정상에 올라가니 1,000m가 넘는 준봉들이 눈 아래 펼쳐져 있었다. 올라오느라 힘들었던 과정들을 순식간에 잊어버리고 아름다운 자연의 품에 안겼다.

내려오는 길에 적멸보궁에서 법문 강의를 하신 스님을 만나게 되었다. 상원사 쪽으로 같이 내려오면서 이런저런 이야기를 하다가 내가 스님께 질문을 했다. 식물도 생명으로 인정하는지, 같은 생명체이면서 왜 채식을 하고 육식은 금하는지 등의 문답을 했다. 식물도 태어나는 생명체인데, 불교의 윤회 세계에서는 왜 동물로만 환생한다고 하는지 궁금한 의문점들을 이야기하기도 했다.

윤회의 세계에서 내가 다시 환생할 수 있다면 나는 나무로 태어나고 싶다. 오대산 길가의 소나무같이 몇백 년을 살면서 오가는 사람들의 삶의 대화를 듣고, 길 안내와 그늘도 되어주고 싶다고 생각하면서 스님과 함께 하산했다.

기독교

예수 그리스도는 기원전 4년에 베들레헴의 마구간에서 성모마리아의 몸을 통해 이 세상에 태어났다. 그 당시 유대국은 로마의 통치를 받고 있을 때였다. 복음서에는 예수가 탄생한 월과 일자의 언급이 없다. 5월 설과 1월 설도 있으나, 4세기 초부터 예수의 탄생을 12월 25일로 정하고 그날을 성탄일로 정했다. 성령으로 잉태하여 동방 박사의 축복을 받아 태어났지만, 유대국의 왕이 태어났다는 소문으로 베들레헴과 그 주변의 두 살 이하의 모든 남자아이를 죽이라는 명령 때문에 예수는 아버지 요셉과 마리아와 함께 유대국을 탈출하여 이집트로 가게 된다.

얼마 후 유대 왕 헤롯이 죽자 고향인 나사렛으로 돌아와 예수는 30세가 될 때까지 아버지의 일을 도와 목수 일을 하며 살았다. 30

내 삶을 여기에 담아본다

세에 세례 요한을 만나게 되고 예수가 신의 아들임을 깨달은 세례 요한은 예수에게 세례를 하게 된다. 세례를 받은 예수는 성령의 인도에 따라 광야로 40일간의 단식 여행을 한다. 이때부터 예수가 골고다 언덕에서 처형되기까지 3년간 선교활동을 했다.

성경은 모두 66권으로 분류할 수 있는데 구약(히브리어) 39권과 신약(그리스어) 27권으로 구분되며, 구약은 창세기의 천지창조부터 예수 탄생 전까지의 시대를 다루고 예수와 베드로 등 12사도 시대 이후에 만들어진 성경은 신약에서 다루고 있다.

기독교는 유대교에 그 뿌리를 두고 있다. 태초에 하나님이 천지를 창조하시고 아담과 이브를 만드셨고, 아담과 이브는 원죄를 짓고 낙원에서 추방되었다. 1,000년이 지난 후에 노아의 방주가 시작되었다. 노아의 후손인 아브라함과 이삭, 야곱(이스라엘로 개명), 요셉이 이집트에 노예로 팔려 간다. 노아의 후손은 이스라엘 민족이며, 모세는 이스라엘 민족을 이끌고 기원전 13세기경에 이집트에서 탈출한 후 유대 왕국을 건설했다. 기원전 721년 이스라엘 왕국이 멸망하고 기원전 4년에 예수가 탄생한다. 예수 탄생 후 유대교에서 기독교가 분리되었다. 예수가 탄생한 시기는 로마가 유대 민족과 기독교를 박해할 때이다.

사회가 혼란할 때 서민의 삶은 고달프기 마련이다. 모세의 십계명이나 예수의 산상수훈 등에 담긴 복음서는 서민을 위로하고 힘을 북돋아 주었다.

로마 제국은 태양신을 모시면서 기독교를 탄압했다. 하지만 황제의 어머니도 독실한 신자였기에 황제 콘스탄티누스는 기독교를 종교로 공식 허가했다. 그 후 379년에는 기독교가 대로마제국의 국교로 인정받게 되었다.

기독교는 날로 번창했다. 수도원 제도와 교황제도를 만들어 수많은 인재를 양성하였고 예수의 수제자인 베드로를 상징적인 1대 교황으로 추대했으며, 로마의 주교는 베드로의 뒤를 잇는 교황이 되는 것을 제도화했다.

기독교는 계속 번창해지고 교회 권력은 더욱 막강해져 갔다. 절대 권력은 부패한다는 말과 같이 분열이 일어나 600년간의 교회 권력이 타락하기 시작했다. 10세기 중반에는 로마가톨릭과 동방정교회로 분리되었다. 11세기 말에는 십자군 전쟁을 일으켜 이슬람 세계에 의해 지배당하고 있던 기독교 성지인 예루살렘을 탈환하기 위해 이슬람과 전쟁을 일으킨다. 십자군이 예루살렘으로 진격하면서 모든 이슬람교도를 무참히 학살했다. 200년 동안 10차례의 십자군 원정을 했다. 바로 이 사건을 계기로 오늘날까지 이슬람교와 기독교가 적대 관계로 지내고 있는 것이다.

교황은 성당 건축 등 교회의 경비를 조달하기 위해 면죄부를 발행했다. 돈을 받고 죄를 면죄해 주었기에 서민의 상식에 어긋나는 일이라 해서 많은 비난을 받았다.

14세기 중엽(1347~1350년)에 흑사병이 전 유럽을 휩쓸어 인구의 3분의 1이 목숨을 잃었으나, 교회는 아무런 힘을 쓰지 못하고 권력 다툼만 일삼았다. 이때 독일 시골 마을의 목사이자 신학 교수인 마틴 루터가 95개 조의 반박문을 발표해 교회에 엄청난 파문을 일으켰다. 루터는 인간이 죄로 인해 받아야 할 벌이 교황의 면죄부를 산다고 하여 면죄되지 않는다는 것과 인간은 선행에 의해 구원받는 것이 아니라 오직 믿음과 신의 은총에 의해서만 구원받을 수 있다고 주장했다.

프랑스에서는 칼뱅에 의해 기독교 강요를 발표하고 영국에서도 국교회(성공회)를 만들어 새로운 기독교 세력인 청교도가 탄생했다.

로마 가톨릭과 개혁파인 개신교 사이에 극심한 갈등과 긴장이 시작되었고 극단적인 전쟁까지도 일어났다. 100년에 가까운 크고 작은 전쟁으로 교회는 가톨릭(천주교)과 개신교(신교)로 나누어졌다. 가톨릭은 구약을 개신교는 신약을 주로 믿으며 성경의 해석도 약간씩 달리하고 있다.

기독교는 예수를 믿는 종교로 생각하는 사람도 있는데 정확한 것은 아니다. 하느님(창조주)과 예수(하느님의 아들), 성령이 삼위일체가 된 유일신을 믿는다는 것이다.

기독교에서는 사람은 영혼과 육체로 구성되어 있으며 죽으면 육체는 멸하지만 영혼은 빠져나와 영생한다. 육체의 만족이 아니라 영혼의 만족을 구하라는 것이 가르침의 본질이다. 사후에 영혼이 천당에 갈 수 있도록 열심히 노력하라는 것이다.

우리나라의 대표적 종교는 불교와 개신교, 천주교로 볼 수 있다. 개신교와 천주교는 불교와 달리 짧은 기간 동안 비약적인 발전을 거듭했다.

한국의 기독교 역사는 천주교에서부터 먼저 시작되었다. 외국인 선교사가 아닌 조선인이 전파했다. 1783년 중국에 가게 된 이승훈이 그곳에서 천주교를 알게 되어 세례를 받고 돌아와서 포교 활동을 했다. 1800년에 1만 명이 넘을 정도였지만, 당시 조선에서는 외래 이단 종교로 여겨 대대적인 탄압을 가했으며 거의 100년 동안 수많은 사람이 순교했다. 일제 강점기에도 탄압받았으나 신도 수는 계속 증가했다. 6·25 전쟁 휴전 이후에 신도 수가 40만 명으로 늘어났으며, 1969년에 서울 대교 교구장이었던 김수환 추기경이 동양에서는 최초의 추기경이 되었다.

개신교는 학교나 병원을 통해 선교사들이 간접적으로 선교활동을 했다. 해방 후 이승만 초대 대통령이 개신교 신도였기에 국가적 지원을 받으면서 비약적인 발전을 했다. 당시 기독교의 중심은 북한 지역의 평양이었다. 전쟁과 함께 많은 기독교인이 월남하면서 남한에서도 기독교가 활발하게 전해질 수 있었다. 오늘날 개신교

내 삶을 여기에 담아본다

는 세계에서 가장 신도가 많은 순복음 교회가 설립되면서 한국의 신도도 1,000만 명을 돌파하고 있다.

교회가 대형화되면서 부패 현상이 나타나고 여러 개의 교파로 분리되는 현상이 나타나 안타깝다. 이웃을 사랑하고 봉사하며 거짓말과 거짓 행동을 하지 말며, 양심에 어긋나는 일을 하지 말고 하느님의 말씀대로, 성경의 가르침대로 살아가는 것이 기독교인의 신앙생활이라 여겨진다.

나는 어릴 때 예배당에도 몇 번을 가보고 성당에도 몇 번을 가봤다. 예배나 미사에 참석하기보다는 구경하러 간 것이다. 직장 생활을 하면서는 친구의 권유로 부활절이나 기타 중요 행사에 가서 목사님 설교도 들어봤다. 회사의 일을 봐주는 세무사의 권유로도 교회에 몇 번을 갔었다. 그런데 목사님의 성경 해설이 마음에 닿지 않았다.

기업인들만으로 구성된 예배 모임으로 매주 한 번 잠실 롯데 호텔에서 조찬 기도회를 했다. 그 모임에 몇 번 참석하여 목사님의 설교도 들었는데 성경의 해설이나 기타 강의가 마음에 들었다. 내 생각과 일치하는 바가 커서 매주 가게 되었다.

그 당시는 IMF 외환위기 직후였다. 기업들이 도산하고 실업자가 많이 발생하고 노숙자들의 모습이 방송에 계속 보도되던 시기였다. 예배 모임에서 기도 받고 싶은 일에 대해서 쪽지에 적어서 서로 교환하여 기도해주는 행사가 있었다. 사회 지도급 사람들이 자식 학교 입학 기원, 가족 건강을 위한 기도 등 본인을 위한 기도를 했다.

하지만 나는 노숙자들이 빨리 집으로 돌아가도록 기도했고 실직자가 빨리 직장을 구하기를 기도했다. 오랫동안 신앙생활을 하고 있는 사회 지도급 사람들의 기도하는 마음을 보고 난 후 큰 실망을 했다. 내가 생각한 기독교 정신이 아니며 배우고자 한 것이 아니었다는 생각이 들어 좀 씁쓸했다.

나와 기독교와의 관계는 초등학교 저학년 때부터 시작되었다. 이웃 마을에 예배당이 있었고, 새로 부임한 목사님 아들이 우리 반으로 전학을 와서 같이 놀러 다니기도 하고 목사님 댁에도 가본 일이 있다.

크리스마스 때가 되어 예배당에서 연극을 한다고 보러 오라고 하길래 구경하러 간 일이 있었다. 시골 사람들이 공짜 구경거리가 생겼다고 많이 와 있었다. 예배당 안은 사람들로 꽉 차 있었고 입구에는 고무신이 엄청 많았다. 흰 고무신은 대부분 어른 것이고 아이들 것은 모두 검정 고무신이었다. 들어갈 때는 신발장과 현관에 가지런히 놓여 있었으나 나올 때는 신발이 뒤죽박죽되어 누구의 것인지 구별하기가 어려운 상태였다. 무늬도 없는 검정 고무신이라서 각자의 신발을 찾기가 어려운 상황이었다. 내 신발도 어디에 갔는지 찾을 수가 없었고 대충 발에 맞으면 신고 나오는 수밖에 없었다. 그때 잃어버린 나의 신발 때문에 일종의 트라우마가 생겨서 지금도 전시장이나 식당에 가서 신발을 벗을 때에는 신경이 많이 쓰인다. 연극 내용은 하나도 기억에 남아 있지 않지만, 신발이

어지러이 뒹굴고 있던 기억이 아직도 남아 있고 가끔 꿈속에서 나타나기도 한다. 그때의 새 신발이 아까웠던 모양이다. 그 당시에는 나이가 어려서인지 종교에 대해서는 별 관심이 없었다.

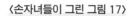
〈손자녀들이 그린 그림 17〉

읍내에는 시골 예배당보다는 훨씬 큰 성당이 있었다. 큰집 숙모님과 어머님은 성당에 다니셨다. 교과서 외에는 읽을 책이 별로 없었기에 가끔 어머니의 성경책을 읽어보기도 했다.

한번은 수녀님이 집에 오셨다. 시골 사람 같지 않게 얼굴이 뽀얗게 예쁘고 인자한 모습이 꼭 상상하던 천사 같았다. 수녀님도 나에게 관심이 많으신 것 같이 느껴졌고, 나도 첫눈에 반할 정도로 수녀님이 좋았다. 나는 누나가 없기에 수녀님같이 예쁘고 마음씨 고운 누나가 있으면 좋을 텐데 하면서 수녀님이 자주 찾아오기를 기다렸다. 성경책도 주시고 문답집도 외우라고 하셨다.

나는 수녀님께 성경을 읽어보았다는 것을 자랑하고 싶었다. 주기도문을 아느냐고 물으시길래 "하늘에 계신 아버지시여" 하고 줄줄 외웠다. 다른 것도 아느냐고 물으시길래 천주경, 성모경, 종도신경 등 12 신경 모두를 외웠고 문답집도 외웠다. 수녀님께서 세례를 받을 수 있을 정도로 성경 공부를 열심히 했으니 신부님한테 가서 세례를 받으라고 말씀하시면서 세례를 받고 하느님을 믿으라고 하셨다.

수녀님께서 말씀하시기를 예수님은 마구간에서 태어나셨지만, 훌륭한 분이 되셨다는 것과 하느님은 어두운 곳에 있든 밝은 곳에 있든 항상 나를 보고 계신다면서 죄를 짓지 말고 선하고 착한 일만 하라고 말씀하셨다. 존경하는 누님 같은 수녀님 말씀이라 마음에 새겨두었다.

어머님과 동생은 세례를 받았지만 난 놀기 바빠서 성당에도 안 가고 성경 공부도 더 이상 하지 않았다. 몇 년이 지난 후 수녀님이 다른 곳으로 가셨는지 볼 수가 없었다. 그러나 그때의 성모마리아를 닮은 수녀님의 모습과 말씀은 지금까지도 마음속에 남아 있다. 지금도 멀리서라도 수녀님이 지나가면 그때의 그 수녀님이 생각나고 가까이 가서 보고 싶어진다. 천사 같기도 하고 누나 같기도 한 다정한 수녀님을 잊을 수가 없다.

내 삶을 여기에 담아본다

6·25 전쟁 후라서 성당에 가면 외국에서 보내온 구호물자를 많이 주었다. 무명옷에 단추를 단 옷만 보다가 보들보들한 나일론에 자크(지퍼)가 달린 옷을 받았을 때는 고맙고 신기했다. 올리면 닫히고 내리면 열리는 지퍼가 너무나 좋아서 지퍼를 주머니에 넣고 다니면서 자랑스럽게 올렸다 내렸다 했다.

친구들과 함께 성당에 가서 미사를 볼 때 잡담하면 뒤에서 할아버지가 긴 곰방대로 머리를 때리면서 조용히 하라고 신호를 보낼 때는 움찔하기도 했다. 어릴 때 보았던 성당 건물과 미사 장면이 아직도 사진처럼 기억 속에 남아 있다.

시간이 흘러 읍내에 있는 중학교에 입학하게 되었다. 같은 반에 키가 자그마한 급우가 있었다. 성질도 고약하고 화도 잘 냈다. 내가 어쩌다 장난기가 발동하여 건드리면 심한 욕설을 퍼붓기도 했다. 화를 내는 것은 그냥 넘어가지만 욕하는 것은 용서하지 않고 혼내주었다.

그 후 어느 날 오랜만에 성당에 갔다. 미사 시간에 신부님 옆에서 소년이 신부님을 돕고 있었는데, 그 소년이 바로 학교에서 욕을 해서 나에게 얻어맞아 코피까지 흘린 그 아이였다.

내 눈을 의심했다. 다시 봐도 그 아이였다. 갑자기 머리가 혼란스러웠다. 저 아이가 어떻게 거룩하고 신성한 성당의 단상에서 신부님과 같이 미사를 집행하고 있는지 도저히 이해할 수가 없었다.

수녀님 말씀이 떠올랐다. 하느님은 언제나 보고 계신다고 하셨거늘 저 아이는 보이지 않으셨는지, 어찌 이런 일이 있을 수 있는지 나에게는 큰 충격이었다. 수녀님이 거짓말을 하셨는지 혼동이 일어났다. 그때 이후로 난 성당에 가지 않았다.

죄를 짓고 고해성사를 통해 용서받는 것에 대해서는 근본적으로 잘못된 것이고 모순이라고 생각했다. 수녀님 말씀대로 죄를 짓지 말고 성경의 하느님 말씀대로 사는 것이 옳은 일이요, 당연한 것으로 생각한 나에게는 성당에서의 그 장면이 너무나 충격적이었다. 그러나 수녀님의 말씀이 옳다고 생각하고 지금까지 따르고 있다. 그때 그 친구는 신학 대학에 가서 신부님이 되었다는 소식은 들었으나 만나지는 못했다.

그때 이후로 성당에 가보고 싶은 생각도 없었고 미사에 참석한 일은 한 번도 없었다. 첫 직장의 근무지가 명동 입구 충무로에 있었다. 직장 생활을 하면서 크리스마스이브에는 퇴근길에 항상 명동대성당의 마리아상 앞에 가서 묵념을 했다. 내가 하느님의 뜻에 어긋나지 않게 성실히 살았는지를 반성하고 어릴 때 만났던 수녀님을 생각하면서 한 해를 마무리했다.

내 삶을 여기에 담아본다

생각,
세상을 살다 보면

철학

철학이란 학문은 용어 자체도 좀 추상적이다.

경제학이나 화학은 이름만 들어도 추측이 가능하지만, 철학이
란 복잡하고 좀 애매하다. 한자 사전을 찾아보면 철(哲) 자의 해석
으로 밝을 철, 지혜 있을 철 자로 나와 있다. 과거와 현재를 바탕으
로 현재와 미래를 탐구하는 학문으로 여겨진다. 철학은 영어로는
philosophy이며 그리스어의 필로소피아(philosophia)에서 유래한다.
philo는 '좋아한다'는 뜻이고 sophia는 '지혜'라는 뜻으로 지혜를
사랑하는 학문으로 생각할 수 있다.

그러나 철학이라는 학문은 폭이 넓고 그 대상이 너무 많기 때문
에 복잡하고 어려운 것이다.

내 삶을 여기에 담아본다

철학은 모든 학문에 적용된다. 정치학, 경제학, 사회학 등 모든 학문의 종착은 철학으로 마무리되는 것 같다. 철학은 인간의 삶을 연구하는 학문이며 우주의 원리와 근원을 탐구하는 학문이기도 하다.

철학은 인간이 생각할 수 있는 모든 것이 대상이 될 수 있으며 객관성을 인정하지만 주관적인 학문이다.

슬픔과 기쁨, 고통은 겪는 사람 자신만이 느낄 수 있는 것이지 남이 대신해 주지 못한다. 80억이 넘는 지구 인구가 각자의 처지와 환경에 따라 느끼는 깊이와 폭도 다르고 감정과 가치도 다른 것처럼 철학은 각자의 주관성이 강하다.

그래서 법철학, 종교철학, 실천철학 심지어 개똥철학이란 말이 있을 정도로 다양하다. 그 대상과 시대의 변천에 따라 지식도 변하고 인간의 삶도 변한다. 철학은 그 시대에 가장 합리적이고 지혜로운 것에 대해 연구하여 미래 지향적인 삶의 가치와 원리를 예시하는 학문이기도 하다. 철학자는 그 시대의 이치에 맞는 사고방식으로 지혜로움을 찾아내는 사람이라 할 수 있다.

철학이라는 용어는 소크라테스(BC 470~BC 399년) 이후부터 사용되어 왔다고 한다. 소크라테스는 그 당시 귀족 계급을 대변하고 있었으나 새로운 신흥계급의 출현으로 청년들을 현혹한다는 죄와 신성 모독죄로 사형을 당했다. 젊은이들과 문답 형식으로 진실과 진리 탐구에 힘썼으나 그 이론과 정당성을 책으로 남기지 않았다. 제자인 플라톤의 저서에서 소크라테스의 이야기가 많이 나옴으로써 소크라테스의 철학이 후세에 많이 알려지게 되었다.

철학을 크게 구분하면 동양 철학과 서양 철학으로 나눌 수 있다. 서양 철학을 시대적으로 구분해 보면 그리스 철학에서 기독교 철학인 중세 철학을 거쳐 근대 철학으로 흘러왔다.

화약, 나침반, 인쇄술의 발달로 학문이 널리 퍼지게 되고 종교와 철학이 분리되기 시작하면서 철학은 개인과 경험을 중시하게 되었다.

"나는 생각한다. 그러므로 존재한다"라고 근대 철학의 창시자 데카르트(1596~1650년)가 외쳤다.

내 삶을 여기에 담아본다

19세기부터 현재까지를 현대 철학 시대라고 한다. 다윈의 진화론과 산업혁명으로 새로운 철학이 생긴다. 헤겔은 변증법인 정반합(正反合) 논리로 자본주의의 모순을 지적한다. 칼 마르크스와 엥겔스는 변증법적 유물관을 내세우면서 역사를 계급투쟁의 역사로 규정하고, 역사의 발전은 계획적이고 합리적인 사회, 즉 공산주의 사회로 가야 한다고 생각했다. 이에 따라 합리적인 절충안으로 복지 자본주의도 나타나게 되었다.

또한 실존 철학, 생(生) 철학, 실용주의 철학 등이 나타나는데 자연과학을 중시하고 개인의 삶에 대한 가치와 유용성을 강조하고 인간의 개별성과 절대성을 강조한다. 이에 따라 개인주의와 자유주의가 확대됨으로써 공동체 의식이 붕괴하고 자연 파괴에 대한 심각성도 나타나기 시작했다.

선사 시대 철학은 기록이 없어서 알 수 없지만, 서양 문명과 동양 문명이 발생한 초기 시대의 철학은 삶의 목적과 가치인 의식주를 해결하고 삶의 본질인 생(生)을 유지하는 데 있었을 것이다.

생존하기 위한 수단과 방법을 찾는 것이 최고의 철학적 가치였다. 지금 아프리카의 산골 마을보다 더 열악한 원시 자연환경 속에서 인간들이 살아남기 위한 수단과 방법을 연구하는 것이 가장 중요했을 것이다.

역사 시대의 이집트, 그리스 문명 시대에는 신들을 찬양하였고,

중국의 춘추전국시대에는 공자의 유교 철학과 석가모니의 불교 철학이 나타나기 시작했다. 불교 철학은 기원전 5세기에 탄생하여 13세기경 이슬람의 침공으로 쇠퇴하여 종교로 남게 되었다. 유교 철학은 공자로부터 시작하여 그 제자들이 계승 발전시켰다. 공자는 삶의 진리와 가치를 정리 정돈하면서 "논어"라는 책으로 동양 사상의 기초를 만들고 유교 철학의 창시자가 되었다. 유교 철학은 철학이기보다 사상에 가깝다. 예의를 중요시하고 충과 효를 강조했다. 예의를 갖추고 나라와 임금에 충성하고 부모에 효도하기를 가르침으로써 통치자는 통치 수단으로 유교 사상을 널리 퍼지도록 했다.

대한민국은 아직 유교적 사고방식과 관습에 머물고 있어서 신구 세력 간의 다툼과 이해충돌이 일어나고 있다.

내가 철학적 사고에 관심을 가지는 것은 이성과 감성, 그리고 본성에 대한 관심이 많아서였다. 과거에서 현세에 이르기까지 최고의 석학들은 인간의 본성을 어떻게 생각하였는지 궁금하게 여겼기 때문이다.

내가 고등학교 때 1961년에 출판된 김형석 교수의 "영원과 사랑의 대화"를 읽고 엄청난 감명을 받은 일이 있었다. 100세까지 살고 계시는 그 철학 교수님의 저서 "남아 있는 시간을 위하여"에서 철학은 인간을 가장 지혜롭게 만든다고 하셨다.

　　　　　　　　　　　　　　　내 삶을 여기에 담아본다

평범한 우리도 철학적 생각을 할 수 있을까?

지식도 짧고 경험도 많지 않아 깊은 이론적 체계는 잡지 못하겠지만 각자의 인생철학이 있을 것이다. 나름대로 삶의 방법과 가치관도 있을 것이다.

우리는 정해진 관습과 도덕을 얼마만큼 따라갈 것인가 고민하기도 하고, 어떤 때는 이랬다 어떤 때는 저랬다 하면서 마음이 흔들리기도 한다. 그러나 남을 해치거나 거짓말로 속이는 것은 동물에 가까운 행위와 다를 바 없으며 내가 가장 싫어하는 것이다.

철학적 사고는 인간에게만 있다. 동물에게는 도덕과 윤리가 없다. 그래서 짐승 같은 인간, 짐승보다 못한 인간이란 말이 있다. 사람은 사람답게 살아야 한다. 소크라테스는 "너 자신을 알라"라고 말했다.

무엇을 위하여 살아왔고 앞으로 어떻게 살 것인지를 철학적 사고로 진단하고 평가하여, 그 방향과 길을 찾아서 남은 인생을 이웃과 함께 더욱더 보람되고 가치 있는 삶으로 살아가고 싶다.

행복

행복을 사전에서는 생활에서 충분한 만족과 기쁨을 느끼어 흐
뭇함 또는 그러한 상태라고 풀이하고 있다.

행복이란 시대와 남녀노소에 따라서도 다르게 느껴질 수 있다.
문명이 발달하고 진화되면서 사람이 느끼는 환경도 다르고 가치
관도 달라진다. 그 가치관을 통해 우리는 만족과 기쁨을 느끼며 살
아간다.

행복이란 어쩌면 모든 생명체가 느끼고 원하는 것이 아닐까. 식
물은 추운 겨울을 견뎌내고 따뜻한 봄 햇살을 받을 때나 열매를 맺
기 위해 꽃을 피울 때도 행복할 것 같다. 가뭄으로 힘겹게 지내다
가 소나기를 흠뻑 맞을 때도 행복할 것이다. 화단에 물을 주면 화

내 삶을 여기에 담아본다

초들이 생기를 얻고 좋아한다. 회사에 심어놓은 나무를 쓰다듬으면 사람과 나무가 서로 행복의 교감을 느끼는 것 같았다. 동물들도 맛있는 먹이를 배불리 먹을 때나 편안하고 안전한 곳에서 쉬거나 잠들 수 있을 때 행복할 것이고, 종족 번식을 위한 짝을 만났을 때도 행복할 것이다.

행복이란 단어는 사람이 만들어 낸 문자로 그 느낌을 표현한 방법이다. 행복을 글자로 표현하기에는 너무나 미흡하고 부족한 것 같다. 말이나 문자로는 표현의 한계를 느낀다. 어디서 온 것인지 어떻게 온 것인지는 알 수 없지만, 그 무엇이 느껴지는 것이 행복이다. 크기도 하고 작기도 하고, 많기도 하고 적기도 하고, 길기도 하고 짧기도 하고, 넓기도 하고 깊기도 하다.

행복은 바람이 스치듯 온몸을 감돌기도 하고 살짝 스쳐 가기도 하는 그 느낌을 말로써 표현하기에는 어렵기도 하고 부족하기도 한 그 어떤 것이다.

형태도 없으면서 왔다 머물고 간다. 형태도 없는 것을 우리는 그 자체로 느낀다. 여러 가지 방법으로 느낀다. 그 느낌의 실체가 어떻게 와서 어디로 떠나가 버릴까? 잡을 수 있으면 계속 붙들고 있고 싶지만 떠나버린다.

어떨 때 오는 것인지 어떨 때 안 오는 것인지 안다. 와 있는지도 알고 가버린 것도 안다. 어떤 사람에게는 오고, 어떤 사람에게는 안 오기도 한다. 반가워하는 사람에게는 가고, 반기지 않는 사람에게는 가지 않는다.

자주 만나는 모임에서 '행복이란 무엇인가?'를 화두로 올려봤다.

어떤 이는 송신 주파수처럼 삼라만상(森羅萬象)의 모든 물체가 행복 주파수를 보내는데, TV나 라디오와 같이 주파수를 맞추면 느끼고 못 맞추면 보지도 듣지도 못한다고 하면서 주파수가 서로 통해야 느끼는 것이라고 했다.

어떤 이는 섹스하고 사정할 때의 느낌이라고 하고, 어떤 이는 텔레파시의 교감이라고 하고, 또 어떤 이는 봄볕의 아지랑이라고 표현하며 자기만족이라고 했다.

약학을 전공한 친구에게 행복해지는 약학적인 물질이 있는지를 물었더니 아직 없다고 하면서 행복해지면 엔도르핀이라는 물질이 많이 생성된다고 했다. 엔도르핀은 아편의 주성분인 모르핀과 유사하며 내인성(endogenous) 모르핀의 낱말을 줄여서 부른 것이다. 통증 치료제로 쓰이는 모르핀은 외부에서 주입하는 것이며 마약성이 있지만, 엔도르핀(endogenous morphine)은 인체 내에서 만들어지기도 하고 없어지기도 하는 인체가 만들어 내는 자연스러운 물질이다.

우리는 살아가면서 행복을 느낀다. 한 번도 행복을 느끼지 못했

내 삶을 여기에 담아본다

다는 것은 모르고 하는 말이든지, 인지하지 못해서 하는 말이다.

　엄마의 젖꼭지를 물고 있는 갓난아기는 행복할 것이고, 따뜻한 엄마의 품에서 잠든 아이도 행복할 것이다. 철없이 뛰어다니며 놀았을 때도 기억에 남아 있지 않지만 행복했을 것이다.

　어린 시절에 느꼈던 행복감이 세월의 흐름으로 차츰차츰 변하고 있다. 고등학교 합격자 발표가 일간지 신문에 났을 때도 행복했고, 대학에 입학했을 때와 회사의 입사 시험에 합격 통지를 받았을 때도 조금은 행복했다.

　결혼할 때, 아들을 얻었을 때, 승진하였을 때, 회사 일에 보람을 느낄 때, 친구와 여행을 다닐 때 등 일상생활에서 순간순간 많은 행복을 느끼며 살아왔다.

　남녀 간에 서로 사랑할 때와 사랑을 느낄 때의 행복은 큰 행복 중의 하나다. 가정을 이루고 살면서 가족 간의 사랑은 고귀하고 숭고한 일이며 행복의 원천이라고 생각한다.

　우리는 모든 일이 뜻대로 이루어지기를 원한다. 뜻대로 이루어졌을 때 행복을 느끼기도 한다. 하지만 뜻하지 않았는데도 행복을 느낄 때가 있다.

　산을 오를 때 정상에 올라가서 산 아래와 먼 산을 쳐다보면서 잠깐 행복을 느낀다. 정상을 오르겠다는 희망으로 계곡을 지나고 비탈길을 오르고 능선을 따라 묵묵히 걸어갈 때에는 정상의 순간에 느끼는 큰 행복보다 오랜 시간 동안 희망의 행복을 느끼기도 한다.

　행복의 실체는 알 수 없으나 두 가지 종류가 있다고 생각한다. 나는 행복을 상대적 행복과 절대적 행복으로 구분하고 싶다.

　상대적 행복은 상대방과 비교해서 느끼는 행복이다. 달리기해서 1등을 했을 때나 학교 성적이 좋아져서 등급이 올라갔을 때, 딱지 치기해서 이겼을 때, 게임을 하여 이겼을 때 등 항상 상대와 비교해서 많거나 이기거나 우월하다고 느낄 때의 행복을 상대적인 행복이라 하겠다.

　절대적 행복은 주위와 관계없이 혼자 스스로 느끼는 행복이다. 입에 맞는 음식을 먹을 때나 등산이나 수영할 때, 꽃밭에 물을 줄 때, 혼자서 공원길을 산책할 때, 불우이웃돕기 성금을 기부할 때 등 어떤 대상과 비교하지 않고 스스로 느껴지는 행복이다. 아내는 혼자서 커피를 마시면서 책 읽을 때가 행복하다고 한다.

　두 종류의 행복 중 진정한 행복은 절대적 행복이라고 여겨진다. 돈이 적어도 현재 내가 가지고 있는 것에 만족하고 키가 크지 않아도 날씬하지 않아도 다른 사람과 비교하지 않고 현재의 내 모습에 만족하고 당당하고 자신 있게 사는 사람들은 행복할 것이다.

　자기만의 예술에 심취하고 있을 때도 행복하다. 나누는 것, 배려하는 것, 사랑하는 것, 버리고 내려놓는 것을 경험해 보면 스스로 마음에서 솟아나는 행복을 느끼게 된다.

　　　　　　　　　　　　　　　　　　　　내 삶을 여기에 담아본다

나는 사람들이 상대적 행복을 추구하는 것보다 비교하지 않고 스스로 느껴지는 절대적 행복을 느끼기를 바란다. 나누는 행복과 배려하는 행복을 느끼기를 바란다. 내가 가진 것을 나누는 것은 쉽지 않다. 아까우면 나누지 못한다. 욕심이 있어도 나누지 못한다. 아까워하면서 나누면 나눔의 행복을 느끼지 못한다. 좋은 마음으로 나누어야 행복을 느낀다.

배려는 문화인의 미덕이다.

지하철에서 자리를 차지하려고 서두르지 말고, 나보다 더 필요한 사람이 있는지 살펴보았으면 한다. 자동차를 운전하는데 옆의 차가 방향을 바꾸고자 깜빡이를 켜면 못 끼어들도록 바짝 붙이지 말고, 좋은 마음으로 양보하면 배려의 작은 행복을 느낄 수 있다.

세상사에서 일어나는 일들에 대해 나를 너무 내세우지 말고 배려하는 마음으로 살면 편안한 행복을 느낀다.

나누는 것과 배려하는 것을 잘 실천하면 지금보다 훨씬 더 많은 행복을 느낄 수 있으리라 생각된다.

불교에서 번뇌는 욕심에서 오는 것이니 욕심을 버리라고 가르친다. 기독교는 십계명에서 탐욕을 버리라고 한다. 욕심은 인간이 가진 불행의 씨앗이다.

〈손자녀들이 그린 그림 18〉

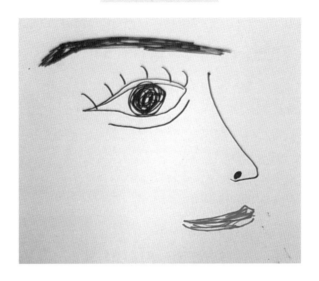

　열린 마음으로 생각하고 살펴보면 행복의 조건과 요소가 우리 주변에 수없이 많이 널려져 있다. 산과 들에도 하늘에도 친구와 이웃 간에도 얼마든지 있다. 하늘은 스스로 돕는 자를 돕는다고, 행복도 스스로 느끼고 싶고 찾고 싶다면 얼마든지 느낄 수 있고 찾을 수 있다.

　아직 발견하지 못한 행복을 찾아서 행복한 삶을 누리기를 모두에게 바란다.

내 삶을 여기에 담아본다

환경 오염

　반세기 만에 지구 환경이 너무나 바뀌었다. 실개천에서 물고기가 사라진 지도 오래되었다. 나는 환경 보호 운동가는 아니지만 자연환경이 많이 훼손된 것을 보면 안타깝다. 지금 태어나는 아이들은 과거 반세기 전에 지구가 얼마나 깨끗하였는지를 모르고 자라고 있다. 그때는 물이 흐르는 곳이면 어디든지 물고기가 살고 있었다. 미꾸라지, 피라미, 메기, 붕어, 송사리 등 다양한 물고기들이 살고 있었고 잠자리가 되기 전의 애벌레와 개구리도 많았다.

　산업이 발달하고 과학 문명이 발전하면서 농산물의 수확량을 늘리기 위해 농약을 만들고 생활의 편리를 위해 주방용 합성 세제를 만들었다. 공장에서는 유해 물질인 폐수를 방류하여 개천이 황폐해져 생물이 살 수 없게 되어버렸다. 생명력이 강한 몇몇 종류의 어족들은 폐수 처리 된 물이 흐르는 도심의 몇몇 곳에서만 살아남아 있으며, 예전에 우리가 보아왔던 물고기들은 사라졌다.

가정에서 쏟아내는 생활용수가 흐르는 개천에서는 물고기를 찾아볼 수 없다. 농사를 짓는 농토를 거쳐 흐르는 물은 모두 농약에 오염되었고, 그곳도 생물이 살 수 없는 물이 되어버렸다. 개천물은 손도 씻을 수 없는 더러운 물이 되어버렸다.

1950년 전후의 시냇물은 맑고 깨끗했다. 온갖 물고기가 많이 살고 있었고 손으로 시냇물을 떠서 먹기도 했다. 내가 어릴 때는 소쿠리와 주전자를 들고 냇가에 가면 물고기를 한 주전자 가득히 잡았다. 소쿠리를 수초 옆에 갖다 대고 풀을 밟으면 그곳에 숨어있던 물고기가 튀어나와 소쿠리에 걸리기도 하고, 물속의 큰 돌 옆에 소쿠리를 갖다 대고 돌을 흔들면 그 밑에서 쉬고 있던 물고기가 놀라서 나와 소쿠리에 포획되었다. 한두 시간 만에 한 주전자의 물고기를 잡을 수가 있어서 생선조림이나 찌개를 만들어 먹었다.

그 시냇물이 그립고 보고파서 2000년에는 중국의 시골을 여행하기도 했다. 그 당시 중국의 시골도 하천이 오염되기 시작해서 내가 기대한 만큼의 물고기를 보지 못했다.

하늘도 공기 오염으로 많이 변질되고 있다. 지금의 하늘은 맑은 날이 별로 없다. 일기 예보에서 맑음으로 발표해도 옛날의 그 청명한 맑은 하늘은 아니다. 황사, 스모그, 미세먼지 등으로 공기가 형편없이 탁해졌다. 공기가 깨끗하지 않으니 하늘은 뿌옇기만 하다.

　어쩌다 비가 많이 온 후에 잠시 동안 보이는 맑은 하늘은 내가 어릴 때 매일 보던 새파란 하늘이다. 밤이 되면 별들이 하늘을 수놓은 듯 총총히 빛나는 하늘이 70년 전에 내가 항상 보았던 밤하늘이다. 비 온 후 맑은 하늘을 보고 있으면 마음도 상쾌하고 내가 살던 고향에 와 있는 느낌이 든다.

　무더운 여름에 내리는 소나기 맞기를 좋아했다. 하늘에서 쏟아져 내려오는 크고 작은 빗방울을 온몸으로 맞으면 원초적 쾌감을 느끼게 된다. 원시 시대부터 경험하여 느껴온 감각이 되살아나는 것 같아 기분이 좋아진다. 옷을 입은 채로 맞기도 하고 팬티만 입고 맞기도 하지만 자연 건조되어 마르면 모두가 깨끗했다. 샤워 꼭지에서 나오는 수돗물보다 훨씬 깨끗하고 상쾌했다.

　하지만 요즘의 공기는 너무 나빠져 숨쉬기가 두렵다. 공기 정화기를 집에도 두고 사무실에도 두고 있지만, 그 공기는 신선하지 않다. 시원하고 싱싱한 공기를 마음껏 마시고 싶다.

　공기가 오염되어 있으니 비가 오는 날이면 빗물도 오염되어 버린다. 반세기 전에는 빗물을 먹기도 하고 비를 맞은 후 마르면 아무런 흔적이 남지 않았다. 요즘은 비를 맞으면 머리와 옷, 자동차가 빗물 자국으로 하얗게 변해버린다. 한 방울의 비를 맞아도 빗물 속에는 온갖 잡동사니가 섞여 있어, 마르고 나면 오염이 된 흔적이 남는다. 오염된 물에 고기가 살 수 없듯이 오염된 공기에서도 사람이 살 수가 없다.

깨끗한 공기가 너무나 그립다. 내가 어릴 때는 면 단위의 농촌은 물론이고, 밀양 읍내에서도 대중목욕탕을 제외하고는 높은 굴뚝이 없었다. 자동차도 보기 힘들 정도였다.

환경 오염은 물, 공기, 토양으로 급속히 번져가고 있다. 가축의 배설물과 의약품, 세제, 살충제, 페플라스틱, 식용유와 같은 각종 유류, 미세먼지, 매연, 가정에서 버리는 각종 쓰레기 등 이루 헤아릴 수 없을 정도로 많은 환경 오염 물질이 배출되고 있다.

지금이 중요한 시기이다.

근대 산업사회가 배설하고 있는 오염물질을 차단하지 않으면 생태계에 변화가 오게 마련이다. 청정 지역에서만 살아온 생명체가 하나둘씩 지구상에서 사라지고 있다. 인간은 지구상에서 함께 살고 있는 생명체와 생태계를 보전할 책임을 가져야 한다. 지구는 사람만의 것이 아니다. 산과 들, 강물과 바다, 그리고 공기는 이 지구상에 살고 있는 모든 생명체가 공유하면서 사용하고 있는 것이다.

수억 년 동안 좋은 환경을 유지해 온 지구 환경을 지금의 인간이 오염시키고 있다. 인간은 자신들이 서로 경쟁하느라고 만들어 내고 있는 오염물질을 줄이고 정화하지 않으면 안 된다. 인간은 지구

내 삶을 여기에 담아본다

생명체에 무수히 많은 해를 입히는 죄인이다. 우리는 동·식물과 함께 살아야 한다. 이 지구상에서 인간은 혼자 살 수 없다. 인간은 지구 생명체 덕분에 생명을 유지하며 살고 있다.

좋은 자연환경을 만들고 보전하여 지구상에 살고 있는 모든 생명체와 우리의 후손이 쾌적한 환경 속에서 살 수 있도록 우리 모두가 노력해야 할 때이다.

당장 시급히 환경 오염 물질의 배출을 중단하고 정화하지 않으면 지구상에 있는 생명체는 고통을 받게 된다. 인간도 예외는 아니다. 최근에는 사람들이 이상한 병에 걸리는 경우가 많다. 자연 속에서 살던 인간이 환경 오염 물질을 먹거나 마시면서 생기는 병이다. 농경시대 때 생산되는 먹거리는 인체가 자연스럽게 처리할 수 있어서 장기나 유전자에 영향을 미치지 않았다. 하지만 산업사회로 발전하면서 배출되는 공해 물질은 새로운 물질로 인체가 소화·흡수·배출 처리할 능력이 없어서 유전자나 세포의 돌연변이가 일어나게 되어 암이나 희귀병이 발생한다고 한다. 그래서 나는 과일이나 뿌리 식품을 먹을 때 모두 껍질을 벗기고 먹는다. 내 몸을 조금이라도 보호하기 위해서이다. 우리는 후손들에게도 고통을 주고 죄를 짓고 있다.

〈손자녀들이 그린 그림 19〉

인간은 자연 속에서 자연의 도움으로 자연과 함께 일생을 살다
간다. 자연은 우리들의 어머니이다.

촛불 시위

내가 처음으로 경험한 집단행동은 초등학교 운동회 때 청군과 백군으로 나누어져 응원했던 일이다.

중학교 때 4·19가 일어났다. 그때의 명칭은 4·19 데모였다. 군중들이 떼를 지어 다니면서 자유당의 간부 가정집을 파괴하는 것이 내가 경험한 4·19의 모습이었다. 장독이 깨져서 간장이 마당으로 철철 흘러내리고 세간살이들도 모두 마당으로 내동댕이쳐졌다. 어린 나이에 조금은 무서웠지만 관심을 가지고 지켜보았다.

시간이 지난 후 그 데모가 4·19 혁명으로 불리게 되었다. 1년이 지난 후 1960년 5월에 5·16 군사 정변이 일어났다. 5·16 군사 쿠데타라고 부르기도 했고 5·16 혁명이라고 부르기도 했다.

내가 고등학교 시절에는 지방에서는 데모가 없어 조용했다. 대학에 와서는 데모하는 일이 너무 많았다. 데모하려고 대학에 온 것 같았다. 군사독재 반대, 한일 협정 반대, 부정선거 규탄 등으로 데모가 계속 일어났다. 부모님께서는 쓸데없이 몰려다니면서 행동하지 말라고 걱정스러운 편지를 보내주시기도 하셨다.

나는 좌익도 우익도 아니었다. 별로 가담하고 싶지 않았지만, 자유와 정의를 위한 것이라 생각하고 동료들과 함께해야 한다는 생각에 데모 대열에 참가했다. 1960년대와 1970년대는 데모가 유행병처럼 번진 데모의 시대였다.

그때는 군인과 경찰의 데모 진압이 강경했다. 대학을 졸업하고 사회생활을 할 때도 곳곳에서 시위가 벌어지고 있었다. 1980년 5월 광주 민주화 운동(광주 사태)이 일어났고, 1987년 6월 항쟁을 거쳐 1993년 2월 김영삼 대통령의 문민정부가 시작되면서 군인들의 권력이 사라져 갔다.

민주화 운동으로 문민정부가 들어서고 데모의 양상도 정치적인 이슈에서 집단 이기주의 쪽으로 변형되었다. 옛날의 데모는 학생운동으로 학생들이 주축이었는데 세월이 지남에 따라 일반 시민들이 시위의 주역들이 되었다. 노동 운동이 가장 격심하였으며 환경 훼손 결사반대, 공공시설 결사반대 등 각 시민 단체의 목소리가 점점 커졌다.

촛불 시위는 참신한 운동으로 보였다.

경기도 양주에서 여중생 2명이 미군 탱크에 깔려 사망한 사건으로 인한 시위가 촛불 시위의 시초였다.

그 후 미국산 소고기 수입 반대 시위는 그 규모가 100만 명을 넘어섰다. 지금 평가해 보면 잘못된 정보와 조작된 여론이 시민을 선동한 시위였다. 그때나 지금이나 미국산 소고기를 많이 먹고 있고 한국, 일본, 중국에서 광우병에 걸린 사람은 한 사람도 없었다.

촛불 시위는 초를 태워 세상을 밝히듯이 나를 태우는 마음으로 하는 것인데 그렇지 않은 경우가 허다하다. 시위의 시대를 살아오면서 그 양상들을 보고 나름대로 평가도 해보았지만, 근래에 생긴 촛불 시위는 그 본질이 퇴색되어 가는 같아 쓸쓸하다. 특히 386 세대들이 시위의 주도 세력이 되었고 시위를 기획하고 진행하는 전문가들이 많아졌다. 집단 이기주의적이고 명분도 약하고 사리사욕에 가까운 시위도 많아졌다. 스스로 반성해야 할 국민도 많다. 시위는 재미 삼아, 구경삼아, 재물 때문에 해서는 안 되는 것이며, 나의 전부를 바쳐도 아깝지 않은 일일 때 시위에 참여해야 한다고 생각한다.

최근의 시위는 정치세력 간의 대립과 충돌이다. 보수와 진보, 친미와 반미, 좌익과 우익, 신세대와 구세대, 부자와 빈자 간의 충돌이다. 모두가 자기주장만 내세운다. 내 뜻과 주장대로 되지 않으면 나라가 망한다고 생각하는 것 같다. 내가 옳고 너는 틀렸다는 식이다.

조선 시대의 당파 싸움을 거울삼아야 할 것이다. 당파 싸움이 심할 때 국가가 무너지고 나라를 빼앗겼다. 동물의 세계에서도 서로 싸움에 열중하면 먹잇감이 되어 잡아먹힌다. 국론이 분열되어 다툼에 에너지를 소비하면 주변 상황 판단이 어려워지고 이성을 잃게 된다. 국력이 쇠하면 나라가 어지러워져 쓰러진다. 다시 일어서기가 쉽지 않다.

인간 세상 이치는 첫 번째가 윤리이고 양심이다. 두 번째가 법과 질서이다. 윤리와 양심이 사라지고 법과 질서가 파괴되면 동물의 세계와 똑같이 된다. 자연의 순리이고 자연의 법칙이다.

자기주장이 옳다고 분노하는 집단의 눈치를 보는 위정자들이 한심하다. 우리 시대는 시류에 휩쓸려 떠내려가고 있으며 너무 오랫동안 혼란스러움을 겪고 있다. 이제는 시위대가 지르는 큰 소리가 식상하다. 모두가 자기 잘난 소리만 하고 상대방을 비방한다. 헛소문을 퍼트리고도 책임을 지지 않는다. 아니면 그 뿐이다라는 식이다. 정치인이나 귀족 노동조합, 다수 국민들의 수준이 너무나 분별없고 이기적이다. 제발 도로를 점령하면서 하는 집단 시위는 그만두었으면 좋겠다.

내 삶을 여기에 담아본다

모두 자중(自重)하고 냉정해졌으면 좋겠다. 감정에 휩싸여 대립 각을 내세우지 말고 현재의 사태를 냉정히 생각하여 모두가 자신의 양심과 도덕심에 비추어 봐야 할 것이다. 사안의 경중과 사태의 경중도 판단하여 지금의 감정에 따르지 말고 미래에 있을 결과를 더 깊이 생각하여야 한다.

뭉치면 살고 흩어지면 죽는다는 말과 같이 역사를 짊어지고 가는 우리 모두가 국론을 통일하여 후세에게 좋은 삶의 터전을 물려 주어야 한다.

여기저기서 시위 집회에 참석하도록 독려받고 있지만, 조용히 있는 것이 더 뜻있는 것 같아서 내 생활에 충실하며 지내고 있다. 국론을 통일하고 국가를 이끌어 갈 유능한 지도자가 나타나기를 기다리고 있을 뿐이다. 집단 이기주의적 집회는 웃음거리밖에 되지 않는 시위인 것 같다.

우리는 헐벗고 굶주린 시대에 태어나서 국가와 민족을 위해 일치단결하여 열심히 살았다. 일이라면 밤을 새워서라도 하였고 외국산 물품은 절대로 사용하지 않고 국산품을 애용하였기에 세계 10위권의 경제 대국에 오르게 되었다. 그러나 앞으로는 점점 먹고 살기가 어려워질 것 같다. 그릇이 커야 먹을 것을 많이 담고, 주머니가 깊어야 많이 담기는데 생각이 좁고 깊지 않은 것 같아 걱정스럽다.

법질서는 무시되고 정당과 계파는 국민을 앞세워 그들의 권력을 쟁취하기에 혈안이 되어 있다. 지금은 혼란의 시기이고 위기가 닥쳐오는 시기이다. 어느 세력이 국정을 맡아 운영하더라도 진정으로 국가와 민족을 위하는 정책으로 이 나라를 이끌어 갔으면 하고 바랄 뿐이다.

미국 대통령 케네디는 취임 연설에서

"Ask not what your country can do for you. Ask what you can do for your country"

"조국이 당신에게 무엇을 해줄 것인가를 묻지 말고 당신이 조국을 위하여 무엇을 할 것인가를 물어라"라고 했다.

어려운 시기에 국력이 하나로 뭉쳐 미래의 대한민국이 지금보다 더 살기 좋은 나라가 되기를 바란다.

내 삶을 여기에 담아본다

인간의 성씨

사람은 이 세상에 태어나서 일평생을 이웃과 어울려 살다가 저 세상으로 떠난다.

아프리카나 동남아 오지에서 씨족 또는 부족으로 사는 사람들은 성씨의 필요성을 느끼지 못하고 산다. 부르는 신호나 이름만 있으면 생활하는 데 아무런 지장이 없다.

어릴 때 나는 여러 가지 이름으로 불렸다. 둘째야, 상(相)아, 임천댁 둘째, 누구 형, 누구 동생, 누구 집 둘째 아들, 누구 집 손자 등 부르는 사람과 그때의 주변 환경에 따라 여러 가지 이름으로 나를 지칭하기도 하고 부르기도 했다.

집성촌에 살고 있어서 성씨에 대해서 필요를 느끼지 못하고 있었기 때문에 성을 잊어버리고 살았다. 초등학교에 입학하면서 급우들이 나의 성명(姓名)을 부르기 시작하였고, 점점 성장하면서 나를 부르던 어릴 때의 이름은 차츰 사라지고 가족과 친척 이외의 사람들에게는 주민등록증에 명시된 이름으로만 불리게 되었다. 사회생활을 하면서는 과장, 부장, 이사, 사장, 회장 등으로 불리면서 나를 상징하는 호칭이 되기도 했다.

이름은 조부님이나 부모님께서 지어주지만 성씨(姓氏)는 타고나기 때문에 선택의 여지가 없다. 인류 역사에서 성씨(family name)는 언제부터 시작되었는지는 꽤나 궁금한 일이었다. 동양, 특히 한국에서만 유별나게 성씨와 가문에 대해 관심을 많이 가지고 있다.

씨족 사회에서는 굳이 성씨를 구별할 필요가 없었다. 부족 사회로 발전하면서 씨족들의 구분이 필요해서 그 씨족을 상징하는 호칭이 필요하게 된 것이다.

동양이나 서양이나 마찬가지로 씨족 사회에서 부족 사회로 변화한 시기가 거의 비슷했다. 부족들이 모여 집단화하고 부족들을 대표하는 왕조(王朝)가 생기고, 그 왕조를 호칭하는 이름이 필요했다. 왕조는 그 자손들에게 세습되었다. 세습된 혈통의 호칭이 필요하게 되어 성씨가 생기게 되었다.

동양과 서양의 성씨는 모두 왕가(王家)나 권력자 귀족들만 사용했다. 일반 평민들은 할아버지, 아버지로 내려오는 혈통은 알고 있

내 삶을 여기에 담아본다

었지만 성씨는 필요하지 않았기 때문에 성을 만들 필요가 없었다.

동양에서는 중국이 최초로 성씨를 쓰기 시작하였으며 역사서에 문자로 남아있다. 서양에서는 중세에 교황청이 평민들 모두에게 성(姓)을 지어주도록 지시하여 성(family name)을 널리 쓰기 시작했다.

인류 역사에서 거의 모든 국가의 국민들은 수천 년 동안 농경사회에서 살아왔다. 농경사회에서는 평생의 생활 반경이 10km 이내였다. 대한민국도 1900년대 초까지만 해도 인구의 90% 이상이 자기가 태어난 곳에서 농사를 짓고 살았으며, 인근 마을 사람과 결혼하고 교류하면서 일생을 살아왔다.

일제 강점기 시기에 호적법이 생기기 전에는 이름만 부르며 살아왔다. 갑돌이, 갑순이, 마당쇠, 삼돌이, 삼순이, 끝자, 말자, 키달이, 몽돌이 등 토속적인 이름으로 불렀으며 그렇게 불러도 다 통했다. 성명을 부르지 않았고 이름만 불렀던 것이다.

한국인의 성은 중국인의 성과 대부분 겹치고, 극소수 성만이 한반도 땅에서 창시된 성씨이다.

성씨의 기원은 모계(女) 씨족 사회에서 성(姓) 개념이 탄생하였고 씨(氏)는 부계 사회로 전환되면서 탄생했다. 모계 성과 부계 성을 혼용하여 사용해 오다가 지금은 세계 각국에서 부계 성을 따르고 있다. 한국에서는 법률적으로 모계 성을 따를 수도 있다.

중국은 일부 권력층은 상고 시대부터 2만 5,000개의 성을 사용하고 있었으나, 현재는 5,000개의 성이 사용되고 있으며 10대 성은 왕, 이, 장, 유, 진, 양, 황, 조, 오 등이다.

일본은 고대 야마토 시대에 혈연을 중심으로 한 특권층인 부족장에 대한 존칭으로 칭호를 부르게 된 것이 성이다.

그 후 천황으로부터 하사받은 성이 인정되어 대대로 세습되는 사회적 정치적 지위와 관련된 칭호로 변하여 사용했다. 귀족이나 사무라이로 인정받은 자만이 성을 사용하게 하고 평민은 성을 가질 수 없었다. 일본에서 성이 일반인에게 사용하기 시작한 것은 1870년 초에 평민 묘지 허가령이 시행되었고, 이후 평민 묘지필칭 의무령을 발령하여 강제로 성명을 가지게 했고 징병령과 징세를 할 수 있도록 함으로써 평민들은 어쩔 수 없이 성을 가지게 된 것이다.

갑자기 모든 국민에게 성을 가지게 하다 보니 지형지물인 산(山-야마), 들(田-다), 강(川-가), 나무(木-기) 등을 많이 사용하고 있으며 기모노를 입게 된 야담도 떠돌고 있다. 그래서 일본의 성씨는 약 1만 가지가 있다.

유럽의 성(姓)도 역사가 그리 오래되지 않았다. 그리스, 로마 시대에는 성이 없었다. 소크라테스, 아리스토텔레스, 예수님도 성이 없었고 이름만을 불렀다. 이름만 불러 사람의 구분이 안 될 때는

내 삶을 여기에 담아본다

누구의 아들이나 이름 뒤에 지역 이름을 붙여 부르기도 했다.

1800년대에 와서야 통치와 세금을 거두기 위하여 성과 이름을 붙여 부르기 시작했다. 유럽의 성은 대부분 직업으로 분류하여 성씨를 만들었다. 가장 많이 쓰는 성 몇 가지를 보면 Smith(대장장이), Farmer(농부), Carpenter(목수), Tailor(양복장이), miller(방앗간 주인) 등으로 만들어졌다. 그 외 신체적인 특징 Brown(갈색 머리), Kennedy(울퉁불퉁한 머리), Long fellow(키다리) 등이 있고 거주지에서 유래한 Brook(개울에 사는 사람), Bush(덤불), Clinton(언덕 마을) 등으로 성(family name, last name, surname)이 만들어졌으며 그 후로 다양한 성이 생겨났다.

동양에서는 성을 앞에 두어 성명으로 부르고 서양에서는 성을 맨 뒤에 두는 것이 특징이다. 이런 관습을 보면 동양은 혈통을 중요하게 여기고 서양의 이름은 개인을 우선으로 생각하는 것 같다. 이슬람 국가에서는 자기 이름 뒤에 아버지와 할아버지 이름까지 표시하여 부르는 이름도 많다.

현대에 와서 동양은 혈통인 조상을 숭배하고 모시는 관습이 급격히 축소되거나 사라지고 있고, 서양은 가문과 혈통을 중요시하는 쪽으로 가고 있다. 옳고 그름의 문제가 아니고 가치 판단이 달라지고 있기 때문이다.

사람은 성을 가지고 태어난다. 동양에서 태어나든 서양에서 태어나든 미국에서 태어나든 아프리카에서 태어나든, 우리는 영혼과 육체가 만나서 이 세상에 태어난다. 어디서 태어나든 태어난 그 시대의 주변 환경과 생활 속에서 가치 있는 삶을 살아가는 것이 중요하다고 생각한다. 이웃을 위해 봉사하고, 사회 발전을 위해 열심히 일하며, 문명과 문화의 발전에 도움이 되는 일을 함으로써 생의 가치를 느끼며 살아가야 한다고 생각한다. 모두가 각자의 삶의 가치를 마음껏 발휘할 수 있는 삶을 살기를 희망한다.

내 삶을 여기에 담아본다